盧照鄰集箋注

增訂本

下

〔唐〕盧照鄰 著
祝尚書 箋注

上海古籍出版社

盧照鄰集箋注卷六

序

駙馬都尉喬君集序〔一〕

昔文王既没，道不在於兹乎〔二〕；尼父克生，禮盡歸於是矣〔三〕。其後荀卿、孟子，服儒者之褒衣〔四〕；屈平、宋玉，弄詞人之柔翰〔五〕。禮樂之道，已顛墜於斯文〔六〕；雅頌之風，猶綿聯於季葉〔七〕。痛乎王澤既竭〔八〕，諸侯爲麋鹿之場〔九〕；帝圖伊梗〔一〇〕，天下作豺狼之國〔一一〕。秦人一滅舊章，大愚黔首〔一二〕。羣書赴火〔一三〕，化崑岳之高煙〔一四〕；儒士投坑〔一五〕，變蓬萊之巨壑〔一六〕。樂沈於海〔一七〕，河間王初睠睠於古篇〔一八〕；禮適諸夷〔一九〕，叔孫通乃區區於綿蕝〔二〇〕。安國討論科斗〔二一〕，五典叶從〔二二〕；

史遷祖述獲麟〔二三〕，八書爰創〔二四〕。衣冠禮樂，重聞三代之風〔二五〕；玉帛謳歌〔二六〕，無墜六經之業〔二七〕。鬱其興詠，大雅於是爲羣〔二八〕。自此迄今，年逾千祀。聖門論賦〔二九〕，相如爲入室之雄〔三〇〕；闕里裁詩〔三一〕，公幹即升堂之客〔三二〕。陸平原龍驚學海〔三三〕，浮天泉以安流〔三四〕，鮑參軍鶴翥文場〔三五〕，伐黃金之平埒〔三六〕。

臨曲臺之上路〔三七〕，面通衢之小苑。蓮紅柳碧，堪釣叟之淹留；桂白山青，宜王孫之攀折〔三八〕。香車貴士，不掩龍關〔三九〕；縫掖書生〔四〇〕，時通驛騎〔四一〕。坐蘭徑，敞松扉，北牖動而清風來，南軒幽而白雲起。欣然命駕，弔曲江之隑洲〔四二〕；興盡而歸〔四三〕，聆伊川之笙吹〔四四〕。三朝慶謁〔四五〕，趨劍履於南宮〔四六〕；五日歸休〔四七〕，聞歌鐘於北里〔四八〕。雍容車騎，屢動雕章；嘯傲煙霞，仍涵寶思。奢不敗德，笑金谷之羅紈〔四九〕；儉不邀名，悲蘭陵之芻布〔五〇〕。榮期三樂〔五一〕，君寔四之〔五二〕；平子四愁〔五三〕，我無一矣。君教訓子弟，不讀非聖之書〔五四〕；撫愛家僮，常恐名奴之辱〔五五〕。婚嫁已畢〔五六〕，欲就金丹〔五七〕；輪蓋非榮〔五八〕，猶思道樹〔五九〕。明霞晚挹〔六〇〕，終登不死之庭；甘露秋團〔六一〕，儻踐無生之岸〔六二〕。凡所著述，多以適意爲宗〔六三〕；雅愛清靈〔六四〕，不以繁詞爲貴。足以傳諸好事，貽厥孫謀〔六五〕。故撰而存之，凡爲若干卷云爾〔六六〕。

〔一〕按兩唐書，唐高祖至高宗時喬姓駙馬唯喬師望，此「喬君」當即師望。舊唐書喬知之傳：「父師望，尚高祖女廬陵公主，拜駙馬都尉，官至同州刺史。」

〔二〕昔文王兩句　論語子罕：「子畏於匡，曰：『文王既没，文不在兹乎？』」

〔三〕尼父兩句　史記孔子世家：孔子，字仲尼，姓孔氏。孔子卒，哀公誄之曰：「尼父，無自律！」集解引王肅曰：「父，大夫之顯稱也。」孔子世家又曰：「孔子之時，周室微而禮樂廢，詩、書缺。追迹三代之禮……禮記自孔氏。」

〔四〕其後兩句　史記孟子荀卿列傳：荀卿，趙人，年五十始來游學於齊。「於是推儒、墨、道德之行事興壞，序列著數萬言而卒」。「孟軻，騶人也。受業子思之門人……述仲尼之意，作孟子七篇」。　褒衣，漢書雋不疑傳：雋不疑進退必以禮，「褒衣博帶」。顔注：「褒，大裾也。言着褒大之衣，廣博之帶也。」

〔五〕屈平兩句　史記屈原列傳：「屈原者，名平，楚之同姓也。」屈原作離騷等。「屈原既死之後，楚有宋玉、唐勒、景差之徒者，皆好辭而以賦見稱」。

〔六〕斯文　指騷賦。句謂騷賦興而禮樂廢。文心雕龍辨騷：「自風雅寢聲，莫或抽緒，奇文鬱起，其離騷哉！」

〔七〕季葉　末世，指戰國。漢書藝文志：「春秋之後，周道寖壞，聘問歌詠，不行於列國……而賢人失志之賦作矣。大儒孫卿及楚臣屈原，離讒憂國，皆作賦以風，咸有惻隱古詩之義。」

〔八〕王澤既竭　指周道衰微。班固西都賦序：「成康没而頌聲寢，王澤竭而詩不作。」

〔九〕諸侯　指戰國七雄。　麋鹿，説文：「麋，鹿屬。冬至解其角。」史記淮陰侯列傳：蒯通對曰：「秦失其鹿，天下共逐之。」集解引張晏曰：「以鹿喻帝位也。」

〔一〇〕帝圖　指河圖，古謂爲帝王聖者受命之瑞。　伊，語助詞。梗，阻塞。即河圖不出，故無聖人受命。論語子罕：「子曰：『鳳鳥不至，河不出圖，吾已矣夫！』」

〔一一〕天下句　謂秦統一中國。史記屈原列傳：「屈平曰：『秦，虎狼之國，不可信。』」

〔一二〕秦人兩句　文選賈誼過秦論：秦「於是廢先王之道，燔百家之言，以愚黔首」。李善注引史記李斯曰：「請廢博士官所職，天下敢有藏詩、書、百家言者，詣守尉雜燒之。」按史記秦始皇本紀：始皇二十六年（前二二一），「更名民曰黔首」。

〔一三〕羣書句　據史記秦始皇本紀，始皇可李斯焚書之奏，在始皇三十五年（前二一二）。

〔一四〕化崑岳句　見五悲悲窮通注〔三七〕。此言書化爲煙火。

〔一五〕儒士句　見五悲悲才難注〔九六〕。

〔一六〕蓬萊　傳説爲東海神山，代指東海。　巨壑，即大壑。莊子天地：「夫大壑之爲物也，注焉而不滿，酌焉而不竭。」郭象注：「大壑，東海也。」此以東海喻儒坑之深。

〔一七〕樂沈句　史記禮書：「周衰，禮崩樂壞。……仲尼没後，受業之徒沈湮而不舉，或適齊楚，或入河海。」又漢書禮樂志：「樂官師瞽抱其器而奔散，或適諸侯，或入河海。」顔注：「論語（微子篇）云：『……鼓方叔入於河，播鞉武入於漢，少師陽、擊磬襄入於海。』」

〔一八〕河間王　指河間獻王劉德，漢景帝子。漢書禮樂志：「（叔孫）通没之後，河間獻王採禮樂古事，稍稍增輯，至五百餘篇。」又：「（獻王）因獻所集雅樂。天子下大樂官，常存肄之。」景十三王傳：「武帝時，獻王來朝，獻雅樂。」　睠睠，顧念貌。詩小雅小明：「睠睠懷顧。」

〔一九〕適　全唐文作「失」。按此句與前「樂沈」句互文，據注〔一七〕所引史記禮書，作「適」是。

〔二〇〕叔孫通　秦博士，降漢爲博士、太子太傅，爲漢制禮。　區區，喜樂貌。　綿蕝，史記叔孫通列傳：漢高祖五年（前二〇二），叔孫通採古禮與秦儀雜就之，「與所徵（魯諸生）三十人西，及上左右爲學者與其弟子百餘人爲緜蕞野外」。集解引如淳曰：「置設緜索，爲習肄處。蕞謂以茅翦樹地爲纂位。春秋傳曰『置茅蕝』也。」索隱引賈逵曰：「束茅以表位爲蕝。」　叔孫通，英華卷七〇〇作「齊叔孫」。按史記本傳：「叔孫通者，薛人也。」索隱：「楚漢春秋云名何。薛，縣名，屬魯國。」據知叔孫通既非齊人，亦不名「齊」，疑英華誤。

〔二一〕安國句　漢書藝文志：「武帝末，魯共王壞孔子宅，欲以廣其宮，而得古文尚書及禮記、論語、孝經凡數十篇，皆古文也。」「孔安國者，孔子後也，悉得其書，以考二十九篇，得多十六篇。」　討論，僞古文尚書孔安國序：「討論墳典。」孔穎達疏「討論」爲「討整論理」。　科斗，僞孔序謂孔壁所出古書「皆科斗之字」，釋文曰：「科斗，蟲名，蝦蟆子，書形似之。」

〔二二〕五典　指五經。　叶從，次第井然貌。　玉篇：「叶，古文協字。」謂經孔安國考校，五經篇章文字於是整齊通暢。

〔二三〕史遷　即太史公司馬遷。　祖述獲麟，指師法孔子作春秋而作史記。史記太史公自序：「於是卒述陶唐以來，至於麟止，自黄帝始。」集解引張晏曰：「(漢)武帝獲麟，遷以爲述事之端。上紀黄帝，下至麟止，猶春秋止於獲麟也。」

〔二四〕八書　指史記之禮、樂、律、曆、天官、封禪、河渠、平準八書。此代指史記體。

〔二五〕重聞句　乃就河間獻王、叔孫通言，謂其在漢代重振夏、商、周三代之禮樂制度。

〔二六〕玉帛　指禮，見五悲悲人生注〔七〕。

〔二七〕無墜句　謂河間王、孔安國、司馬遷等興廢繼絶，上繼六經而有所著述。史記太史公自序：「孔子卒後至於今五百歲，有能紹明世，正易傳，繼春秋，本詩書禮樂之際？……小子何敢讓焉。」

〔二八〕鬱其二句　當指漢武帝立樂府事。漢書禮樂志：武帝「乃立樂府，采詩夜誦，有趙、代、秦、楚之謳。以李延年爲協律都尉，多舉司馬相如等數十人造爲詩賦，略論律吕，以合八音之調，作十九章之歌」，并載其安事房中歌十七章，郊祀歌十九章。大雅，指漢樂府詩義正聲雅，有如詩之大雅；爲羣，謂作者衆也。

〔二九〕聖門　指孔門。聖，英華作「孔」。

〔三〇〕相如句　揚雄法言吾子：「如孔氏之門用賦也，則賈誼升堂，相如入室矣。」

〔三一〕闕里　孔子故里，見五悲悲才難注〔五三〕。此代指孔子。　裁詩，評判詩歌。

〔三二〕公幹　三國志魏劉楨傳：「東平劉楨，字公幹。」曹丕與吴質書：「公幹有逸氣，但未遒耳。其五言詩之善者，妙絶時人。」詩品列劉楨於上品，曰：「孔氏之門如用詩，則公幹升堂，思王（曹植）入室，景陽（張協）、潘（岳）、陸（機）自可坐於廊廡之間矣。」

〔三三〕陸平原　陸機，曾任晉平原内史。　晉書陸機傳：「陸機字士衡，吴郡人也。祖遜，吴丞相；父抗，吴大司馬。」　龍驚，謂陸機才美如龍，令人驚嘆。　世説新語賞譽：張華語陸平原曰：「君兄弟龍躍雲津。」

〔三四〕浮天泉句　陸機文賦：「浮天淵以安流，濯下泉而潛浸。」淵，此作「泉」，乃避唐高祖諱。

〔三五〕鮑參軍　鮑照。　鶴翥，如鶴之高飛。　南史鮑照傳：「鮑照字明遠，東海人，文辭贍逸，嘗爲古樂府，文甚遒麗。……臨川王子頊爲荆州，照爲前軍參軍，掌書記之任。」

〔三六〕伐　原作「代」，英華作「伐」，是，據改。　伐，誇耀。　埒，短牆。　黄金埒，晉書王深傳附王濟傳：「時洛京地甚貴，濟買地爲馬埒，編錢滿之，時人謂之『金溝』。」

〔三七〕臨曲臺句　漢書枚乘傳：枚乘復説吴王曰：「游曲臺，臨上路，不如朝夕之池。」顏注引張晏曰：「曲臺，長安臺，臨道上。」又引三輔黄圖：「未央宫有曲臺殿。」

〔三八〕桂白兩句　楚辭招隱士：「攀援桂枝兮聊淹留。　王孫遊兮不歸，春草生兮萋萋。」

〔三九〕香車兩句　香車，用曹操贈楊彪七香車事，見長安古意詩注〔三〕。　龍闕，指龍門，見釋疾文命曰注〔一五五〕。又後漢書李膺傳：「士有被其容接者，名爲登龍門。」

〔四〇〕縫掖　禮記儒行：「衣逢掖之衣。」鄭玄注：「逢（與「縫」同）猶大也。大掖之衣，大袂襌衣也。此君子有道藝者所衣也。」此代指文士。

〔四一〕時通句　言喜與文士交往。漢書鄭當時傳：「孝景時，爲太子舍人。每五日洗沐，常置驛馬長安諸郊，請謝賓客，夜以繼日，至明旦，常恐不遍。」

〔四二〕曲江　即曲江池，在今西安市東南。　隑洲，原作「隑淵」。英華作「隑洲」，是，今據改。史記司馬相如列傳載哀二世文：「臨曲江之隑州兮。」集解引漢書音義曰：「隑，長也。」

〔四三〕興盡句　用王徽之雪夜訪戴逵事，見宿玄武二首之一注〔三〕。

〔四四〕伊川　即伊河，經洛陽，在偃師入洛河。　笙吹，用周靈王太子王子晉事，見于時春也慨然有江湖之思寄此贈柳九隴注〔一五〕。句謂其喜仙道。

〔四五〕三朝　漢書孔光傳：「歲之朝曰三朝。」顏注：「歲之朝，月之朝，日之朝，故曰三朝。」

〔四六〕劍履　佩劍穿履，指得皇帝殊恩。史記蕭相國世家：「賜帶劍履上殿，入朝不趨。」　南宮，史記高祖本紀：「高祖置酒雒陽南宮。」正義引括地志：「南宮在雒州雒陽縣東北二十六里洛陽故城中。」此代指長安宮殿。

〔四七〕五日句　唐十日一休，此舉漢律代唐制。見山莊休沐詩注〔一〕。

〔四八〕歌鐘　左傳襄十一年孔疏：「歌鐘者，歌必先金奏，故鐘以歌名之。」原指編鐘，此泛指樂歌。北里，唐長安平康里，歌妓聚居地。因在城北，故稱「北里」。參見長安古意注〔一一九〕。

〔四九〕奢不兩句　金谷，在洛陽附近。晉代石崇居此，因代指石崇。晉書石崇傳：「崇與貴戚王愷、羊琇之徒，以奢靡相尚。……愷作紫絲布步障四十里，崇作錦步障五十里以敵之。」

〔五〇〕蘭陵　郡名，此代指齊太祖蕭道成。南齊書高帝紀：「（太祖）爲南蘭陵蘭陵人也。」　芻布，粗衣劣服。據南齊書本紀，太祖即位後，身不御精細之物，宮人著紫皮履。

〔五一〕榮期句　列子天瑞：「孔子遊於泰山，見榮啓期行乎郕之野，鹿裘帶索，鼓瑟而歌。孔子問曰：『先生所以樂何也？』對曰：『吾樂甚多。天生萬物，唯人爲貴，而吾得爲人，是一樂也。男女之别，男尊女卑，故以男爲貴；吾既得爲男矣，是二樂也。人生有不見日月、不免襁褓者，吾即已行年九十矣，是三樂也。』」

〔五二〕君　與下句「我」，皆指喬師望。四之，除榮啓期三樂外，蓋多富貴而有德。

〔五三〕平子　張衡字平子，作四愁詩，有「梁父艱」、「湘水深」、「隴阪長」、「雪紛紛」四愁，謂以「貽於時君」。

〔五四〕非聖之書　指諸子書。漢書宣元六王傳載王鳳語，謂「諸子書或反經術，非聖人；或明鬼神，信物怪」。後漢書周燮傳：「不讀非聖之書，不修賀問之好。」

〔五五〕名奴之辱　指班固事。後漢書班固傳：「固不教學諸子，諸子多不遵法度，吏人苦之。初，洛陽令种兢嘗行，固奴干其車騎，吏推呼之，奴醉罵。兢大怒，畏（竇）憲不敢發，心銜之。及竇氏賓客皆逮考，兢因此捕繫固，遂死獄中。」

〔五六〕婚嫁句　後漢書向長傳：「向長字子平，河内朝歌人也。」隱居不仕。建武中，男女婚嫁既畢，「於是遂肆意，與同好北海禽慶俱遊五嶽名山，竟不知所終」。

〔五七〕金丹　道士鍊金石爲丸，謂服之能長生不老，故名金丹。此指信道。

〔五八〕輪蓋　車蓋，代指爲官。劉峻廣絶交論：「故輪蓋所游，必非夷惠之室。」

〔五九〕道樹　即菩提樹（大葉榕樹）。傳説釋迦牟尼曾於此樹下成佛，故稱釋迦道樹，見翻譯名義集卷三。大方等大集經卷一〇：「憐愍衆生趣道樹。」句言信佛。

〔六〇〕明霞句　楚辭宋玉遠遊：「漱正陽而含朝霞。」道教謂仙人餐霞。列仙傳贊：「子輿拔俗，餐霞飲露。」

〔六一〕甘露句　佛家稱阿彌陀佛化身説法，澍甘露之雨。團，謂甘露凝聚。徐陵孝義寺碑：「甘露團團，灑如飴之味。」

〔六二〕無生之岸　岸謂彼岸。佛教以超脱生死、無生無滅，即涅槃的境界爲彼岸。大智度論卷一二：「彼以生死爲此岸，涅槃爲彼岸。」

〔六三〕適意　晉書張翰傳：「人生貴適意爾。」

〔六四〕靈　英華校：「疑作虚。」全唐文作「虚」。

〔六五〕貽厥句　詩經大雅文王有聲：「詒厥孫謀，以燕翼子。」鄭箋：「詒（通「貽」），猶傳也。孫，順也。」孔疏：「傳其所以順天下之謀，以安其敬事之子孫，謂使行之也。」

〔六六〕喬師望集未見著録，當早佚。

南陽公集序〔一〕

昔者龍蹲東魯〔二〕，陳禮樂而救蒼生〔三〕；虎據西秦〔四〕，焚詩書以愚黔首〔五〕。通其變，參天二地謂之神〔六〕；合其機，一陰一陽謂之聖〔七〕。是以楚漢方鬭，蕭曹絳灌負長劍於此時〔八〕；袁曹已平，徐陳應劉弄柔翰於當代〔九〕。聖人方士之行〔一〇〕，亦各異時而并宜〔一一〕；謳歌玉帛之書〔一二〕，何必同條而共貫？文質再而復〔一三〕，殷周之損益足徵〔一四〕；驪翰三而改〔一五〕，虞夏之興亡可及〔一六〕。美哉焕乎，斯文之功大矣！

自獲麟絶筆，一千三四百年〔一七〕，游夏之門，時有荀卿、孟子〔一八〕；屈宋之後，直至賈誼、相如〔一九〕。兩班叙事，得丘明之風骨〔二〇〕；二陸裁詩，含公幹之奇偉〔二一〕。鄴中新體，共許音韻天成〔二二〕；江左諸人，咸好瓌姿豔發〔二三〕。精博爽麗，顔延之急病於江鮑之間〔二四〕；疎散風流，謝宣城緩步於何劉之上〔二五〕。北方重濁〔二六〕，獨盧黄門往往高飛〔二七〕；南國輕清〔二八〕，惟庾中丞時時不墜〔二九〕。

嗟乎！古今文士，遞相毀譽〔三〇〕，至有操我戈矛，啓其墨守〔三一〕。三都既麗，徵夏熟於上林〔三二〕；九辯已高，責春歌於下里〔三三〕。踳駮之論〔三四〕，紛然遂多。近日劉勰文心〔三五〕，鍾嶸詩評〔三六〕，異議鋒起〔三七〕，高談不息。人慚西氏，空論拾翠之容〔三八〕；質謝南金〔三九〕，徒辯荆蓬之妙〔四〇〕。拔十得五，雖曰肩隨〔四一〕；聞一知二〔四二〕，猶爲臆説。僉曰未可〔四三〕，人稱屢中。化魯成魚〔四四〕，曷云其遠！

非夫妙諧鐘律〔四五〕，體會風騷〔四六〕，筆有餘妍，思無停趣〔四七〕。作龜作鏡〔四八〕，聽歌曲而知亡〔四九〕；爲龍爲光〔五〇〕，觀禮容而識大〔五一〕。齊魯一變之道〔五二〕，唐虞百代之文〔五三〕，懸日月於胸懷〔五四〕，挫風雲於毫翰〔五五〕。含今古之制〔五六〕，扣宫徵之聲〔五七〕，細則出入無間〔五八〕，粗則彌綸區宇〔五九〕。逶迤綽約，如玉女之千嬌；突兀崢嶸，似靈龜之孤朴〔六〇〕。乘槎上漢〔六一〕，誰問坳塘之淺深〔六二〕；荷戟入榛〔六三〕，寧議長安之遠近〔六四〕。是非未定〔六五〕，曹子建皓首爲期〔六六〕；離合俱傷，陸平原終身流恨〔六七〕。超然若此，適可操刀〔六八〕；自兹已降，徒勞舉斧〔六九〕。八病爰起〔七〇〕，沈隱侯永作拘囚〔七一〕；四聲未分，梁武帝長爲聾俗〔七二〕。後生莫曉，更恨文律煩苛〔七三〕；知音者稀，常恐詞林交喪。雅頌不作，則後死者焉得而聞乎〔七四〕！

貞觀年中，太宗外厭兵革，垂衣裳於萬國，舞干戚於兩階〔七五〕，留思政塗，内興文事。虞李岑許之儔以文章進〔七六〕，王魏來褚之輩以材術顯〔七七〕。咸能起自布衣，蔚爲卿相，雍容侍從，朝夕獻納〔七八〕。我之得人，於斯爲盛。虞博通萬句，對問不休〔七九〕；李長於五言，下筆無滯〔八〇〕。岑君論詰亹亹，聽者忘疲〔八一〕；許生奏章翩翩，談之未易〔八二〕。王侍中政事精密，明達舊章〔八三〕；魏太師直氣鯁詞，兼包古義〔八四〕。褚河南風標特峻，早鏘聲於册府〔八五〕。變風變雅〔八六〕，立體不拘於一塗〔八七〕；既博既精，爲學遍遊於百氏〔八八〕。

自豸冠指佞〔八九〕，鷄樹登賢〔九〇〕，内掌機密〔九一〕，外修國史〔九二〕。晨趨有暇，持綵筆於瑶軒〔九三〕；夕拜多閑，弄雕章於琴席〔九四〕。含毫顧盼〔九五〕，漢家之城闕風煙〔九六〕；逸韻縱横，秦地之林泉魚鳥。黄山羽獵〔九七〕，幾奏瓊篇；汾水樓船〔九八〕，參聞寶思。南津弔屈，去逐蒼梧之雲〔九九〕；西路悲昂〔一〇〇〕，來挽葱巖之雪〔一〇一〕。江湖廊廟，造次不忒其儀〔一〇二〕；沙塞朝廷，顛沛必歸於漢〔一〇三〕。是使名流俱至，兔翰闐門；愛客相尋，鷄談滿席〔一〇四〕。嚶嚶好鳥，花欲白兮柳將菲；瀲瀲遊魚〔一〇五〕，蓮將紅兮蘋可望〔一〇六〕。緑樽恒湛，齋閣臨霞；綺札逾新〔一〇七〕，園亭坐月。凡所著述，千有餘篇；今之刊寫，成三十卷〔一〇八〕。

余早遊西鎬〔一〇九〕,及周史之闕文〔一一〇〕;晚卧東山,憶漢庭之遺事〔一一一〕。平津侯之賓館〔一一二〕,馬厩蕭條〔一一三〕;李司隸之仙舟〔一一四〕,龍門荒毁〔一一五〕。交交黄鳥〔一一六〕,集於栩兮集於桑〔一一七〕;營營青蠅,止於藩兮止於棘〔一一八〕。九原可作〔一一九〕,松有隧兮兔有埏〔一二〇〕;三湘不追〔一二一〕,川無梁兮鳥無徑〔一二二〕。輟斤之慟,何獨莊周〔一二三〕;聞笛而悲,寧惟向秀〔一二四〕!徒勤觀海,未知渤澥之倪〔一二五〕;永好談天,莫究氤氲之數〔一二六〕。遂抽短翰,爲之序云。

〔一〕南陽公,即來濟,説詳拙文盧照鄰南陽公集序之南陽公考辨(載文史第十九輯)。來濟(六一〇——六六二),揚州江都(今江蘇揚州)人。舉進士,貞觀末仕至中書舍人。高宗永徽四年(六五三)爲同中書門下三品,六年遷中書令,顯慶元年(六五六)進爵南陽侯。以曾阻立武后,爲許敬宗等誣奏,貶爲台州刺史。徙庭州,龍朔二年(六六二)没於戰陣。兩唐書皆有傳。據此,龍朔二年爲本文作年上限,下限無確考。據文末「晚卧東山」句,似作於卧病東龍門山時。

〔二〕龍蹲　指孔子。太平御覽卷三七七引春秋演孔圖:「孔子長十尺,大九圍,坐如蹲龍,立如牽牛。」

〔三〕陳禮樂句　謂孔子欲以禮樂挽救衰世之風。韓詩外傳卷五：「於時周室微，王政……禮儀崩壞，人倫不理。於是孔子自東自西，自南自北，匍匐救之。」

〔四〕虎　指秦國，見駙馬都尉喬君集序注〔一一〕。

〔五〕焚詩書句　見駙馬都尉喬君集序注〔一二〕。

〔六〕通其變兩句　通其變，謂作易者觀察事物的陰陽變化，而立奇、偶二數，其幽微通於神明。易説卦：「昔者聖人之作易也，幽贊於神明而生蓍，參天兩地而倚數，觀變於陰陽而立卦。」韓康伯注：「參，奇也；兩，耦也。」孔疏：「取奇數於天，取偶數於地，而立七、八、九、六之數。」此謂蓍數。「用蓍得數而布以爲卦，故以七、八、九、六當之。七、九爲奇，天數也；六、八爲偶，地數也」。

〔七〕合其機兩句　易繫辭上：「一陰一陽之謂道。」孔疏：「一謂無也。無陰無陽乃謂之道。一得爲無者，無是虛無，虛無是大虛不可分別，唯一而已。……以數言之謂之一，以體言之謂之無，以物得開通謂之道，以微妙不測謂之神，以應機變化謂之易。」按：此謂陰陽既爲體又爲用，既對立又統一。作易者能察此奥妙，故謂其與陰陽「合機」，因而稱「聖」。

〔八〕是以兩句　楚、漢，項羽、劉邦所建政權。蕭曹絳灌，指蕭何、曹參、周勃（封絳侯）、灌嬰，皆漢開國功臣，史記、漢書有傳。

〔九〕袁曹兩句　謂曹操已平袁紹，文人方能以文才顯身於時。三國志魏武帝紀：漢獻帝建安六年（二〇一）夏四月，曹操擊破袁紹軍；明年之夏五月，袁紹死。徐陳應劉，指徐幹、陳琳、應瑒、劉楨，皆「建安七子」之著名作家，事蹟略見三國志魏書王粲傳。柔翰，指筆。

〔一〇〕聖人方士　泛指盛德才術之士。

〔一一〕異時并宜　文選揚雄羽獵賦：「各以并時而得宜，奚必同條而共貫？」各，英華卷七〇〇作「合」。

〔一二〕玉帛　代指禮書，見五悲悲人生注〔七〕。

〔一三〕文質句　白虎通卷七引三正記：「文質再而復。」禮記檀弓上孔疏：「文質再而復者，文質法天地。質法天，文法地。」因天地爲二，故曰「再而復」，言循環也。

〔一四〕殷周句　殷周與下句虞夏互文，指夏、商、周三代。損益，論語爲政：「子曰：『殷因於夏禮，所損益可知也；周因於殷禮，所損益可知也。其有繼周者，雖百世可知也。』」此言三代文質有因有革，各不相同。

〔一五〕驪翰句　禮記檀弓上：「夏后氏尚黑，大事斂用昏，戎事乘驪，牲用玄。殷人尚白，大事斂用日中，戎事乘翰，牲用白。周人尚赤，大事斂用日出，戎事乘騵，牲用騂。」鄭玄注：驪，馬黑色；翰，白色馬也。孔穎達疏：「此一節論三代正朔所尚色不同。夏尚黑，殷尚白，周尚赤，此之謂三統。……三正記云：正朔三而改，文質再而復。」改，原作「始」。英華校：「疑作改。」全唐文卷一六六作「改」，是，今據改。

〔一六〕虞夏　與前句「殷周」互文，謂見三代正朔，可觀國家興亡與文質盛衰。禮記表記：「子曰：『虞夏之道，寡怨於民；殷周之道，不勝其敝。』子曰：『虞夏之質，殷周之文，至矣。虞夏之文，不勝其質；殷周之質，不勝其文。』子言之曰：後世雖有作者，虞帝弗可及也已矣。」

〔一七〕一千句　按自孔子絶筆至唐高宗時代，僅一千一百餘年；此言「一千三四百年」，不確。

〔一八〕游夏二句　游夏，子游、子夏，孔子弟子。論語先進：「文學：子游、子夏。」史記孟子荀卿列傳：孟子「受業子思之門人」，荀卿「游學於齊」。

〔一九〕屈宋兩句　謂賈誼、司馬相如繼屈原、宋玉而作辭賦。揚雄法言吾子：「如孔氏之門用賦，則賈誼升堂，相如入室矣。」又漢書叙傳下，謂司馬相如「蔚爲辭宗，賦頌之首」。

〔二〇〕兩班　指班彪、班固父子。後漢書班彪列傳：班彪作史記後傳數十篇，「固以彪所續前史未詳，乃潛精研思，欲就其業」，終成漢書百篇。丘明，即左丘明，傳爲左傳作者。

〔二一〕二陸　指陸機、陸雲。晉書陸雲傳：少與兄機齊名，「號曰『二陸』」。公幹，建安作家劉楨，字公幹。詩品卷上謂其詩「源出於古詩，仗氣愛奇，動多振絶。真骨凌霜，高風跨俗」。按詩品謂陸機「氣少於劉楨」。盧照鄰批評陸機的擬樂府詩（見樂府雜詩序），對其詩評價則高於鍾嶸。

〔二二〕鄴　指魏。魏曾置鄴都，故稱。新體，文心雕龍明詩謂建安詩人「慷慨以任氣，磊落以使才。造懷指事，不求纖密之巧；驅辭逐貌，唯取昭晰之能：此其所同也」。此即所謂「新體」，又稱「建安體」（北齊邢邵廣平王碑文「方見建安之體」，即是）。又宋書謝靈運傳論謂其「以情緯文，以文被質……以氣質爲體」，義同。　音韻天成，謝靈運傳論：「高言妙句，音韻天成。」

〔二三〕江左兩句　裴子野雕蟲論：「爰及江左，稱彼顏謝，箴繡鞶帨，無取廟堂。」又隋書文學傳序：「江左宫商發越，貴於清綺……清綺則文過其意。」

〔二四〕顏延之句　南史顏延之傳：「延之嘗問鮑照己與謝靈運優劣。照曰：『謝公詩如初發芙蓉，自然可愛；君詩如鋪錦列繡，亦雕繢滿眼。』」　江，江淹，爲與下句對文而及之。　鮑，鮑照。

〔二五〕謝宣城　謝朓。南齊書謝朓傳：謝朓字玄暉。嘗出爲宣城太守，故稱「謝宣城」。詩品評其詩「奇章秀句，往往警遒」。　何，原作「向」。按何劉指何遜、劉孝綽。梁書何遜傳：「初，遜文章與劉孝綽并見重於世，世謂之何、劉。」顏氏家訓文章篇：「何遜詩實爲輕巧，多形似之言。揚都（即建業）論者，恨其每病苦辛，饒貧寒氣，不及劉孝綽之雍容也。……劉孝綽當時既有重名，無所與讓，唯服謝朓，常以謝詩置几案間，動静輒諷味。」考南朝無「向劉」并稱之作家，「向」蓋形訛，今改。

〔二六〕北方　指北朝。　重濁，指文風質樸少文。隋書文學傳序：「河朔詞義貞剛，重乎氣質，氣質則理勝其詞。」

〔二七〕盧黄門　指盧思道。思道仕北齊，嘗爲給事黄門侍郎，故稱。　高飛，謂其獨具文彩，頗有成就。張説齊黄門侍郎盧思道碑：「北齊有温（子昇）、邢（卲）、盧（思道）、薛（道衡），皆應世翰林之秀者也。吟詠情性，紀述事業，潤色王道，發揮聖門，天下之人謂之文伯。」

〔二八〕南國　指南朝。

〔二九〕庾中丞　庾信。北史庾信傳：「梁元帝承制，除御史中丞。」周書王褒庾信傳論：北周時，「唯王褒、庾信，奇才秀出，牢籠於一代」。楊慎升庵詩話：「庾信之詩，爲梁之冠絶，啓唐之先鞭。」

〔三〇〕古今兩句　文，原作「之」，英華作「文」，是，據改。曹丕典論論文：「文人相輕，自古而然。」兩句意本此。

〔三一〕至有兩句　後漢書鄭玄傳：「任城何休好公羊學，遂著公羊墨守、左氏膏肓、穀梁癈疾；玄乃發墨守，鍼膏肓，起癈疾。休見而嘆曰：『康成（鄭玄字）入吾室，操吾戈，以伐我乎！』」

〔三二〕三都　即三都賦，左思作。　上林，即司馬相如上林賦。左思三都賦序曰：「然相如賦上林，而引盧橘夏熟；揚雄賦甘泉，而陳玉樹青葱。……假稱珍怪，以爲潤色。若斯之類，匪啻於兹。考之果木，則生非其壤；校之神物，則土非其所。於辭則易爲藻飾，於義則虚而無徵。」劉逵注謂盧橘等「皆非西京之所有也」。

〔三三〕九辯　宋玉作。　春歌，指陽春白雪。　下里，指里巷百姓。宋玉對楚王問：「楚襄王問於宋玉曰：『先生其有遺行與，何士民庶衆不譽之盛也？』宋玉對曰：『……客有歌於郢中者，其始曰下里巴人，國中屬而和者數千人；其爲陽春薤露，國中屬而和者數百人；其爲陽春白雪，國中屬而和者不過數十人。……是其曲彌高，其和彌寡。』

〔三四〕踳駮　文選左思魏都賦：「非醇粹之方壯，謀踳駮於王義。」李善注：司馬彪莊子（天下）注曰：「踳，讀曰舛。舛，乖也。駮，色雜不同也。」張銑注：「踳，乖；駮，亂也。」

〔三五〕文心　即文心雕龍，劉勰作於齊末。

〔三六〕詩評　即詩品，鍾嶸作於梁。隋書經籍志著録作詩評。

〔三七〕鋒　原作「風」，據英華改。

〔三八〕人慚兩句　西氏，指宋玉。駱賓王代王靈妃贈李榮詩：「何嘗舉意西憐玉。」陳熙晉注：登徒子好色賦「言東家，則（宋）玉在西，故云『西憐玉』也」。又李商隱上河東公啓：「窺西家之宋玉。」可參證。　拾翠之容，指宋玉東鄰之女。登徒子好色賦：東家之子，「眉如翠羽，肌如白雪」。

〔三九〕南金　詩經魯頌泮水：「大輅南金。」毛傳：「南謂荆揚也。」鄭箋：「荆揚之州，貢金三品。」後以「南金」喻南方俊才。

〔四〇〕徒辯句　謂宋玉爲己辯解，反誣登徒子好色。　荆蓬，荆釵蓬頭，代指登徒子之妻。登徒子好色賦：「登徒子則不然。其妻蓬頭攣耳，齞脣歷齒……登徒悦之，使有五子。」

〔四一〕拔十兩句　文選任昉爲范尚書讓吏部封侯第一表：「拔十得五，尚曰比肩。」李善注引習鑿齒襄陽耆舊傳記：「龐統爲郡功曹，性好人倫，每所稱述，多過其中。時人怪問之，統曰：『……今拔十失五，猶得其半，而可以崇邁世教，使有志者自厲。』」又引戰國策：「淳于髡一日而見七人，宣王曰：『寡人聞千里一士，是比肩而至也。今子一朝而見七人，不亦衆乎！』」

〔四二〕聞一句　論語公冶長：「子謂子貢曰：『女與回也孰愈？』對曰：『賜也何敢望回？回也聞一以知十，賜也聞一以知二。』」

〔四三〕僉　原作「俞」。英華校：「疑。」蓋疑其字有誤。全唐文作「僉」，是，據改。尚書堯典：「僉曰：於，鯀哉。」僞孔傳：「僉，皆也。」

〔四四〕化魯句　抱朴子内篇卷四遐覽引故諺曰：「書三寫，魚成魯，虚成虎。」

〔四五〕非夫句　謂詩文音韻當與鐘律諧和。鐘律，指五聲。漢書律曆志上：「聲者，宫、商、角、徵、羽也。……五聲之本，生於黄鐘之律。」

〔四六〕風騷　風指詩經國風，代指詩經；騷指屈原離騷，代指楚辭。文選沈約宋書謝靈運傳論：「源其（指詩賦）飈流所始，莫不同祖風騷。」李善注引續晉陽秋：「皆體則風騷。」

〔四七〕筆有兩句　妍，原作「研」，據英華、全唐文改。鮑照舞鶴賦：「態有遺妍，貌無停趣。」

〔四八〕作龜句　鄭玄詩譜序：「吉凶之所由，憂娱之萌漸，昭昭在斯，足作後王之鑑。」又隋書王濬傳：「此即前代之茂，實後人之龜鏡也。」

〔四九〕聽歌句　左傳襄二十九年：「吳公子札來聘，請觀於周樂……爲之歌鄭，曰：『美哉！其細已甚，民弗堪也，是其先亡乎！』」毛詩序：「亂世之音怨以怒，其政乖；亡國之音哀以思，其民困。」

〔五〇〕爲龍句　詩經小雅蓼蕭：「既見君子，爲龍爲光。」毛傳：「龍，寵也。」鄭箋：「爲寵爲光，言天子恩澤光耀，被及己也。」

〔五一〕觀禮句　論語泰伯：「大哉！堯之爲君也。……巍巍乎其有成功也，焕乎其有文章！」文章，何晏集解謂「立文垂制」，指禮儀制度。

〔五二〕齊魯句　論語雍也：「子曰：『齊一變，至於魯；魯一變，至於道。』」何晏集解引包咸曰：「言齊魯有太公、周公之餘化。太公大賢，周公聖人，今其政教雖衰，若有明君興之，齊可使如魯，魯可使如大道行之時。」

〔五三〕百代之文　陸機文賦：「收百世之闕文，採千載之逸韻。」代，英華作「氏」。

〔五四〕懸日月句　蕭統文選序：「若夫姬公之籍，孔父之書，與日月俱懸，鬼神爭奥，孝敬之準式，人倫之師友。」

〔五五〕挫風雲句　文心雕龍神思：「眉睫之間，卷舒風雲之色。」庾信謝滕王集序啓：「譬其毫翰，則風雨爭飛。」

〔五六〕含今古句　顔氏家訓文章篇：「宜以古之體裁爲本，今之辭調爲末，并須兩存，不可偏棄也。」

〔五七〕扣宫徵句　謂詩文應有音韻之美。宫徵，指宫、商、角、徵、羽五聲。陸機文賦：「曁音聲之迭代，若五色之相宣。」

〔五八〕細則句　揚雄解嘲：「大者含元氣，細者入無間。」

〔五九〕彌綸　包羅。易繫辭上：「易與天地準，故能彌綸天地之道。」孔疏：「彌謂彌縫補合，綸謂經綸牽引。」　區宇，指天地間。張衡東京賦：「區宇乂寧。」此喻博大。

〔六〇〕靈龜　爾雅釋魚：「一曰神龜，一曰靈龜。」郭璞注：「涪陵郡出大龜，甲可以卜，緣中文似蝳蝐，俗呼爲靈龜。」

〔六一〕乘槎句　見七夕泛舟二首之一注〔三〕。

〔六二〕坳塘　莊子逍遥遊：「覆杯水於坳堂之上，而芥爲之舟。」塘，英華校：「莊子作堂。」全唐文即作「堂」。按此「坳塘」指小水塘。

〔六三〕荷戟句　入榛，「榛」原作「秦」。太平御覽卷三八五引劉向别傳：「揚信字子烏，（揚）雄第二子。幼而聰慧，雄算玄經不會，子烏令作九數而得之。雄又擬易『羝羊觸藩』，彌日不就，子烏曰：大人何不云『荷戟入榛』？」則「秦」字誤，今改。

〔六四〕長安之遠近　世説新語夙惠：「晉明帝數歲，坐元帝膝上。有人從長安來……因問明帝：

『汝意謂長安何如日遠?』答曰:『日遠。不聞人從日邊來,居然可知。』元帝異之。明日集羣臣宴會,告以此意,更重問之。乃答曰:『日近。』元帝失色,曰:『爾何故異昨日之言邪?』答曰:『舉目見日,不見長安。』」以上兩句謂作者當聰慧深思如揚信,晉明帝則不足道。

〔六五〕是非句　司馬遷報任少卿書:「要之死日,然後是非乃定。」則「未定」指年尚未老。

〔六六〕曹子建句　曹植字子建,其與楊德祖書曰:「若吾志未果,吾道不行,則將採庶官之實録,辯時俗之得失,定仁義之衷,成一家之言。雖未能藏之於名山,將以傳之於同好。非要之皓首,豈今日之論乎?」

〔六七〕離合兩句　離,指删去與義不相稱之辭;合,指辭害義而不善去取。陸平原,「原」原作「叔」。按陸機入晉曾爲平原内史,世稱陸平原,無「平叔」之稱(排行亦非第三),「叔」字當誤,今改。陸機文賦:「或辭害而理比,或言順而義妨。離之則雙美,合之則兩傷。」又曰:「恒遺恨以終篇,豈懷盈而自足。」

〔六八〕操刀　此指作文。左傳襄三十一年:「人未能操刀而使割,其傷實多。」

〔六九〕舉斧　亦喻作文,謂非其人,難以與之論爲文之道。莊子徐無鬼:「郢人堊慢其鼻端若蠅翼,使匠石斲之。匠石運斤成風,聽而斲之,盡堊而鼻不傷,郢人立不失容。宋元君聞之,召匠石曰:『嘗試爲寡人爲之。』匠石曰:『臣則嘗能斲之,雖然,臣之質死久矣。』」

〔七〇〕八病　指平頭、上尾、蜂腰、鶴膝、大韻、小韻、傍紐、正紐，作詩當避之。詳見文鏡秘府論文二十八種病。　起，原作「超」，據英華、全唐文改。

〔七一〕沈隱侯　沈約卒謚「隱」，故稱。沈約在宋書謝靈運傳論中述及聲律理論。鍾嶸詩品序：「王元長（融）創其首（按指四聲論），謝朓、沈約揚其波。……於是士流景慕，務爲精密，襞積細微，專相陵架，故使文多拘忌，傷其真美。」

〔七二〕四聲兩句　四聲，指平、上、去、入。文鏡秘府論四聲論：「（劉善）經數聞江表人士説，梁王蕭衍（即武帝）不知四聲，嘗從容謂中領軍朱异曰：『何者名爲四聲？』异答曰：『「天子萬福」即是四聲。』衍謂异：『「天子壽考」豈不是四聲也？』以蕭主之博洽通識，而竸（竟）不能辨之！時人咸美朱异之能言，嘆蕭主之不悟。」

〔七三〕文律　指「永明體」之聲律。南齊書陸厥傳：「汝南周顒善識聲韻，（沈）約等文皆用宫商，以平、上、去、入爲四聲，以此製韻，不可增減，世呼爲『永明體』。」

〔七四〕則後死者句　論語子罕：「天之將喪斯文也，後死者不得與於斯文也。」

〔七五〕舞干戚句　尚書大禹謨：「帝乃誕敷文德，舞干羽於兩階。」僞孔傳：「干，楯；羽，翳也，皆舞者所執。修闡文教，舞文舞於賓主階間，抑武事。」　戚，斧。禮記樂記：「執其干戚，習其俯抑詘伸，容貌得莊焉。」唐太宗貞觀時嘗造破陣樂舞，見教坊記及樂府詩集卷八〇。

〔七六〕虞李岑許　指虞世南、李百藥、岑文本、許敬宗。四人皆以文詞著名。

〔七七〕王魏來褚　指王珪、魏徵、來濟、褚遂良。四人皆長於政事。

〔七八〕雍容兩句　班固兩都賦序：故言語侍從之臣，朝夕論思，日月獻納，「雍容揄揚，著於後嗣，抑亦雅頌之亞也」。

〔七九〕虞博通兩句　舊唐書虞世南傳：太宗即位，轉著作郎，兼弘文館學士。貞觀七年（六三三），轉秘書監，賜爵永興縣子。「太宗重其博識，每機務之隙，引之議論，共觀經史。……每論及古先帝王爲政得失，必存規諷，多所補益」。

〔八〇〕李長於兩句　舊唐書李百藥傳：百藥「藻思沈鬱，尤長於五言詩，雖樵童牧豎，并皆吟諷」。

〔八一〕岑君兩句　舊唐書岑文本傳：文本於太宗時官至中書令，「美談論，善屬文」。晉書裴楷傳：「楷善宣吐，左右瞻目，聽者忘疲。」詩品上晉黄門郎張協：「詞旨葱蒨，音韻鏗鏘，使人味之，亹亹不倦。」

〔八二〕許生兩句　舊唐書許敬宗傳：敬宗善屬文，太宗破遼，「敬宗立於馬前受旨草詔書，詞彩甚麗，深見嗟賞」。　翩翩，指詞氣飛動。曹丕與吴質書：「元瑜書記翩翩，致足樂也。」

〔八三〕王侍中兩句　舊唐書王珪傳：貞觀二年（六二八），王珪代高士廉爲侍中，與房玄齡等同知國政，自謂能「激濁揚清，嫉惡好善」。太宗稱其「識鑒精通，復善談論」。

〔八四〕魏太師兩句　舊唐書魏徵傳：貞觀十六年（六四二），「拜太子太師，知門下省事如故」。魏徵「雅有經國之才，性又抗直，無所屈撓」。徵嘗奏引學者校定四部書，修前代史，徵「受詔總加撰定，多所損益，務存簡正」。「兼包古義」下，全唐文有「來」字，注：「闕十二字。」按上文既言「王魏來褚」，依駢文對應規律，所闕處當述來濟，全唐文注是。

〔八五〕褚河南兩句　舊唐書褚遂良傳：「貞觀時，遂良由侍書遷諫議大夫，兼知起居事。尋授太子賓客，拜黄門侍郎，參綜朝政。後官至中書令。高宗即位，賜爵河南縣公。遂良博涉文史，尤工隸書。「太宗嘗出御府金帛購求王羲之書迹，天下爭齎古書詣闕以獻，當時莫能辨其真僞，遂良備論所出，一無舛誤」。冊府，指太宗藏書處。

〔八六〕變風句　毛詩序：「至於王道衰，禮義廢，政教失，國異政，家殊俗，而變風變雅作矣。」鄭玄詩譜序：「孔子録懿王、夷王時詩，訖於陳靈公淫亂之事，謂之變風變雅。」後世文人所作，亦稱變風變雅，謂爲風雅之亞也。

〔八七〕立體句　謂虞世南等人備善各體。曹丕典論論文：「文非一體。」又曰：文體不同，「故能之者偏也；唯通才能備其體」。

〔八八〕百氏　指諸子及佛、道。文心雕龍史傳：「原夫載籍之作也，必貫乎百氏，被之千載。」

〔八九〕豸冠　司馬彪續漢書志輿服下：「法冠，一曰柱後。高五寸，以纚爲展筩，鐵柱卷，執法者服之，侍御史、廷尉正監平也。或謂之獬豸冠。獬豸神羊，能别曲直，楚王嘗獲之，故以爲冠。」東漢楊孚異物志：「北荒之中，有獸名獬豸，一角，性别曲直。見人鬭，觸不直者；聞人爭，咋不正者。」句謂來濟曾爲御史。按來濟任御史各史未載，當在太宗時。或以其時官職低微，不足稱也。

〔九〇〕鷄樹　初學記卷一一引郭頒魏晉世語：「劉放、孫資共典樞要，夏侯獻、曹肇心内不平。殿中有鷄棲樹，二人相謂：此亦久矣，其能復幾。指謂中書監劉放、中書令孫資。」此代指中書省。

〔九一〕内掌句　舊唐書本傳：貞觀十八年（六四四），來濟爲太子司議郎，兼崇文館直學士，「尋遷中書舍人」。唐中書省掌機密，故云。

〔九二〕外修句　舊唐書來濟傳：高宗永徽二年（六五一），「拜中書侍郎，兼弘文館學士，監修國史」。

〔九三〕綵筆　指五色筆。南史江淹傳：「又嘗宿於冶亭，夢一丈夫自稱郭璞，謂淹曰：『吾有筆在卿處多年，可以見還。』淹乃探懷中得五色筆一以授之。爾後爲詩絶無美句，時人謂之才盡。」

〔九四〕琴席　置琴之座，此指家中。李嶠六月詩：「避暑移琴席。」

〔九五〕含毫　文選陸機文賦：「或含毫而邈然。」李善注：「毫，謂筆毫也。」　顧盼，文心雕龍辨騷：「顧盼可以驅辭力。」

〔九六〕漢家　代指唐。　城闕，指長安。唐初多都城詩，太宗有帝京篇十首，羣臣每仿之。

〔九七〕黄山羽獵　文選揚雄羽獵賦：「孝成帝時，羽獵，雄從。」因下有「武帝廣開上林……北繞黄山，濱渭而東」句，故稱。李善注引漢書：「槐里有黄山之宫。」羽獵，李善引服虔注：「負羽也。」即載負羽箭侍從皇帝狩獵。

〔九八〕汾水樓船　漢武帝幸河東，自作秋風辭，見上之回注〔七〕。因秋風辭有「泛樓船兮濟汾水，横中流兮揚素波」句，故云。

〔九九〕南津　南方津渡，指湘江。弔屈，文選賈誼弔屈原文：「造託湘流兮，敬弔先生。」蒼梧，即九嶷山，相傳爲舜葬地。參見釋疾文悲夫注〔二〕。謝朓新亭渚别范零陵詩：「雲去蒼梧野。」兩句指來濟被貶台州事。舊唐書來濟傳：永徽二年（六五一），「又兼太子詹事。尋而許敬宗等奏來濟與褚遂良朋黨構扇，左授台州刺史」。元和郡縣志卷二六江南道台州：「武德四年（六二一）討平李子通，於臨海縣置海州，五年改海州爲台州，蓋因天台山爲名。」其地今屬浙江寧波。

〔一〇〇〕西路　西行之路，指徙庭州。舊唐書來濟傳：「永徽五年（六五四），徙庭州刺史。」庭州，治今新疆吉木薩爾。　悲昂，「昂」與前句「屈」對應，當爲人名，未詳。

〔一〇一〕葱巖　即葱嶺。水經河水注引西河舊事：「葱嶺在敦煌西八千里，其山高大，上生葱，故曰葱嶺也。」此泛指庭州諸山。

〔一〇二〕江湖兩句　江湖，與下句「沙塞」對應，當指身在南方。廊廟，謂在朝。造次，見下注。

〔一〇三〕顛沛　論語里仁：「君子去仁，惡乎成名？君子無終食之間去仁，造次必於是，顛沛必於是。」集解引馬融曰：「造次，急遽；顛沛，偃仆。」

〔一〇四〕鷄談　藝文類聚鳥部引幽明録：「晉兗州刺史沛國宋處宗，嘗買得一長鳴鷄，愛養甚至，恒籠著窗間。鷄遂作人語，與處宗談論，極有言智，終日不輟。處宗因此言巧大進。」

〔一〇五〕濈　當即説文「濈」字，許慎釋曰：「於水中擊絮也。」此形容魚游貌。文選潘岳秋興賦：「玩游儵之濈濈。」李善注：「濈濈，游貌也。」

〔一〇六〕將　英華、全唐文作「欲」。

〔一〇七〕札　古代書寫小木片，代指紙。綺札猶「華箋」，此泛指文稿，謂其美好。

〔一〇八〕三十卷　舊唐書來濟傳：「有文集三十卷，行於代(世)。」已久佚。

〔一〇九〕余　原無，據英華補。　西鎬，西周國都。武王滅商，自酆徙都鎬，謂之「宗周」，又稱西都，故曰「西鎬」。地在今西安市西南。此代指長安。

〔一一〇〕及周史句　論語衛靈公：「子曰：『吾猶及史之闕文也。』」此以周代唐，指作者早年任職秘書省事。

〔一一一〕漢庭　指唐朝廷。

〔一一二〕平津侯句　指公孫弘事，見雙槿樹賦注〔六七〕。

〔一一三〕馬厩　馬棚。漢書公孫弘傳：「公孫弘死後，繼爲丞相者，『自(李)蔡至(石)慶，丞相府客館丘虚而已，至(公孫)賀、(劉)屈氂時壞以爲馬厩車庫奴婢室矣』。顔注「丘虚」曰：「言不能進賢，故不繕修其室屋也。」
〔一二四〕李司隸　指李膺，字元禮，曾拜司隸校尉。　仙舟，見詠史四首之二注〔一一二〕。
〔一二五〕龍門　後漢書李膺傳：「膺獨持風裁，以聲名自高，士有被容接者，名爲登龍門。」
〔一二六〕交交句　詩經秦風黄鳥：「交交黄鳥，止於棘。」毛傳：「交交，小貌。」
〔一二七〕集於栩句　詩經小雅黄鳥：「黄鳥黄鳥，無集於桑。」「黄鳥黄鳥，無集於栩。」栩，木名，即柞樹。　按小雅黄鳥詩序：「黄鳥，刺宣王也。」鄭箋：「刺其以陰禮教親而不至，聯兄弟之不固。」來濟遭貶，乃爲諫阻高宗立武則天爲后所致，故此引黄鳥以刺。
〔一二八〕營營兩句　詩經小雅青蠅：「營營青蠅，止於樊。豈弟君子，無信讒言。營營青蠅，止於棘。讒人罔極，交亂四國。」毛傳：「營營，往來貌。樊，藩也。」按青蠅詩序：「青蠅，大夫刺幽王也。」鄭箋：「蠅之爲蟲，汙白使黑，汙黑使白，喻佞人變亂善惡也。言止於藩，欲外之令遠物也。」來濟被貶台州，乃是許敬宗、李義府希武后旨誣奏所致，故引青蠅詩以刺，對來濟深表同情。
〔一二九〕九原　禮記檀弓下：「趙文子與叔譽觀乎九原，曰：『死者如可作也，吾誰與歸？』」九原乃山名，在今山西新絳縣北，晉卿大夫墓地之所在，後因代指墓地。
〔一三〇〕松有隧句　文選潘岳楊仲武誄：「埏隧既開。」李善注引聲類：「埏，墓隧也。」又後漢書陳蕃傳李賢注：「埏隧，今人墓道也。」

〔二一〕三湘　太平寰宇記卷一一四道州，謂湘潭、湘鄉、湘陰（或湘源）合稱「三湘」。此泛指洞庭、湘水一帶，承前「吊屈」事。

〔二二〕川無梁句　曹丕雜詩：「願飛安得翼，欲濟河無梁。」

〔二三〕輟斤兩句　以莊子懷念惠子喻痛惜來濟。莊子徐無鬼：「莊子送葬，過惠子之墓，顧謂從者曰：『……（言匠石斵鼻事，見本文前注〔六九〕，此略）自夫子之死也，吾無以爲質矣，吾無與言之矣。』」揚雄解難：「郢人亡，則匠石輟斤而不敢妄斵。」

〔二四〕聞笛兩句　嵇康、吕安因反對司馬昭被殺後，其友向秀被迫入洛陽應郡舉，歸經嵇康山陽舊居，作感舊賦，序曰：「鄰人有吹笛者，發聲寥亮；追思曩昔遊宴之好，感音而嘆，故作賦云。」

〔二五〕徒勤兩句　莊子秋水：「河伯欣然自喜，以天下之美爲盡在己。順流而東行，至於北海，東面而望，不見水端。」　北海，即渤海。李頤注云：「東海之北是也。」　倪，涯端。莊子齊物論：「和之以天倪。」郭象注：「天倪者，自然之分也。」

〔二六〕永好兩句　史記孟子荀卿列傳：「騶衍之術迂大而閎辯……故齊人頌曰『談天衍』。」集解引劉向别録：「騶衍之所言五德始終，天地廣大，盡言天事，故曰『談天』。」　氤氲，雲氣彌漫貌。

樂府雜詩序〔一〕

聞夫歌以永言〔二〕，庭堅有歌虞之曲〔三〕；頌以紀德〔四〕，奚斯有頌魯之篇〔五〕。四始六義〔六〕，存亡播矣〔七〕；八音九闋〔八〕，哀樂生焉〔九〕。是以叔譽聞詩，驗同盟之成敗〔一〇〕；延陵聽樂，知列國之典彝〔一一〕。王澤竭而頌聲寢〔一二〕，伯功衰而詩道缺〔一三〕。秦皇滅學〔一四〕，星琯千年〔一五〕；漢武崇文〔一六〕，市朝八變〔一七〕。通儒作相，徵博士於諸侯〔一八〕；中使驅車，訪遺編於四海〔一九〕。發詔東觀〔二〇〕，縫掖成陰〔二一〕；獻書南宮〔二二〕，丹鉛踵武〔二三〕。王風國詠〔二四〕，共驪翰而升沈〔二五〕；里頌途歌〔二六〕，隨質文而沿革〔二七〕。以少卿長別，起高唱於河梁〔二八〕；平子多愁，寄遥情於隴坂〔二九〕。南浦動關山之役，作者悲離〔三〇〕；東京興黨錮之誅，詞人哀怨〔三一〕。其後鼓吹樂府，新聲起於鄴中〔三二〕；山水風雲，逸韻生於江左〔三三〕。言古興者，多以西漢爲宗〔三四〕；議今文者，或用東朝爲美〔三五〕。落梅芳樹〔三六〕，共體千篇〔三七〕；隴水巫山〔三八〕，殊名一意。亦猶負日於珍狐之下〔三九〕，沈螢於燭龍之前〔四〇〕。辛苦逐影〔四一〕，更似悲狂；罕見鑿空〔四二〕，曾未先覺〔四三〕。潘陸顏謝〔四四〕，蹈迷津而不歸〔四五〕；任沈江劉〔四六〕，來亂轍而彌遠〔四七〕。其有發揮新題〔四八〕，孤飛百代之前；開鑿古人，獨步九流之上〔四九〕，自我作古〔五〇〕，粤在兹乎〔五一〕！

樂府者，侍御史賈君之所作也〔五二〕。君升堂入室〔五三〕，踐龜字以長驅〔五四〕；藏翼蓄鱗〔五五〕，展龍圖以高視。林宗一見，許以王佐之才〔五六〕，士季相看，知有公卿之量〔五七〕。南國蛟龍之燿〔五八〕，下觸詞鋒〔五九〕；東家科斗之書〔六〇〕，來游筆海。朝陽弄翮〔六一〕，即踐中京〔六二〕；太行垂耳〔六三〕，先鳴上路〔六四〕。當赤縣之樞鑰〔六五〕，作高臺之羽儀〔六六〕。動息無格於温仁〔六七〕，顛沛安由乎正義〔六八〕。玉堦覆奏，謹依汲直之聞〔六九〕；銅術埋輪，先定雍門之罪〔七〇〕。霜臺有暇〔七一〕，文律動於京師〔七二〕；繡服無私〔七三〕，錦字飛於天下〔七四〕。

九成宫者〔七五〕，信天子之殊庭〔七六〕，羣仙之一都也〔七七〕。五城既遠〔七八〕，得崑閬於神京〔七九〕；三山已沈〔八〇〕，見蓬萊於古輔〔八一〕。紫樓金閣，雕石壁而鏤羣峯；碧甃銅池〔八二〕，俯銀津而横衆壑。離宫地險，丹礀四周；徼道天回〔八三〕，翠屏千仞。衛尉寢蒙茸之署〔八四〕，將軍無刁斗之警。中巖罷燠，飛霜爲之夏凝〔八五〕；大谷生寒，層淮以之秋沍〔八六〕。天子萬乘，驅鳳輦於西郊；羣公百僚，扈龍軒而北輔。春秋絡繹，冠蓋滿於青山；寒暑推移〔八七〕，旌節喧於黄道〔八八〕。夕宿鷄神之野〔八九〕，朝登鳳女之臺〔九〇〕。青鳥時飛〔九一〕，白雲無極。千年啓聖，邈同汾水之陽〔九二〕；七日期仙，頗類緱山之曲〔九三〕。經過者徒知其美，揄揚者未歌其事。恭聞首唱，遂屬洛陽之才〔九四〕；俯視前修，將麗長安之道〔九五〕。平恩公當朝舊相〔九六〕，一顧增榮〔九七〕，親行翰墨之林，光標唱和之雅。於是懷文之士，莫不嚮風靡然，動麟閣之雕章〔九八〕，發鴻都之寶思〔九九〕。雲飛綺札，代郡接於蒼梧〔一〇〇〕；泉湧華篇，岷波連於碣石〔一〇一〕。萬殊斯應〔一〇二〕，千里不違〔一〇三〕。同晨風之歔北林〔一〇四〕，似秋水之歸東壑〔一〇五〕。洋洋盈耳，豈徒懸魯之音〔一〇六〕；鬱鬱文哉，非復從周之説〔一〇七〕。故可論諸典故，被以笙鏞〔一〇八〕。

爰有中山郎餘令〔一〇九〕，雅好著書，時稱博物。探亡篇於古壁〔一一〇〕，徵逸簡於道人〔一一一〕。撰而集之，命余爲序。時褫巾三蜀〔一一二〕，歸卧一丘〔一一三〕，散髮書林〔一一四〕，狂歌學市。雖江湖廊廟〔一一五〕，賓廡蕭條〔一一六〕；綺季留侯，神交髣髴〔一一七〕。遂復驅偪幽憂之疾〔一一八〕，經緯朝廷之言〔一一九〕。凡一百一篇，分爲上下兩卷，俾夫舞雩周道〔一二〇〕，知小雅之歡娱〔一二一〕；擊壤堯年〔一二二〕，識太平之歌詠云爾。

〔一〕樂府　漢武帝時所設音樂機關。漢書禮樂志：「至武帝定郊祀之禮，乃立樂府，采詩夜誦。」「後人乃以樂府所採之詩，即名之曰『樂府』」（顧炎武日知録卷二八）。魏晉以後，文人多按樂府舊題擬作，亦稱樂府詩。雜詩，文選在「樂府」外，另列「雜詩」門，首録古詩十九首。文選王仲宣（粲）雜詩李善注：「雜者，不拘流例，遇物即言，故云雜也。」樂府雜詩，據作者之詩歌主張，當指以樂府舊題抒寫時事之作。作者所序之樂府雜詩集，乃賈言忠作，然未見著録，當久佚。序稱「時褫巾三蜀，歸卧一丘」，考盧照鄰約在咸亨二年（六七二）春夏離新都尉，則此序當作於咸亨二年或以後卧病太白山下時。

〔二〕聞夫句　永，原作「詠」。全唐文卷一六六、四庫本作「永」。尚書舜典：「詩言志，歌永言。」僞孔傳：「謂詩言之以導之，歌詠其義以長言之。」則作「永」是，因改。

〔三〕庭堅　左傳文十八年：「昔高陽氏有才子八人」，其中有庭堅，杜預注：「庭堅即皋陶字。」歌虞，尚書益稷：帝舜（姚姓，有虞氏）作歌，皋陶拜手稽首，乃賡載歌曰：「元首（指虞舜）明哉，股肱良哉，庶事康哉。」

〔四〕頌以紀德　毛詩序：「頌者，美盛德之形容，以其成功告於神明者也。」

〔五〕奚斯句　文選班固兩都賦序：「故皋陶歌虞，奚斯頌魯，同見採於孔氏。」李善注：「韓詩魯頌曰：『新廟奕奕，奚斯所作。』薛君曰：『奚斯，魯公子也。是詩公子奚斯所作也。』」按左傳閔二年，奚斯即魯大夫公子魚。

〔六〕四始　毛詩序：風、小雅、大雅、頌，「是謂四始，詩之至也」。鄭箋：「始者，王道興衰之所由。」孔疏：「此四者是人君興廢之始，故謂之四始也。」又史記孔子世家：「關雎之亂以爲風始，鹿鳴爲小雅始，文王爲大雅始，清廟爲頌始。」六義，毛詩序：「故詩有六義焉：一曰風，二曰賦，三曰比，四曰興，五曰雅，六曰頌。」

〔七〕存亡　指國家興衰。毛詩序「是謂四始」句孔穎達疏引鄭玄答張逸云：「風也，小雅也，大雅也，頌也，此四者，人君行之則爲興，廢之則爲衰。」

〔八〕八音　周禮春官大師：「皆播之以八音：金、石、土、革、絲、木、匏、竹。」鄭玄注：「金，鍾鎛也；石，磬也；土，塤也；革，鼓鼗也；絲，琴瑟也；木，柷敔也；匏，笙也；竹，管簫也。」九闋，即九成。禮記文王世子：「有司告以樂闋。」鄭注：「闋，終也。」尚書益稷：「簫韶九成。」孔疏引鄭玄曰：「成猶終也。」

〔九〕哀樂句　毛詩序：「治世之音安以樂，其政和。」又：「亡國之音哀以思，其民困。」禮記樂記：「其哀心感者，其聲噍以殺；其樂心感者，其聲嘽以緩。」

〔一〇〕是以兩句　禮記檀弓下：「趙文子與叔譽觀乎九原。」鄭注：「叔譽，叔向也。晉羊舌大夫之孫，名肹。」左傳襄二十六年：「秋，七月，齊侯、鄭伯，爲衛侯故入晉，晉侯兼享之。晉侯賦嘉樂。國景子相齊侯，賦蓼蕭。子展相鄭伯，賦緇衣。叔向命晉侯拜二君曰：『寡君敢拜齊君之安我先君之宗祧也，敢拜鄭君之不貳也。』」「晉侯言衛侯之罪，使叔向告二君。國子賦轡之柔矣，子展賦將仲子兮，晉侯乃許歸衛侯。」

〔一一〕延陵兩句　延陵，指吴公子季札。史記吴太伯世家：「季札封於延陵，故號曰延陵季子。」左傳襄二十九年：「吴公子札來聘。請觀乎周樂。」於是使樂工爲之歌周南、召南、邶、鄘、衛、王、鄭、齊、豳、秦、魏、唐、陳、鄶等，季札以列國政教得失，一一予以評論。典彝，謂國之常道。文心雕龍樂府：「季札鑒微於興廢。」

〔一二〕王澤句　文選班固兩都賦序：「昔成康没而頌聲寢，王澤竭而詩不作。」李善注：「言周道既微，雅、頌并廢也。……毛詩序曰：『止乎禮義，先王之澤也。』然則作詩禀乎先王之澤，故王澤竭而詩不作。……孟子曰：『王者之跡息而詩不作。』」

〔一三〕伯　指周公、召公。周禮春官大宗伯：「九命作伯。」鄭玄注：「上公有功德者加命爲二伯。」賈公彦疏：「曲禮云：五官之長曰伯，是職方。鄭（玄）引公羊傳云：自陝以東，周公主之；自陝以西，召公主之，是東西二伯也。」詩道缺，毛詩序將周南、召南係於周公、召公，謂「周南、召南，正道之始，王化之基」。鄭玄詩譜序謂文、武至周公時之風、雅爲「詩之正經」，其後則爲「變風變雅」，故云。

〔一四〕秦皇句　史記秦始皇本紀：始皇三十四年（前二一三），用丞相李斯議：「史官非秦記皆燒之。非博士官所職，天下敢有藏詩、書、百家語者，悉詣守、尉雜燒之。有敢偶語詩書者棄世。以古非今者族。」

〔一五〕星琯　指年。星指二十八宿，一年一周。琯，本樂器，代指十二律。古以十二律應十二月。徐陵與王僧辯書：「修好徵兵，彌留星琯。」千年，自秦焚書至作此序，只八百八十餘年，此舉成數。

〔一六〕漢武句　史記儒林列傳：「及今上（漢武帝）即位，趙綰、王臧之屬明儒學，而上亦鄉之，於是招方正賢良文學之士。」「及竇太后崩，武安侯田蚡爲丞相，絀黄老、刑名百家之言，延文學儒者數百人……天下之學士靡然鄉風矣。」崇文指此。

〔一七〕市朝　即朝市，代指朝代。文選陸機門有車馬客行：「市朝互遷易。」李善注：「古出夏門行：『市朝人易，千歲墓平。』」八變，指漢、魏、晉、宋、齊、梁、陳、隋八朝遞變。

〔一八〕通儒　指魏其侯竇嬰，武帝初立，爲丞相。史記魏其武安侯列傳：「魏其、武安（田蚡）俱好儒術。」博士，指申公。漢書楚元王傳：文帝時，申公爲博士。史記儒林列傳：楚王戊「胥靡申公。申公恥之，歸魯，退居家教」。及王臧爲郎中令、趙綰爲御史大夫，「言師申公。於是天子使使束帛加璧安車駟馬迎申公」。申公爲楚中大夫，退居魯，故謂徵於諸侯。

〔一九〕中使兩句　漢書藝文志：「迄孝武世，書缺簡脱，禮壞樂崩。聖上喟然而稱曰：『朕甚閔焉。』於是建藏書之册，置寫書之官，下及諸子傳説，皆充秘府。」「成帝時，以書頗散亡，使謁者陳農求遺書於天下。」清周壽昌漢書注校補：「竊疑漢求遺書始自武帝。當時必有記録，班採其言入文中耶？」

〔二〇〕發詔句　後漢書和帝紀：「永元十三年（一〇一）春正月，帝幸東觀，覽書林，閱篇籍，博選術藝之士，以充其官。」又安帝紀：「永初四年（一一〇）二月，詔謁者劉珍及五經博士校定東觀五經，諸子傳記，百家藝術，整齊脱誤，是正文字。」李賢注引洛陽宫殿名：「南宫有東觀。」

〔二一〕縫掖　代指術藝之士，見駙馬都尉喬君集序注〔四〇〕。　成陰，謂人數衆多。劉孝標廣絶交論：「鷄人始唱，鶴蓋成陰。」

〔二二〕獻書　王先謙漢書補注引何焯曰：「文選三十八引劉歆七略曰：『孝武皇帝敕丞相公孫弘廣開獻書之路，百年之間，書積如山。』」　南宫，洛陽宫殿名，東漢於此開學。後漢書張酺傳：「永平元年（五八），顯宗爲四姓小侯開學於南宫。」又賈逵傳：「建初元年（七六），詔入講南宫雲臺。」

〔二三〕丹鉛　西京雜記卷三：「揚子雲（雄）好事，常懷鉛提槧，從諸計吏訪殊方絶域四方之語。」丹鉛本書寫顔料，此代指書籍。丹，英華卷七一五作「快」，誤。

〔二四〕王風　王城之歌，此指朝廷樂官所製樂歌。詩經有王風，鄭玄王城譜：「王城者，周東都王城，畿内方六百里之地。」　國詠，諸侯列國之歌。漢樂府採歌詩，曾遍及各地，據漢書藝文志詩賦略載，有「高祖歌詩」至「南郡歌詩」二十八家、三百一十四篇。

〔二五〕驪翰　謂改正朔，代指不同時代。見南陽公集序注〔一六〕。

〔二六〕里頌途歌　指民歌。漢書藝文志：「自孝武立樂府而採歌謡，於是有代趙之謳，秦楚之風，皆感於哀樂，緣事而發。」

〔二七〕隨質文句　論語雍也：「質勝文則野，文勝質則史。」齊書陸厥傳：「質文時異，古今好殊。」

〔二八〕以少卿兩句　李陵字少卿。漢書蘇武傳：蘇武歸漢，「（李）陵泣下數行，因與武決」。文選載李陵與蘇武詩：「攜手上河梁，遊子暮何之？」按李陵詩當是僞作，文心雕龍明詩篇已謂其「見疑於後代也」。

〔二九〕平子兩句　後漢書張衡傳：「張衡字平子，南陽西鄂人也。」文選張平子四愁詩序：「時天下漸弊，鬱鬱不得志，爲四愁詩。」其「三思」曰：「我所思兮在漢陽，欲往從之隴坂長。」李善注：「漢書曰：天水郡，明帝改爲漢陽。應劭曰：天水有大坂，名曰隴阪。秦州記曰：隴坂九曲，不知高幾里。」

〔三〇〕南浦兩句　楚辭屈原九歌河伯：「送美人兮南浦。」後即以「南浦」代指送別地。關山之役，當指漢横吹曲之隴頭、出關、入關、出塞、入塞等，因多征夫思婦别離之情，故謂「悲離」。其辭早佚，見晉書樂志下及樂府古題要解卷上。

〔三一〕東京兩句　東漢桓靈二帝時，起張儉、李膺、范滂等鈎黨之案，死獄中百餘人，禁錮者六七百人，詳後漢書黨錮列傳。按前人謂古樂府艷歌何嘗行、枯魚過河泣等因鈎黨而作，然無確證。此未詳所指。

〔三二〕鄴中　鄴，古邑名。曹操曾封於鄴，魏因置鄴都。故城在今河北臨漳縣北。此代指魏。曹植鞞舞歌序：「漢靈帝西園鼓吹有李堅者，先帝（指曹操）聞其舊有技，召之。堅既中廢，兼古曲多謬誤，異代之文，未必相襲，故依前曲，改作新歌五首。不敢充之黄門（按宋書樂志卷一謂「漢世有黄門鼓吹」),近以成下國之陋樂焉。」三曹、七子之擬樂府詩,當皆屬所謂「新聲」。

〔三三〕山水兩句　指南朝宋以後山水詩興起。江左,即江南,指南朝。文心雕龍明詩:「江左篇製,溺乎玄風;宋初文詠,體有因革:莊老告退,而山水方滋。儷彩百字之偶,爭價一字之奇,情必極貌以寫物,辭必窮力而追新。」

〔三四〕言古興兩句　古興,指詩之比興。漢書藝文志:自孝武立樂府而採歌謡,「亦可以觀風俗、知厚薄云」。又謂樂府歌詩「皆感於哀樂,緣事而發」。此乃上承詩經之比興傳統。

〔三五〕議今文兩句　今文,相對漢樂府古辭而言,指五言古詩。此體至唐尚流行,故稱「今文」。前謂五言詩由李陵首唱,而東漢黨錮之「詞人哀怨」,蓋即此類。東朝,即東漢。文心雕龍明詩謂漢世古詩爲「五言之冠冕」。

〔三六〕落梅　即梅花落,爲横吹曲。芳樹,漢鐃歌十八曲中有芳樹。此泛指樂府古題。

〔三七〕共體句　譏斥後世擬樂府詩千篇一律,鮮有新意。樂府古題要解序:「歷代文士,篇詠實繁。或不睹於本章,便斷題取義。贈夫利涉,則述公無度河;慶彼載誕,乃引烏生八九子……類皆若兹,不可勝載。遞相祖習,積用爲常。」元稹樂府古題序:「沿襲古題,唱和重複,於文或有短長,於義咸爲贅賸。」

〔三八〕隴水　即隴頭水,横吹曲古題名。巫山,指巫山高,漢鐃歌十八曲題名。此亦泛指樂府古題。

〔三九〕亦猶句　列子楊朱篇：「昔者宋有田夫，常衣緼黂，自曝於日，不知天下之有廣廈隩室，綿纊狐貉。顧謂其妻曰：『負日之暄，人莫知者，以獻吾君，將有重賞。』」　珍狐，狐狸皮所製裘衣，謂極珍貴。

〔四〇〕沈螢句　文選左思吳都賦：「西蜀之於東吳，小大之相絶也，亦猶棘林螢燿，而與夫槫木龍燭也。」劉逵注引崔寔政論：「使賢不肖相去如日月之與螢火。」　燭龍，即龍銜燭而照，見後對蜀父老問注〔一四八〕。　以上兩句，謂優劣、强弱相去懸殊。

〔四一〕逐影　見釋疾文命曰注〔一四五〕。

〔四二〕鑿空　指開創。漢書張騫傳：「然騫鑿空。」顏注：「鑿，開也；空，通也。騫始開通西域道也。」

〔四三〕先覺　論語憲問：「不逆詐，不億不信，抑亦先覺者，是賢乎？」此指覺悟。

〔四四〕潘陸句　指潘岳、陸機、顏延之、謝靈運。潘、陸爲西晉作家，顏、謝爲南朝宋代作家。

〔四五〕迷津　迷途，指沿襲古題擬作樂府詩。鍾嶸詩品總論：「陸機爲太康之英，安仁（潘岳字）、景陽（張協字）爲輔；謝客（謝靈運）爲元嘉之雄，顏延年爲輔。斯皆五言之冠冕，文詞之命世也。」按上述作家五言擬樂府頗多。盧照鄰立論，常與詩品相左。

〔四六〕任沈句　指梁代作家任昉、沈約、江淹、劉孝綽，四人亦有大量擬樂府詩。

〔四七〕亂轍句　詩品將任、沈、江入中品，總論中批評任昉等「競須新事」、沈約等「文多拘忌」（指四聲説）；對此，盧照鄰在南陽公集序中亦有貶辭，而本文着重指出他們的摹擬習氣。宋書謝靈運傳論：「張蔡曹王，曾無先覺；潘陸謝顏，去之彌遠。」

〔四八〕新題　指樂府雜詩，因不襲用樂府舊題題意，故稱「新」。題，全唐文卷一六六作「體」。

〔四九〕獨步　後漢書戴良傳：「我獨步天下，誰與爲偶？」九流，漢書藝文志分諸子爲儒家者流、道家者流、陰陽家者流、法家者流、名家者流、墨家者流、從横家者流、雜家者流、農家者流、小説家者流，謂「諸子十家，其可觀者九家而已」。是爲九流（十家除去小説家者流）。

〔五〇〕自我句　文選張衡西京賦：「自君作故，何禮之拘。」李善注：「國語：『魯侯曰：君作故事。』韋昭曰：『君所作則爲故事也。』」古、故義通。

〔五一〕茲　指賈言忠所作樂府雜詩。

〔五二〕侍御史賈君　高步瀛唐宋文舉要乙編卷一本序注：「賈侍御蓋賈言忠也。舊唐書文苑傳曰：『賈曾，河南洛陽人也。父言忠，乾封中爲侍御史。』新唐書賈曾傳亦載言忠事。此文言侍御史，官合。新唐書地理志言乾封中復九成宫，時亦合。文云洛陽之才，地又合，則爲賈言忠殆無疑也。」按高説是，今從之。

〔五三〕升堂句　論語先進：「子曰：『由也升堂矣，未入於室也。』」邢昺疏：「言子路之學識深淺，譬如自外入内，得其門者，入室爲深，顏淵是也；升堂次之，子路是也。」

〔五四〕龜字　及下文「龍圖」，言賈言忠有神授之才。藝文類聚祥瑞部引尚書中候：「河龍圖出，雒龜書威，赤文像字，以授軒轅。」又崔融賀石龜負圖表：「黄軒東省，河獻龍書；蒼頡南巡，洛呈龜字。」可參讀。

〔五五〕藏翼句　喻未顯達。文選任昉宣德皇后令：「在昔晦明，隱鱗戢翼。」李善注：「曹植矯志詩曰：『仁虎匿爪，神龍隱鱗。』成公綏慰志賦：『惟潛龍之勿用，戢鱗翼而匿景。』」

〔五六〕林宗兩句　後漢書王允傳：「允字子師，太原祁人也。……同郡郭林宗嘗見允而奇之曰：『王生一日千里，王佐才也。』」

〔五七〕士季兩句　世説新語賞譽：「王濬沖、裴叔則二人，總角詣鍾士季（鍾會字士季）。須臾去後，客問鍾曰：『向二童何如？』鍾曰：『裴楷清通，王戎簡要。後二十年，此二賢當爲吏部尚書，冀爾時天下無滯才。』」

〔五八〕南國句　世説新語賞鑒：「張華見褚陶，語陸平原（機）曰：『君兄弟龍躍雲津。』」劉孝標注引裴氏家傳：「司空張華與陶書曰：『二陸龍躍於江漢。』」按陸機、陸雲兄弟爲吴郡人，故稱「南國蛟龍」。二陸入洛後聲名大振，因以喻言忠。　燿，疑「躍」之誤。

〔五九〕詞鋒　及下文「筆海」，皆指文詞。徐陵與楊遵彦書：「足下素挺詞鋒。」李善上文選注表：「酌前修之筆海。」又駱賓王餞尹大官往京序：「請振詞鋒，同開筆海。」

〔六〇〕東家　即東家丘，指孔子。顔氏家訓慕賢：「魯人以孔子爲東家丘。」科斗書，指孔子所藏書，見駙馬都尉喬君集序注〔二一〕。

〔六一〕朝陽　山之東面，代指鳳凰。　弄翮，振翅。文選郭璞江賦：「鴛雛弄翮乎山東。」李善注：「鴛雛，鳳屬也。」

〔六二〕中京　南朝稱洛陽爲中京。南齊書明帝紀：「昔中京淪覆，鼎玉東遷。」此代指長安。

〔六三〕太行句　戰國策楚策四：「汗明見春申君……汗明曰：『君亦聞驥乎？夫驥之齒至矣，服鹽車而上太行……中阪遷延，負轅不能上。』」又賈誼弔屈原賦：「驥垂兩耳，服鹽車兮。」

〔六四〕上路　猶要路，喻顯職。古詩十九首：「何不策高足，先據要路津？」

〔六五〕赤縣　此指萬年縣。新唐書賈曾傳：「父言忠，貌魁梧，事母以孝聞，補萬年主簿。」唐以縣治在京都者爲赤縣。元和郡縣志卷一京兆府：「萬年縣，赤。」

〔六六〕高臺　指御史臺，此言賈言忠由萬年縣主簿陞爲侍御史。

〔六七〕動息　文選謝朓觀朝雨詩：「動息無兼遂。」李善注：「動息，猶出處。」句謂出處自若。

〔六八〕顛沛　倒仆，見南陽公集序注〔一〇三〕。喻困頓失意。句謂所行正，自無顛沛之虞。

格，全唐文作「隔」。　温仁，温和仁慈。

〔六九〕汲直　謂方直有如汲黯。漢書賈捐之傳：「置之爭臣，則汲直。」顔注引張晏曰：「汲黯方直，故世謂之汲直。」舊唐書賈曾傳：言忠嘗奉使往遼東支軍糧，及還，向高宗陳遼東可平之狀與諸將優劣，「高宗深然之」。

〔七〇〕銅術兩句　銅術。説文：「術，邑中道也。」此指銅駝街。太平御覽卷一五八引陸機洛陽記：「洛陽有銅駝街，漢鑄銅駝二枚，在宮南四會道相對。」故代指洛陽。埋輪，後漢書張綱列傳：「漢安元年（一四二），選遣八使，徇行風俗。餘人受命之部，而綱獨埋其車輪於洛陽都亭，曰：『豺狼當道，安問狐狸？』遂奏大將軍（梁）冀無君之心十五事。」雍門，即梁雍之門，此指梁冀。後漢書梁統傳：漢和帝永元九年（九七），封梁雍乘氏侯。雍子梁商之女爲順帝皇后，梁商之子梁冀拜大將軍，從此梁氏專權。

〔七一〕霜臺　指御史臺。通典卷二四：「御史爲風霜之任，彈糾不法，百僚震恐，官之雄峻，莫之比焉。」言忠乾封時爲侍御史，又曾「擢監察御史」（新唐書賈曾傳），故云。

〔七二〕文律　爲文之法。陸機文賦：「普辭條與文律。」此泛指詩文。

〔七三〕繡服　執法大吏所穿繡有圖案的衣服。漢書雋不疑傳：武帝天漢二年（前九九），遣直指使者暴勝之等「衣繡衣持斧」至各地巡捕「羣盜」。

〔七四〕錦字　指詩歌。晉書列女傳：「竇滔妻蘇氏，名蕙，字若蘭。滔，苻堅時秦州刺史，被徙流沙。蘇氏思之，織錦爲回文璇璣圖詩以贈滔。」

〔七五〕九成宮　隋文帝所置仁壽宮。唐貞觀五年（六三一）修復，爲避暑之所。見贈許左丞從駕萬年宮注〔一〕。

〔七六〕殊庭　史記孝武紀：武帝「臨渤海，將以望祀蓬萊之屬，冀至殊庭焉」。索隱引服虔曰：「殊庭者，異也。言入仙人異域也。」　信，原無，據英華卷七一五、全唐文補。

〔七七〕羣仙句　史記封禪書：漢武帝嘗作甘泉宫，「中爲臺室，畫天、地、太一諸鬼神，而置祭具以致天神」。此以九成宫況之，故謂爲羣仙之都。

〔七八〕五城　見贈許左丞從駕萬年宫詩注〔九〕。

〔七九〕崑閬　崑崙之閬風，喻指九成宫。楚辭屈原離騷：「登閬風而緤馬。」王逸注：「閬風，山名，在崑崙之上。」　神京，指長安。

〔八〇〕三山句　史記封禪書：「蓬萊、方丈、瀛洲，此三神山者，其傳在渤海中……未至，望之如雲；及到，三神山反居水下。」

〔八一〕見蓬萊句　史記封禪書：蓬萊等三神山皆「黄金銀爲宫闕」，故以喻九成宫。　古輔，指鳳翔府。元和郡縣志卷二鳳翔府：「(漢)武帝太初元年(前一〇四)更名右扶風，所以扶助京師行風化也，與京兆尹、左馮翊謂之三輔。」高步瀛唐宋文舉要謂「古輔」爲「右輔」之誤，可備一説。

〔八二〕銅池　漢書宣帝紀：「金芝九莖，産於函德殿銅池中。」顔注：「銅池，承溜是也，以銅爲之。」

〔八三〕徼道　文選班固西都賦：「徼道綺錯。」李善注：「漢書曰：『中尉，掌徼循京師。』如淳曰：『所謂遊徼循禁，備盜賊也。』」此指巡察警戒之道。　天回，謂所通極遠。王粲浮淮賦：「旌麾翳日，飛雲天回。」　回，英華作「迴」。

〔八四〕衛尉句　謂地勢險要，勿需警衛。文選張衡西京賦：「衛尉八屯。」李善補注：「衛尉，掌門衛屯兵。」　蒙茸，文選揚雄甘泉賦：「飛蒙茸而走陸梁。」李善注引晉灼曰：「飛者蒙茸而亂，走者陸梁而跳，謂猛士之輩。」

〔八五〕中巖兩句　極言九成宮夏季涼爽。文選曹植七啓：「清室則中夏含霜。」李善注引李尤函谷關賦：「盛夏臨漂而含霜也。」

〔八六〕層淮　高步瀛唐宋文舉要改「淮」作「厓」，注：「案厓字舊作淮，文義難通，今校改。」今按「淮」字當誤，「厓」字似亦非是，疑乃「帷」之形訛。層帷，指九成宮中重重帷幕。　沍，凍結。意謂尚是秋天，帷幕即因寒凍而不能舒展。

〔八七〕寒暑句　易繫辭下：「寒暑相推而歲成焉。」

〔八八〕黄道　「道」原作「首」，全唐文作「道」，是，據改。黄道，黄塵飛揚之路，形容往來官員極多，與上句「青山」對應。

〔八九〕鷄神之野　指陳倉。鷄神，見贈許左丞從駕萬年宮注〔一二〕。

〔九〇〕鳳女之臺　即鳳臺，見和王奭秋夜有所思注〔五〕。按鳳臺在秦都雍。元和郡縣志卷二鳳翔府：「春秋及戰國時爲秦都，德公初居雍，即今天興縣也。」陳倉及天興縣皆與麟遊縣鄰近，故云。

〔九一〕青鳥　山海經大荒西經：「西有王母之山，「有三青鳥，赤首黑目，一名曰大鵹，一名少鵹，一名曰青鳥」。郭璞注：「皆西王母所使也。」

〔九二〕邈同句　莊子逍遥遊：「堯見四子藐姑射之山，汾水之陽，窅然喪其天下焉。」

〔九三〕七日兩句　見于時春也慨然有江湖之思寄此贈柳九隴詩注〔一五〕。按：考資治通鑑卷二〇一，唐高宗於總章元年（六六八）、二年（六六九）、咸亨元年（六七〇）皆曾避暑九成宫，本文「天子萬乘」至此，當即述其事。

〔九四〕遂屬句　文選潘岳西征賦：「賈生洛陽之才子。」李善注引漢書：「賈誼，雒陽人也，年十八，以能誦詩屬書（漢書作「文」）稱於郡中。文帝召以爲博士，時年二十餘。」賈言忠亦洛陽人，故以賈誼喻之。

〔九五〕長安之道　似指樂府詩長安道。樂府詩集卷二三横吹曲辭有長安道，詠長安道路及風物。

〔九六〕平恩公　指許圉師。舊唐書許紹傳：許紹少子許圉師，「顯慶二年（六五七），累遷黄門侍郎同中書門下三品，兼修國史。三年（六五八），以修實録，封平恩縣男。龍朔中爲左相，俄以子殺人隱而不奏，左遷虔州刺史」。據司馬光通鑑考異，許圉師貶虔州刺史在龍朔三年（六六三）二月，故作序時稱「舊相」。

〔九七〕一顧句　戰國策燕策二：人有賣駿馬者，「伯樂還而視之，去而顧之，一旦而馬價十倍」。王勃上絳州上官司馬書：「承達人一顧之榮，辱公車再辟之禮。」

〔九八〕麟閣　指麒麟閣。三輔黄圖卷六引漢宫殿疏：「天禄、麒麟閣，蕭何造，以藏秘書，處賢才。」

此代指文士。

〔九九〕鴻都　後漢書靈帝紀：「光和元年（一七八），始置鴻都門學士。」李賢注：「鴻都，門名也，於内置學。」此亦代指文士。

〔一〇〇〕代郡　據漢書地理志，代郡爲秦置，地域在今山西。蒼梧郡，漢武帝元鼎六年（前一一一）開，地在今廣西東南。句言南北。

〔一〇一〕岷波　岷即岷江，在今四川西部，南流入長江。此代指西方。碣石，山名。碣石在東，代指東方。

〔一〇二〕萬殊　王羲之蘭亭集序：「趣舍萬殊。」此謂各色人等。

〔一〇三〕千里句　易繫辭上：「出其言善，則千里之外應之。」

〔一〇四〕同晨風句　詩經秦風晨風：「鴥彼晨風，鬱彼北林。」毛傳：「鴥，疾飛貌。晨風，鸇也。北林，林名也。」

〔一〇五〕似秋水句　莊子秋水：「天下之水，莫大於海，萬川歸之。」

〔一〇六〕洋洋兩句　論語泰伯：「子曰：『師摯之始，關雎之亂，洋洋乎盈耳哉！』」何晏集解引鄭玄曰：「師摯，魯太師之名。……魯太師摯識關雎之聲而首理其亂，有洋洋盈耳，聽而美之。」　懸魯，指魯太師摯所用樂器（編鐘）。周禮春官小胥：「正樂縣（同「懸」）之位：王，宫縣；諸侯，軒縣。」鄭玄注：「樂縣，謂鍾磬之屬縣於筍簴者。鄭司農云：宫縣，四面縣；軒縣，去其一面。」

〔一〇七〕鬱鬱兩句　論語八佾：「子曰：『周監於二代，鬱鬱乎文哉，吾從周。』」何晏集解：「言周文章備於二代，當從之。」兩句謂賈言忠等唱和之作可上追周代，若孔子再生亦得從之。

〔一〇八〕笙鏞　皆樂器名。尚書益稷：「笙鏞以間。」僞孔傳：「鏞，大鍾。」

〔一〇九〕郎餘令　「餘」原作「徐」。按王勃宇文德陽宅秋夜山亭宴序：「中山郎餘令，風流名士。」又舊唐書儒林傳：「郎餘令，定州新樂人也。」少以博學知名，舉進士，累轉著作佐郎。元和郡縣志卷一八定州：「戰國時爲中山國。」王勃序作於蜀（德陽縣屬益州大都督府漢州），時郎餘令在蜀，盧照鄰爲新都尉，所與交者當即此人，「徐」蓋形訛，今據改。

〔一一〇〕亡篇　及下句「逸簡」，指賈言忠所作樂府雜詩，包括九成宫唱和之什。古壁，指孔子壁，曾出科斗書，見駙馬都尉喬君集序注〔二一〕。此喻指詩稿收藏處。

〔一一一〕道人　猶路人。漢書食貨志：「孟春之月，羣居者將散，行人振木鐸徇於路以採詩，獻之太師。」

〔一一二〕褫巾　易訟卦：「或錫之鞶帶，終朝三褫之。」釋文引王肅曰：「褫，解也。」巾指文官所戴平頭小樣巾子。褫巾指辭官。三蜀，華陽國志卷三蜀志：「益州以蜀郡、廣漢、犍爲爲三蜀。」按：皆漢代郡名。蜀郡、廣漢治今四川成都及廣漢、德陽、什邡等縣。犍爲治所最初在今貴州遵義一帶，後屢有變遷，唐肅宗移到嘉州（今四川樂山犍爲縣），郡遂廢。

〔一三〕歸臥句　指去新都尉後家居太白山下。

〔一四〕散髮句　後漢書袁安傳附袁閎傳：「延熹末，黨事將作，閎遂散髮絶世，欲投迹深林。」

〔一五〕廊廟　英華作「廓朗」，誤。

〔一六〕賓廡蕭條　謂罕有人推賢納士。見南陽公集序注〔一一三〕。

〔一七〕綺季　綺里季。留侯，張良。史記留侯世家：漢高祖欲廢太子，留侯爲呂后設計迎商山四皓輔太子，「上（高祖）怪之，問曰：『彼何爲者？』四人前對，各言名姓，曰東園公、角里先生、綺里季、夏黄公。」神交，文選班固幽通賦：「魂熒熒與神交兮。」李善注引曹大家曰：「言人之晝所思想，夜爲之發夢，乃與神靈接也。」

〔一八〕幽憂之疾　指作者所患風疾，見病梨樹賦注〔一一〕。

〔一九〕朝廷之言　此指賈言忠歌詠九成宫之詩，蓋多言遊幸宴從事，故云。

〔二〇〕舞雩　論語先進：「風乎舞雩，詠而歸。」何晏集解引包咸曰：「風涼於舞雩之下，歌詠先王之道。」按舞雩爲求雨場所。水經泗水注：沂水北對稷門，又名高門、雩門，「門南隔水有雩壇，壇高三丈，曾點所欲風舞處也」。地當在今曲阜南。此代指歌詠。周道，詩經大東：「周道如砥。」此以周代唐。

〔二一〕小雅　毛詩序：「政有小大，故有小雅焉，有大雅焉。」孔疏：「小雅所陳，有飲食賓客，賞勞羣臣；燕賜以懷諸侯，征伐以强中國；樂得賢者，養育人材，於天子之政皆小事也。」蓋樂府雜詩内容類似，故云。

〔一三〕擊壤句　擊壤爲古代遊戲。擊壤事見山林休日田家詩注〔五〕。太平御覽樂部引周處風土記：「壤者，以木作，前廣後鋭，長尺三四寸，其形如履。」　堯年，代指唐世。

宴梓州南亭詩序〔一〕

梓州城池亭者〔二〕，長史張公聽訟之别所也〔三〕。徒觀其巖嶂重複，川流灌注。雲窗綺閣，負繡牒之逶迤；洞户山樓，帶金隍之繚繞，信巴蜀之奇制也〔四〕。時鳳扆多閑〔五〕，上得和平之政；鯷瀛有截〔六〕，下無交爭之人。以公寄切上僚，故久無州將〔七〕，連四千石之重任〔八〕，總十萬井之雄班〔九〕；職逾劇而道彌高，位逾崇而德彌廣。市獄無事〔一〇〕，時狎鳥於城隅；邦國不空，且觀魚於濠上〔一一〕。賓階月上〔一二〕，横聯蜷之桂枝〔一三〕；野院風歸，動葳蕤之萱草〔一四〕。則有明珠愛客〔一五〕，置芳酒於十旬〔一六〕；羽服神交〔一七〕，契仙游於五日。圓潭寫鏡，光浮落日之津；雜樹開帷，彩綴飛煙之路。藤蘿杳藹，掛疏陰以送秋；鳧鴈參差，結流音而將夕〔一八〕。百年之歡不再，千里之會何常〔一九〕。下客悽惶，暫停歸轡；高人賞玩，豈輟斯文！咸請賦詩，六韻成章云爾〔二〇〕。

〔一〕蜀中名勝記卷二九潼川州一據盧照鄰集節引此序，下有「照鄰得池字」詩，即本集所載宴梓州南亭得池字。按此序當爲預宴諸人分韻所作之總序，原不應與此詩相連。參見該詩注〔一〕。

〔二〕梓州城　元和郡縣志卷三三劍南道梓州：「因梓潼水爲名也。州城，宋元嘉中築，右帶涪水，左挾中江，居水陸之衝要」。按梓州治所在今四川三臺縣。池亭，即南亭，以近池故稱。

〔三〕長史句　據舊唐書地理志，梓州爲上州。唐會要卷六七：貞觀二十三年（六四九）七月三日，「改别駕爲長史，領州事」。又舊唐書職官志三：上州别駕（即長史）一人，從四品下。張公，無考。

〔四〕巴蜀　皆古國名，爲秦惠文王所滅，置巴、蜀和漢中郡，包括今四川全省和重慶市。此泛指蜀中。

〔五〕鳳扆　皇帝寶座。禮記明堂位：「天子斧扆南鄉而立。」鄭玄注：「扆，狀如屏風，以絳爲質，高八尺，東西當户牖之間，繡爲斧文，亦曰斧扆。天子見諸侯則依而立負之，而南面以對諸侯。」鳳，美之也。此代指朝廷。

〔六〕鯷瀛　即鯷海，東鯷人所居之海外國名。漢書地理志下：「會稽海外有東鯷人，分爲二十餘國，以歲時來獻見云。」此代指邊遠之地。謝脁永明樂其五：「化洽鯷海君，恩變龍庭長。」

截，整治。詩經商頌殷武：「有截其所，湯孫之緒。」鄭箋：「更自敕整，截然齊一。」

〔七〕州將　指刺史。因多代將軍開府，故云。

〔八〕連四千石　漢代外郡守、尉俸禄皆二千石。張公以長史代刺史任，故云。漢書吾丘壽王傳：「連十餘城之守，任四千石之重。」

〔九〕十萬井　古制八户一井。十萬井，極言州民之多。　雄班，班指州衙司，句謂州司人才濟濟，實力雄厚。

〔一〇〕市獄　市中監獄。晉書劉琨傳：「造府廟，建市獄。」

〔一一〕旦觀魚句　莊子秋水：「莊子與惠子遊於濠梁之上。莊子曰：『儵魚出游從容，是魚之樂也。』」成疏：「濠是水名，在淮南鍾離郡。」此代指梓州之水。

〔一二〕賓階　即西階。古時賓主相見，賓自西階上，故稱。孔子家語儒行：「公自阼階，孔子賓階升堂立侍。」

〔一三〕横聯蜷句　楚辭淮南小山招隱士：「桂樹叢生兮山之幽，偃蹇連蜷兮枝相繚。」王逸注：「容貌美好，德茂盛也。」聯、連同，連綿字。

〔一四〕萱草　詩經衛風伯兮：「焉得諼草，言樹之背。」毛傳：「諼草令人忘憂。」後因諼、萱同音，故萱草又名忘憂草。嵇康養生論：「合歡蠲忿，萱草忘憂。」

〔一五〕則有句　晉書衛玠傳：「王濟嘗語人曰：『與玠同遊，冏若明珠之在側，朗然照人。』」

〔一六〕十旬　指唐代十日一休沐之旬休制。下文「五日」，指漢代五日一休沐制。

〔一七〕羽服　漢書郊祀志上：「使使衣羽衣，夜立白茅上。」顔注：「羽衣，以鳥羽爲衣，取其神仙飛翔之意也。」此代指道士及隱者。

〔一八〕流音　鳴聲遠揚。蕭子範蟬詩：「流音繞叢藿。」

〔一九〕百年兩句　王勃滕王閣餞別序：「勝地不常，盛筵難再。」

〔二〇〕六韻句　全唐文卷一六六作「以紀盛集」。按盧照鄰所作得池字詩，正六韻十二句。

宴鳳泉石翁神祠詩序〔一〕

夫圯上黄公，靈期已遠〔二〕；湘中玄乙，化迹難徵〔三〕。況乎神理歸然〔四〕，近帶青溪之路；環姿可望，俯控丹巖之下。予以歸骸空谷，言隔市朝，濯髮長川〔五〕，載罹寒暑〔六〕。心灰兩寂〔七〕，長無具爾之歡〔八〕；形木雙枯，將有終焉之志〔九〕。不悟喬鶯始囀〔一〇〕，喈喈於鶺鴒〔一一〕；野蕚初開，韡韡於棠棣〔一二〕。命壺觴而引宴〔一三〕，即沐新蘭〔一四〕；尋磵户以安歌，仍攀野桂〔一五〕。萋萋春草，王孫游兮不歸〔一六〕；秩秩斯干〔一七〕，幽人去而忘返〔一八〕。鼓我舞我〔一九〕，修袖滿於中巖〔二〇〕；神之聽之〔二一〕，多祜興於觸石〔二二〕。爰有嘉命，咸遣賦詩，請題四韻，列之如右。

〔一〕鳳泉　即鳳泉湯，在郿縣。新唐書地理志一：「鳳翔府扶風郡，郿，次畿。義寧二年（六一八）置郿城郡，又析置鳳泉縣。」貞觀八年（六三四）省鳳泉，「有太白山。有鳳泉湯」。石翁神祠，未詳。據「歸骸空谷」、「形木雙枯」等句，本文作年似在去新都尉歸太白山下之後、咸亨四年（六七三）居長安之前。

〔二〕圯上兩句　史記留侯世家載，張良嘗閒從容游下邳圯上，從一褐衣老父受教，老父出一編書，曰：「讀此則爲王者師矣。後十年興。十三年孺子見我濟北，穀城山下黄石即我矣。」說文：「圯，東楚謂橋爲圯。」兩句謂黄公及爲王者師事皆不可求。

〔三〕湘中兩句　玄一，即燕子。初學記卷三春「玄乙」引蔡邕月令章句曰：「仲春玄鳥至，玄鳥，燕也。」又引爾雅曰：「燕，乙也。」湘中玄乙，指湘水所經石燕山之石燕，見失羣雁注〔九〕。兩句謂石燕神遺迹已不可考。

〔四〕神理　文選王融三月三日曲水詩序：「設神理以景俗。」李善注：「神理，猶神道也。」

〔五〕濯髮　楚辭屈原離騷：「夕歸次於窮石兮，朝濯髮乎洧盤。」王逸注：「言宓妃體好清潔。……朝沐洧盤之水，遁世隱居，而不肯仕也。」

〔六〕載罹句　詩經小雅小明：「二月初吉，載罹寒暑。」鄭箋：「至今則更夏暑冬寒矣。」

〔七〕心灰　莊子齊物論：「形固可使如槁木，而心固可使如死灰乎？」兩寂，及對句「雙枯」，皆就心、形而言。

〔八〕具爾　詩經大雅行葦：「戚戚兄弟，莫遠具爾。」按爾與「邇」通，親近意。文選陸機嘆世賦：「怨具爾之多喪。」李善注：「具爾，兄弟也。」

〔九〕終焉之志　宋書謝靈運傳：「遂移籍會稽，修營别業……有終焉之志。」

〔一〇〕喬鶯始囀　詩經小雅伐木：「伐木丁丁，鳥鳴嚶嚶，出於幽谷，遷於喬木。」

〔一一〕喈喈　詩經周南葛覃：「黄鳥于飛，集於灌木，其鳴喈喈。」毛傳：「喈喈，和聲之遠聞也。」鶺鴒，鳥名，喻指兄弟，見五悲悲才難注〔一〇九〕。

〔一二〕野蕚兩句　詩經小雅常棣：「常棣之華，鄂不韡韡。」毛傳：「常棣，棣也。鄂猶鄂鄂然，言外發也。韡韡，光明也。」常棣，木名，漢書杜鄴傳引作「棠棣」。詩序曰：「常棣，燕兄弟也。」據「長無」至此數語，是宴蓋作者兄弟所設。

〔一三〕命壺觴句　陶淵明歸去來兮辭：「引壺觴以自酌。」

〔一四〕即沐句　楚辭屈原九歌雲中君：「浴蘭湯兮沐芳。」此當指浴於鳳泉湯。

〔一五〕仍攀句　楚辭淮南小山招隱士：「攀援桂枝兮聊淹留。」

〔一六〕萋萋兩句　楚辭淮南小山招隱士：「王孫遊兮不歸，春草生兮萋萋。」王逸注：「隱士避世，在山隅也。」

〔一七〕秩秩句　詩經小雅斯干：「秩秩斯干，幽幽南山。」毛傳：「秩秩，流行也。干，澗也。幽幽，深遠也。」

〔一八〕幽人句　文選班固通幽賦：「夢登山而迥眺兮，覿幽人之髣髴。」李善注引張晏曰：「幽人，神人也。」又孔稚圭北山移文：「或嘆幽人長往，或怨王孫不遊。」

〔一九〕鼓我句　詩經小雅伐木：「有酒湑我，無酒酤我。坎坎鼓我，蹲蹲舞我。」鄭箋：「爲我擊鼓坎坎然，爲我興舞蹲蹲然，謂以樂樂己。」

〔二〇〕修袖　長袖，指舞者。韓非子五蠹：「長袖善舞。」

〔二一〕神之句　詩經小雅伐木：「神之聽之，終和且平。」鄭箋：「此言心誠求之，神若聽之，使得如志，則友終相與和而齊功也。」

〔二二〕多祜　祜，原作「祐」，全唐文作「祜」，是，據改。詩經周頌載見：「永言保之，思皇多祜。」釋文：「祜，福也。」　觸石，指石翁神。公羊傳僖三十一年：「山川有能潤於百里者，天子秩而祭之，觸石而出。」又文選左思蜀都賦：「崗巒糺紛，觸石吐雲。」劉逵注引春秋元命苞：「山有含精藏雲，故觸石而出也。」

七日綿州泛舟詩序〔一〕

諸公迹寓市朝，心游江湖〔二〕。訪奇交於千里〔三〕，惜良辰於寸陰〔四〕。常恐辜負琴書，荒涼山水。於是脱屣人事〔五〕，鳴棹川隅，言追桂櫝之才〔六〕，用卜牽牛之賞〔七〕。邊生經笥〔八〕，送炎氣以濯纓〔九〕；郝氏書囊，臨秋光而曝背〔一〇〕。似遇緱山之客〔一一〕，還疑星漢之游〔一二〕。願駐景於高天〔一三〕，想乘霓於縮地〔一四〕。繁絲亂響，涼酎時斟〔一五〕。戲翔羽於平沙，釣潛鱗於曲浦。乘流則逝〔一六〕，不覺忘歸，咸可賦詩，探韻成作〔一七〕。

〔一〕七日，指農曆七月初七，傳説是夜牛郎織女在天河相會。按古今歲時雜詠卷二六載此序，下有詩，即本集七夕泛舟二首。然此序當是諸人探韻所作之總序，原不應與此詩相連。參見詩注〔一〕。

〔二〕諸公兩句　莊子讓王：「中山公子牟謂瞻子曰：『身在江海之上，心居乎魏闕之下，奈何？』」成疏：「公子有嘉遁之情而無高蹈之德，故身在江海上而隱遁，心思魏闕下之榮華。」此反用其意，謂諸人身在朝而心在野。王融爲竟陵王與隱士劉虬書：「迹塵圭組，心逸江湖。」　湖，英華卷七一五、全唐文卷一六六作「海」。

〔三〕訪奇交句　世説新語任誕：「嵇康與吕安善，每一相思，千里命駕。」

〔四〕惜良辰句　文選曹丕典論論文：「古人賤尺璧而重寸陰。」

〔五〕脱屣　漢書郊祀志上：申公言黄帝成仙登天，「於是天子（武帝）曰：『嗟呼！誠得如黄帝，吾視去妻子如脱屣耳。』」顔注：「屣，小履。脱屣者，言其便易，無所顧也。」

〔六〕挂犢之才　當指司馬相如。史記司馬相如列傳：相如與卓文君在臨邛買一酒舍酤酒，「相如身自著犢鼻褌,與保庸雜作」。集解引韋昭曰:「今三尺布作,形如犢鼻。」因司馬相如嘗自著犢鼻褌,故聯想及「掛犢」。又晉阮咸嘗掛大布犢於庭,見藝文類聚卷四引竹林七賢論。

〔七〕用卜句　藝文類聚歲時部中引崔寔四民月令:「七月七日,曝經書,設酒脯時果,散香粉於筵上,祈請於河鼓(即牽牛)織女,言此二星神當會,守夜者咸懷私願。或云見天漢中有奕奕正白氣,如地河之波,輝輝有光,曜五色,以此爲徵應。見者便拜乞願,三年乃得。」

〔八〕邊生句　後漢書邊韶傳:「邊韶字孝先,陳留浚儀人也。以文章知名,教授數百人。韶口辯,曾晝日假卧,弟子私嘲之曰:『邊孝先,腹便便,嬾讀書,但欲眠。』韶潛聞之,應時對曰:『邊爲姓,孝爲字,腹便便,五經笥。但欲眠,思經事。……』嘲者大慚。」

〔九〕濯纓　楚辭屈原漁父:「滄浪之水清兮,可以濯吾纓。」

〔一〇〕郝氏兩句　世説新語排調:「郝隆七月七日出日中仰卧。人問其故,答曰:『我曬書。』」

〔一一〕緱山客　指王子喬七月七日到緱氏山事,見于時春也慨然有江湖之思寄此贈柳九隴詩注〔一五〕。

〔一二〕星漢游　用乘槎上漢事,見七夕泛舟二首其一注〔三〕。

〔一三〕駐景　即駐日,見戰城南注〔七〕。

〔一四〕乘霓　霓亦作「蜺」,副虹。淮南子原道訓:「乘雲車,入雲蜺,游微霧。」高誘注:「以雲蜺爲馬游行也。」庾信至老子廟應詔詩:「寥廓本乘蜺。」縮地,藝文類聚卷七二引列異傳:「費長房又能縮地脉。坐客在家，至市買鮓。一日之間，人見之千里外者數處。」

〔一五〕酎　説文：「三重醇酒也。」此泛指酒。

〔一六〕乘流句　乘流，即泛舟。論語子罕：「子在川上，曰：『逝者如斯夫，不舍晝夜。』」賈誼鵩鳥賦：「乘流則逝，得飲則止。」

〔一七〕咸可兩句　前引古今歲時雜詠作「咸使賦詩，探韻成作云爾」。

楊明府過訪詩序〔一〕

夫清風動駕，謁阮籍於山陽〔二〕；素雪乘舟，訪戴逵於江路〔三〕。猶名高好事，迹標良史。未有鶯臨綺月，筵開許郭之談〔四〕；花聚繁星，門枉荀陳之馭〔五〕。泛煙光於紫瀲，翻露色於丹滋。亭皐一望，平蕪千里〔六〕。萋萋芳草，童兒牧馬之場〔七〕；亹亹晴川，野老休牛之墖〔八〕。釣臺隱隱，先生之桑梓可知〔九〕；茨嶺巖巖，隱士之風流尚在〔一〇〕。豈使臨邛樽酒，歌賦無聲〔一一〕；彭澤琴書，田園寢詠〔一二〕？

〔一〕楊明府，名未詳。明府，唐人對縣令之敬稱，見失羣鴈序注〔一一〕。據文中「茨嶺巖巖」等句，此序似作於晚年卧病具茨山期間。

〔二〕夫清風兩句　謁阮籍事未審。按「阮籍」疑當作「嵇康」，嵇康嘗居山陽。晉書嵇康傳：

「（王）戎自言與康居山陽二十年。」山陽在今河南修武縣東南。　謁嵇康，用吕安事。　世説新語任誕：「嵇康與吕安善，每一相思，千里命駕。」

〔三〕素雪兩句　用王徽之事，見宿玄武二首之一注〔二〕。

〔四〕許郭　指許劭、郭泰。　後漢書許劭傳：「許劭字子將，汝南平輿人也。少峻名節，好人倫，多所賞識。……故天下言拔士者，咸稱許郭。」郭泰見詠史四首其二注〔五〕、〔八〕。

〔五〕花聚繁星二句　劉敬叔異苑：「陳仲弓從諸子姪共造荀季和父子，於時德星聚，太史奏五百里内有賢人聚歲星也。」　陳仲弓，陳寔；　荀季和，荀淑。　世説新語品藻：「正始中，人士比論，以五荀方五陳：　荀淑方陳寔；　荀靖方陳諶；　荀爽方陳紀；　荀彧方陳羣；　荀顗方陳泰。」　按：　自「謁阮籍」至此，皆喻指楊明府過訪。

〔六〕亭皋二句　文選司馬相如上林賦：「亭皋千里，靡不被築。」五臣注：「皋，澤，中有隄，隄上十里置一亭，是名亭皋。」此泛指亭閣。

〔七〕童兒句　莊子徐無鬼：「黄帝將見大隗乎具茨之山……適遇牧馬童子，問途焉。」因作者時卧疾具茨，故云。

〔八〕亹亹　水流動貌。　文選左思吴都賦：「清流亹亹。」　晴，英華卷七一五、全唐文卷一六六作「朝」，似誤。　野老，蓋暗用巢父在潁水飲犢事，詳後益州至真觀主黎君碑注〔一五五〕。　按：「泛煙光」至此數句，謂其地乃安泰祥和之邦。　尚書武成：「歸馬于華山之陽，放牛于桃林之野，示天下弗服。」塔，蓋指佛寺，謂其地乃休牛之所。

〔九〕釣臺兩句　釣臺，「釣」疑「鈞」之誤。鈞臺，古臺名。左傳昭公四年：「夏啓有鈞臺之享。」杜預注：「河南陽翟縣南有鈞臺陂。」桑梓，詩經小雅小弁：「維桑與梓，必恭敬止。」毛傳：「父之所樹，己尚不敢不恭敬。」後以「桑梓」專指故鄉。據此，楊明府當爲陽翟人。

〔一〇〕茨嶺兩句　茨嶺，即具茨山，在陽翟縣。巖巖，高峻貌。兩句謂楊明府追慕古賢人，頗有隱士之風。

〔一一〕豈使兩句　司馬相如赴臨邛富人卓王孫宴，酒酣鼓琴，見相如琴臺詩注〔三〕。

〔一二〕彭澤兩句　彭澤，陶淵明曾爲彭澤令。其歸去來兮辭曰：「樂琴書以消憂。」寢詠，停止歌詠。陶淵明歸隱後，作歸園田居等詩。此言不可無詩。此兩句下，疑奪作詩用韻等語，英華有注：「其詩不録。」今已佚。

對問

對蜀父老問〔一〕

龍集荒落〔二〕，律紀蕤賓〔三〕，余自鄷鎬〔四〕，歸於五津〔五〕，從王事也〔六〕。丁丑〔七〕，屆於昇仙橋，止送客亭，即相如所謂「不乘高車駟馬，不出汝下」者也〔八〕。遇蜀父老皤然龐眉華髮者休於斯〔九〕，謂予曰：子非衣冕之族歟〔一〇〕？文章之徒歟〔一一〕？飾仁義以干時乎〔一二〕？懷詩書以邀名乎〔一三〕？吾聞諸夫子曰：「邦有道，貧且賤焉，恥也〔一四〕。」當今萬方日朗〔一五〕，九有風靡〔一六〕，主上垂衣裳正南面而已矣〔一七〕，庸非有道乎？而子爵不登上造〔一八〕，位不至中涓〔一九〕，藜羹不厭〔二〇〕，短褐不全〔二一〕，庸非貧賤乎？吾視子形容顦顇，顏色疲怠〔二二〕，心若涉六經〔二三〕，眼若營四海〔二四〕，何其無恥也〔二五〕！何其不一干聖主，效智出奇〔二六〕，何栖栖默默〔二七〕，自苦若斯？吾聞克爲卿，失則烹〔二八〕，何故區區冗冗〔二九〕，無所成名？

余笑而應之曰：井魚不可以語於海者，拘於墟也；夏蟲不可以語於冰者，篤於時也〔三〇〕。蓋聞智者不背時而徼幸，明者不違道以干非。是以聖賢馳鶩〔三一〕，莫救三家之徹〔三二〕；匹夫高抗，不屈萬乘之威〔三三〕。道在則簞瓢匪陋〔三四〕，義存則珪組斯違〔三五〕。或立談以邀鼎食〔三六〕，或白首而甘布衣〔三七〕。或委輅而仕，屬論都之會〔三八〕；或射鉤以相，遇匡霸之機〔三九〕。亦有朝爲伊、周，暮爲桀、跖〔四〇〕。當其時也，襲珩珮之鏘鏘〔四一〕；失其時也，委溝渠而喀喀〔四二〕。故使龍丘先生羞聞擁篲〔四三〕，鴈門太守不如縫掖〔四四〕。孟軻偃蹇，爲王者師〔四五〕；范睢匍匐，爲諸侯客〔四六〕。富貴者君子之餘事〔四七〕，仁義者賢達之常迹〔四八〕。來不可違〔四九〕，類鴻鴈之隨陽〔五〇〕；去不可留，同白駒之過隙〔五一〕。行蘇、張之辯於嬀、燧之年〔五二〕，則迂矣；用韓、彭之術於堯、舜之朝〔五三〕，則舛矣；守夷、齊之節於湯、武之時〔五四〕，則孤矣；抱申、商之法於成、康之日，則愚矣〔五五〕。彼一時也，此一時也〔五六〕。易時而處，失其所矣。〔五七〕。

大唐之有天下也，出入三代〔五八〕，五十餘載〔五九〕。月竁來庭〔六〇〕，風丘款塞〔六一〕，華旌已偃〔六二〕，羽檄已平〔六三〕。雖有廉、白之將，孫、吳之兵〔六四〕，百勝無遺策，千里不留行〔六五〕，無所用也。社首既禪〔六六〕，介丘既封〔六七〕，創明堂〔六八〕，立辟雍〔六九〕；雖有闕里之聖〔七〇〕，淹中之儒〔七一〕，叔孫通之蕝〔七二〕，公王帶之圖〔七三〕，將焉設也？咸英并作〔七四〕，韶武畢用〔七五〕，奏之方澤而地祇登〔七六〕，昇之圓丘而天神降〔七七〕；雖有伶倫〔七八〕、伯夔〔七九〕、延陵〔八〇〕、子期〔八一〕，操雅曲則風雲動〔八二〕，激悽音則草木悲〔八三〕，又何施也？畫衣莫犯〔八四〕，囹圄不修〔八五〕，雖有咎繇〔八六〕、仲甫之器〔八七〕，釋之〔八八〕、定國之儔〔八九〕，金科在握〔九〇〕，丹筆如流〔九一〕，非急務也。人歸東户〔九二〕，家沐南薰〔九三〕，山澤無蹊隧〔九四〕，鷄犬不相聞〔九五〕；雖有文翁〔九六〕、黄霸之述職〔九七〕，子游、子賤之絃歌〔九八〕，政成禮讓〔九九〕，俗被雍和〔一〇〇〕，固無取也。干戈已戢〔一〇一〕，禮樂已興〔一〇二〕，刑罰已措〔一〇三〕，梁父已昇〔一〇四〕，公卿常伯〔一〇五〕，庶政其凝〔一〇六〕；雖有鴻材大略〔一〇七〕，麗句豐詞〔一〇八〕，發言盈乎百代〔一〇九〕，濡翰周乎四時，略無益於今日，而適足以佛之。是故天子恭己〔一一〇〕，羣臣演成〔一一一〕。攘袂而陵稷卨〔一一二〕，撫掌而笑阿衡〔一一三〕。無爲而萬物皆遂〔一一四〕，不言而品彙咸亨〔一一五〕。莫不稱贊鴻烈〔一一六〕，揄揚頌聲〔一一七〕。言殊者招累〔一一八〕，行危者相傾〔一一九〕。効智者輟談於草澤，出奇者裹足於山楹〔一二〇〕。許由去而堯仁不少〔一二一〕，善卷逃而舜德不輕〔一二二〕。夫周冕雖華，猿猴不之好也〔一二三〕；夏屋雖崇，騏驥不之處也〔一二四〕。載鼷以車馬，不如放之於藪穴也；樂鷃以鐘鼓，不如栖之以深林也〔一二五〕。此數物者，豈惡榮而好辱哉〔一二六〕？蓋不失其天真也〔一二七〕。若余者，十五而志於學，四十而無聞焉〔一二八〕。詠羲、農之化〔一二九〕，翫姬、孔之篇〔一三〇〕，周遊幾萬里〔一三一〕，馳騁數十年。時復陵霞泛月，搦札彈弦〔一三二〕，隨時上下〔一三三〕，與俗推遷〔一三四〕。門有張公之霧〔一三五〕，突無墨子之煙〔一三六〕。雖吾道之窮矣〔一三七〕，夫何妨乎浩然〔一三八〕！今將授子以中和之樂〔一三九〕，申子以封禪之篇〔一四〇〕，終眇慚乎措地〔一四一〕，竊所慕於談天〔一四二〕。

於是蜀父老再拜而謝曰：鄙夫瞽陋〔一四三〕，長自愚惑；習俗遐陬，不遊上國〔一四四〕。

聞王人之休音〔一四五〕，聽皇猷之允塞〔一四六〕：亦猶獻雉而遇司南〔一四七〕，銜龍而光有北〔一四八〕。請終餘論，永告邛棘〔一四九〕！

〔一〕對問，文體名。吴訥文章辨體序説：問對體者，「或設客難以著其意者也」。又徐師曾文體明辨序説：「按『問對』者，文人假設之詞也。」文選載有宋玉對楚王問。漢人多有對答問難之作。本文作於唐高宗總章二年（六六九）七月或稍後，時盧照鄰已入蜀爲新都尉。

〔二〕龍集　龍，指蒼龍座，即木星，古以爲歲星；集，次也。何承天天讚：「龍集有次，星紀乃分。」　荒落，爾雅釋天：「（太歲）在巳曰大荒落。」按本文「巳」指「己巳」，即高宗總章二年。

〔三〕律　指音樂之十二律，古代將其與十二個月相對應。　蕤賓，十二律之一。國語周語下：「四曰蕤賓，所以安靖神人，獻酬交酢也。」韋昭注：「五月，蕤賓。……蕤，委蕤，柔貌也。言陰氣爲主，委蕤於下，陽氣盛長於上，有似於賓主，故可用之宗廟、賓客，以安静神人，行酬酢也。」又文選曹植與吴質書：「方今蕤賓紀時，景物扇動。」李善注引禮記：「仲夏之月，律中蕤賓。」仲夏即五月。

〔四〕酆鎬　周都，此代指長安。文選班固西都賦：「遂綫酆鄗，歷上蘭。」李善注引杜預左氏傳注：「酆在始平鄠東。」説文曰：鎬在上林苑中。鎬與鄗同。」按：酆在今陝西户縣（舊作鄠縣）東，鎬在今西安市西南。

〔五〕五津　代指蜀。華陽國志卷三蜀志：「大江自湔堰下至犍爲有五津：始曰白華津，二曰萬里津，三曰江首津，四曰涉頭津，五曰江南津。」王勃送杜少府之任蜀川詩：「風煙望五津。」

〔六〕王事　官家之事，指爲新都尉。詩經小雅北山：「或王事鞅掌。」又公羊傳哀三年：「不以家事辭王事。」

〔七〕丁丑　按總章二年五月戊寅朔，丁丑爲七月初一。

〔八〕届於三句　華陽國志蜀志：「（成都）城北十里有昇仙橋，有送客觀。司馬相如初入長安，題其門曰：『不乘赤車駟馬，不過汝下也。』」今成都駟馬橋即其址。送客亭，即送客觀。止，英華卷三五二、全唐文卷一六七作「上」。亭，英華作「宇」，蓋形訛。高，英華作「赤」。

〔九〕皤然　易賁卦：「賁如皤如。」孔疏：「皤是素白之色。」宋祁宋景文公筆記卷上：「蜀人謂老曰皤，取皤皤黄髮義。」按文選司馬相如難蜀父老李善注：「（相如）乃著書假蜀父老爲辭，而己以語難之。」此「蜀父老」亦當爲假設之辭。

〔一〇〕衣冕句　衣冕，代指官紳。盧氏爲北朝著名士族，故云。本集五悲悲窮通：「子（作者自謂）非燕地之高門與？」

〔一一〕文章句　謂爲文章作手。本集五悲悲窮通：「子非有唐之文士與？」又釋疾文粤若：「下筆則煙飛雲動，落紙則鸞回鳳驚。」舊唐書本傳：盧照鄰「博學善屬文」。

〔一二〕飾仁義句　莊子漁父：「孔氏者，性服忠信，身行仁義，飾禮樂，選人倫，上以忠於世主，下以化於齊民，將以利天下。此孔氏之所治也。」

〔一三〕懷詩書句　文選江淹詣建平王上書：「退不飾詩書以驚愚，進不買名聲於天下。」李善注引淮南子：「周室衰而王道廢，儒墨於是博學疑聖，飾詩書以買名譽於天下。」

〔一四〕吾聞句　夫子指孔子，所引語見論語泰伯，邢昺疏：「言值明君則當出仕。……耻也者，耻其不得明君之禄也。」

〔一五〕朗　英華作「用」，全唐文作「照」。

〔一六〕九有　指全國。詩經商頌玄鳥：「方命厥後，奄有九有。」毛傳：「九有，九州也。」又國語魯語上：「共工氏之伯九有也。」韋昭注：「有，域也。」

〔一七〕垂衣裳　見登封大酺歌四首其一注〔三〕。南面，易説卦：「聖人南面而聽天下。」

〔一八〕上造　秦定爵位爲二十級，第二級爲「上造」。漢承秦制。漢書百官公卿表上顔注：「造，成也，言有成命於上也。」

〔一九〕中涓　漢書高惠高后文功臣表第四：「平陽懿侯曹參，以中涓從起沛。」顔注：「中涓，親近之臣，若謁者、舍人之類也。涓，潔也，主居中。」

〔二〇〕藜羹　史記太史公自序：「食土簋……藜藿之羹。」正義：「藜，似藿而表赤。藿，豆葉也。」厭，通「饜」，飽。禮記曾子問：「有陰厭，有陽厭。」鄭玄注：「厭是饜飫之義。」

〔二一〕短褐　史記秦始皇本紀論引賈誼：「夫寒者利裋褐而饑者甘糟糠。」集解引徐廣曰：「一作短，小襦也。音竪。」索隱：「謂褐布竪裁，爲勞役之衣，短而且窄，故謂之短褐，一曰竪褐。」

短，英華、全唐文作「裋」。

〔二二〕吾視二句　楚辭屈原漁父：「顏色憔悴，形容枯槁。」

〔二三〕六經　指儒家六部經典：易、尚書、詩經、春秋、禮、樂。

〔二四〕營四海　莊子外物：「老萊子之弟子出薪，遇仲尼，反以告曰：『有人終彼……視若營四海，不知其誰氏之子。』」成疏：「觀其儀容，似營天下。」

〔二五〕無恥　不知羞恥。上文引孔子語「邦有道，貧且賤焉，恥也」；而今正「有道」之時，卻貧賤疲怠而不知有所作爲，故言「無恥」。此乃借語以自嘲。

〔二六〕效智　魏書李平傳：李平以高明幹略，「效智於時。」出奇，史記陳丞相世家：陳平「常出奇計，救紛糾之難」。

〔二七〕栖栖　見秋霖賦注〔一六〕。

〔二八〕吾聞兩句　克，制勝。揚雄解嘲：「旦握權則爲卿相，夕失勢則爲匹夫。」又漢書主父偃傳：「大丈夫生不五鼎食，死則五鼎烹耳。」

〔二九〕區區冗冗　指渺小不足道。左傳襄十七年：「宋國區區。」王僧孺懺悔禮佛文：「拔冗冗於畏途。」

〔三〇〕井魚四句　莊子秋水：「井鼃不可以語於海者，拘於虚也；夏蟲不可以語於冰者，篤於時也；曲士不可以語於道者，束於教也。」成疏：「海若知河伯之狹劣，舉三物以喻之。」郭慶藩集釋引王引之曰：「鼉，本作魚，後人改之也。」

〔三一〕聖賢　此指孔子及其弟子。　馳騖，指孔子等爲行其道而奔走於各諸侯國，詳史記孔子世家。　揚雄解嘲：「世亂則聖哲馳騖而不足。」

〔三二〕莫救句　論語八佾：「三家者以雍徹。」何晏集解引馬融曰：「三家謂仲孫、叔孫、季孫。　雍，周頌臣工篇名，天子祭於宗廟歌之以徹祭，今三家亦作此樂。」句謂孔子不能阻止魯之家臣僭用周天子禮樂。　救，英華作「徹」。　徹，英華、全唐文作「轍」。　似并誤。

〔三三〕匹夫兩句　匹夫，庶民；　高抗，不屈。　匹夫高抗事古代常見，如戰國策齊策四：「齊宣王見顔斶，曰：『斶前！』斶亦曰：『王前！』宣王不悦。　左右曰：『王，人君也；　斶，人臣也。　王曰「斶前」，亦曰「王前」，可乎？』斶對曰：『夫斶前爲慕勢，王前爲趨士。　與使斶爲趨勢，不如使王爲趨士。』王忿然作色曰：『王者貴乎？士貴乎？』對曰：『士貴耳，王者不貴。』」後又抗命不臣。

〔三四〕道在句　論語雍也：「子曰：『賢哉，回也！一簞食，一瓢飲，在陋巷，人不堪其憂，回也不改其樂。　賢哉，回也！』」

〔三五〕義存句　珪，上圓（或尖）下方之長形玉版，帝王或高官所執；　組，繫印之綬。　珪組，代指官爵。　違，謂避而不取。　戰國策趙策：魯仲連既却秦兵，「平原君欲封魯仲連，魯仲連辭讓者三，終不肯受。　……仲連笑曰：『所貴於天下士者，爲人排患、釋難、解紛亂而無所取也。』」

〔三六〕或立談句　文選揚雄解嘲：「或立談而封侯。」李善注引史記（平原君虞卿列傳）：「虞卿説趙孝成王，再見，爲趙上卿。」鼎食，劉向説苑建本：「累茵而坐，列鼎而食。」

〔三七〕或白首句　指顏闔。莊子讓王：「魯君聞顏闔得道之人也，使人以幣先焉。顏闔守陋閭，苴布之衣而自飯牛。魯君之使者至……使者致幣，顏闔對曰：『恐聽者謬而遺使者罪，不若審之。』使者還，反審之，復來求之，則不得已。故若顏闔者，真惡富貴也。」

〔三八〕或委輅兩句　指婁敬。史記劉敬傳：「婁敬脱輓輅，衣其羊裘」，見劉邦，論不當都洛陽，宜都長安。劉邦「疑未能決，及留侯明言入關便，即日車駕西都關中。於是上曰：『本言都秦地者婁敬，婁者，乃劉也。』賜姓劉氏，拜爲郎中，號爲奉春君」。輅，劉敬傳索隱曰：「輅者，鹿車前横木，二人前輓，一人後推之。」委輅，謂放下所拉之車。

〔三九〕或射鈎兩句　指管仲。左傳莊九年：管仲從子糾敗，齊自魯索回管仲，「管仲請囚，鮑叔受之，及堂阜而税之。歸而以告曰：『管夷吾治於高傒，使相可也。』公（齊桓公）從之」。孔疏引管子小匡篇：「公（桓公）曰：『管夷吾親射寡人中鉤，殆於死，今乃用之，可乎？』鮑叔曰：『彼爲其君勤也。君若宥而反之，其爲君若是也。』……桓公親迎於郊，遂與歸，禮之於廟，三酌而問爲政焉。」匡霸，論語憲問：「管仲相桓公，霸諸侯，一匡天下。」

〔四〇〕亦有兩句　文選干寶晉紀總論：「民不見德，唯亂是聞。朝爲伊、周，夕爲桀、跖。」

〔四一〕襲珩珮　文選張衡思玄賦：「襲溫恭之黻衣兮……雜伎藝以爲珩。」舊注：「襲，衣也。」李善注引字林：「珩，珮玉，所以節行。」又引大戴禮：「下車以珮玉爲度，上有雙衡，下有雙璜。珩與衡音義同。」　鏘鏘，玉鳴聲。　禮記玉藻：「古之君子必佩玉……進則揖之，退則揚之，然後玉鏘鳴也。」

〔四二〕委溝渠　揚雄解嘲：「當塗者升青雲，失路者委溝渠。」　喀喀，將死時嘔吐痛苦之狀。　列子説符：「兩手據地而歐之，不出，喀喀然遂伏而死。」

〔四三〕龍丘先生　指龍丘萇。後漢書任延傳：「吳有龍丘萇者，隱居太末，志不降辱。王莽時，四輔三公連辟，不到。掾史白請召之，（任）延曰：『龍丘先生躬德履義，有原憲、伯夷之節，都尉埽洒其門，猶懼辱焉，召之不可。』」　擁篲，史記孟子荀卿列傳：騶衍「入燕，昭王擁彗先驅」。索隱：「彗，帚也。謂爲之埽地，以衣袂擁帚而卻行，恐塵埃之及長者，所以爲敬也。」

〔四四〕鴈門句　後漢書王符傳：「度遼將軍皇甫規解官歸安定，鄉人有以貨得鴈門太守者，亦去職還家，書刺謁規，規臥不迎。……有頃，又白王符在門，規素聞符名，乃驚遽而起，衣不及帶，屣履出迎，援符手而還，與同坐極歡。時人爲之語曰：『徒見二千石，不如一縫掖。』言書生道義之爲貴也。」李賢注：「禮記儒行：『孔子曰：丘少居魯，衣逢掖之衣。』鄭玄注曰：『逢猶大也。大掖之衣，大袂單衣也。』」

〔四五〕孟軻兩句　文選揚雄解嘲：「孟軻雖連蹇，猶爲萬乘師。」李善注：「蘇林曰：『連蹇，古語不便利也。』趙岐孟子章指曰：『滕文公尊敬孟子，若弟子之問師。』」偃蹇、連蹇同，連綿字。

〔四六〕范雎兩句　史記范雎傳：「（秦謁者）王稽辭魏去，過載范雎入秦，至湖，望見車騎從西來。范雎曰：『彼來者爲誰？』王稽曰：『秦相穰侯東行縣邑。』范雎曰：『吾聞穰侯專秦權，惡内諸侯客，此恐辱我，我寧且匿車中。』」後范雎入秦説秦昭王，代穰侯爲相。　匍匐，指伏匿車中。

〔四七〕富貴句　論語述而：「不義而富且貴，於我如浮雲。」又莊子讓王：「帝王之功，聖人之餘事也。」

〔四八〕仁義句　論語里仁：「富且貴，是人之所欲也；不以其道得之，不處也。……君子去仁，惡乎成名？君子無終食之間違仁。」

〔四九〕「來不可違」及下「去不可留」　莊子達生：「生之來不能却，其去不能止。」成疏：「生死去來，委之造物，妙達斯原，故無所惡。」

〔五〇〕鴻鴈隨陽　見失羣鴈注〔八〕，此喻物性之必然。

〔五一〕同白駒句　莊子知北遊：「人生天地之間，若白駒之過郤，忽然而已。」史記崔豹傳：「人生一世間，如白駒過隙耳。」索隱：「莊子云『無異騏驥之馳過隙』，則謂馬也。小顔云：『白駒謂日影也；隙，壁隙也。』以言速疾，若日影過壁隙也。」

〔五二〕蘇、張　指蘇秦、張儀，戰國時著名縱横家。　媧、燧，指女媧、燧人氏。説文：「媧，古之神聖女，化育萬物者也。」韓非子五蠹：燧人氏「鑽燧取火以化腥臊，而民悦之，使王天下」。東方朔答客難：「夫蘇秦、張儀之時，周室大壞，諸侯不朝，力政爭權……得士者强，失士者亡，故説得行焉。」女媧、燧人氏乃淳樸之世，故無用辯説。　張、媧，英華作「章」、「委」，誤。

〔五三〕韓、彭　指韓信、彭越，漢開國名將。韓彭之術，謂以征伐奪取天下。史記淮陰侯列傳：蕭何曰：「必欲爭天下，非（韓）信無所與計事者。」　傳説堯舜時行禪讓，故不用武略。

〔五四〕夷、齊句　見五悲悲才難注〔八七〕。莊子讓王：「若伯夷、叔齊者……高節戾行，獨樂其志，不事於世，此二士之節也。」　湯、武，即商湯王、周武王。湯革夏命，武革殷命，皆有爲之君。

〔五五〕申、商　即申不害、商鞅，戰國時著名法家。　成、康，即周成王、周康王。史記周本紀：「成康之際，天下安寧，刑錯四十餘年不用。」故不用法。　愚，英華作「過」。

〔五六〕彼一時兩句　孟子公孫丑下：「彼一時，此一時也。」孫奭疏：「謂彼時聖賢之所出，是其時也。此時，今時，亦是其一時也。」

〔五七〕易時兩句　揚雄解嘲：「故爲可爲於可爲之時，則從；爲不可爲於不可爲之時，則凶。」矣，英華作「以」。

〔五八〕三代　謂夏、商、周，常用以指稱至治盛世。

〔五九〕五十餘載　唐建國至高宗總章二年，已五十二載。

〔六〇〕月窟　即月窟，傳在極西之地。　宋書樂志二載顔延之宋南郊雅樂登歌天地郊夕牲歌：「月竄來賓，日際奉土。」此代指西域。來庭，詩經大雅常武：「徐方來庭。」毛傳：「來王庭也。」孔疏：「來在王庭，便是天下宴安，不須用武。」

〔六一〕風丘　即風山，山有風穴。傳説在北方，故代指北部邊域。見中和樂九章歌東軍注〔五〕。款塞，史記太史公自序：「海外殊俗，重譯款塞。」集解引應劭曰：「款，叩也。皆叩塞門來服從也。」

〔六二〕華旌　指戰旗。説文：「旌，游車載旌，析羽注旄首，所以精進士卒。」又禮記曲禮上：「武車綏旌。」孔疏：「旌，謂車上旗旛也。尚威武，故疏散旗旛垂綏然。」華旌，英華作「金革」。

〔六三〕羽檄　史記韓信盧綰列傳附陳豨傳：「吾以羽檄征天下兵。」集解：「推其言，則以鳥羽插檄節，謂之羽檄，取其急速若飛鳥也。」已平，揚雄解嘲：「天下已定，金革已平。」

〔六四〕雖有兩句　廉，廉頗，戰國時趙將，趙惠文王時抗秦功績卓著。白，白起，秦昭王將，善用兵。孫，孫武，吴將，又孫臏，齊將。吴，吴起，曾爲魯、魏、楚將。諸人皆戰國時著名軍事家。

〔六五〕百勝二句　文選枚乘上書諫吴王：「直諫則事無遺策，功流萬世。」劉良注：「遺，失也。」莊子説劍：「臣之劍，十步一人，千里不留行。」又漢書韓安國傳：今以中國之盛，攻匈奴，「譬猶以强弩射且潰之癰也，必不留行矣」。顔注：「留，止也。言無所礙也。」

〔六六〕社首句　史記封禪書：「周成王封泰山，禪社首。」集解引應劭曰：「山名，在博縣。」又引晉灼曰：「在距平南十三里。」舊唐書高宗紀下：麟德三年（六六六）春正月，庚午，「禪於社首，祭皇地祇」。按社首在泰山下。元和郡縣志卷一〇兗州乾封縣（原名博平縣）：「社首山，在縣西北二十六里。」

〔六七〕介丘　指泰山。見登封大酺歌四首之三注〔一〕。唐高宗封泰山，亦在麟德三年正月。

〔六八〕創明堂　見中和樂九章歌明堂注〔一〕、〔九〕。

〔六九〕辟雍　周代爲貴族子弟所設的大學。禮記王制：「大學在郊，天子曰辟雍，諸侯曰頖宮。」白虎通辟雍：「辟者，璧也。象璧圓，又以法天，於雍水側，象教化流行也。」按舊唐書禮儀志二：高宗永徽二年（六五一），曾議明堂、辟雍之制，因「議又不定，由是且止」。總章二年（六六九），重議明堂事，「詔下之後，猶羣議未決。終高宗之世，未能創立」。武則天臨朝，方毀東都乾元殿而創之，「明堂之下施鐵渠，以爲辟雍之象」。據知本文所謂「創明堂，立辟雍」云云，實止有其議而無其事。

〔七〇〕闕里之聖　指孔子。見五悲悲才難注〔五三〕。

〔七一〕淹中之儒　指習禮之儒，見文翁講堂注〔二〕。

〔七二〕叔孫通句　見駙馬都尉喬君集序注〔二一〇〕。

〔七三〕公玊帶句　史記封禪書：「上（漢武帝）欲治明堂奉高旁，未曉其制度。濟南人公玊帶上黃帝時明堂圖……於是上令奉高作明堂汶上，如帶圖。」玊，音肅。正韻謂與「玉」不同。按俗已無別。圖，英華作「徒」。按「圖」與上句「葩」對，作「徒」誤。

〔七四〕咸英　即咸池、六英（或作五英），古樂名。周禮春官大司樂「舞雲門大卷、大咸」，鄭玄注：「咸池，堯樂名。」禮記樂記「殷周之樂盡矣」段孔疏引樂緯：「帝嚳曰六英。」

〔七五〕韶武　亦古樂名。論語八佾：「子謂韶，盡美矣，又盡善也。謂武，盡美矣，未盡善也。」何晏集解引孔安國曰：「韶，舜樂也。」又曰：「武，（周）武王樂也。」

〔七六〕奏之方澤句　周禮春官大司樂：「凡樂，函鍾爲宫，大蔟爲角，姑洗爲徵，南吕爲羽，靈鼓、靈鼗，孫竹之管，空桑之琴瑟，咸池之舞，夏日至，於澤中之方丘奏之。若樂八變，則地示皆出，可得而禮矣。」賈公彦疏：「水鍾曰澤。不可以水中設祭，故亦取自然之方丘，象地方故也。」地祇，即地神。

〔七七〕昇之圓丘句　見中和樂九章歌南郊注〔三〕、〔六〕。

〔七八〕伶倫　吕氏春秋古樂：「昔黄帝令伶倫作爲律。」高誘注：「伶倫，黄帝臣。」

〔七九〕伯夔　即伯夷、夔，分别爲舜時禮官、樂官。僞古文尚書舜典：「帝曰：『咨四岳，有能典朕三禮？』僉曰：『伯夷。』帝曰：『俞，咨伯，汝作秩宗。』」僞孔傳：「伯夷，臣名，姜姓。」又曰：「秩宗，『秩序宗尊也，主郊廟之官。』」又舜典：「帝曰：『夔，命汝典樂，教胄子。』」僞孔傳：「夔，臣名。」孔穎達疏：「令汝（夔）掌典樂事，當以詩樂教訓世適（嫡）長子。」

〔八〇〕延陵　即吴公子札，曾觀周樂於魯，見樂府雜詩序注〔一一〕。

〔八一〕子期　即鍾子期，春秋楚人，精音律，見首春貽京邑文士注〔四〕。

〔八二〕操雅曲句　藝文類聚卷四一引韓子：「師曠一奏之（清角），有雲從西北方來；再奏之，大風至。」

〔八三〕激悽音句　列子湯問：秦青「撫節悲歌，聲振草木」。

〔八四〕畫衣　即「畫衣冠」。傳説上古有「象刑」，以特殊衣冠代替死刑，稱「畫衣冠」。慎子逸文：「有虞之誅……畫衣冠、異章服以爲戮。上世用戮而民不犯也。」

〔八五〕囹圄　禮記月令：仲春之月，「令有司省囹圄」。鄭玄注：「囹圄，所以禁守繫者，若今別獄也。」

〔八六〕咎繇　即臯陶，傳説爲舜臣，掌刑獄。史記五帝本紀：「舜曰：『臯陶，蠻夷猾夏，寇賊姦軌，汝作士。』」集解引馬融曰：「獄官之長。」

〔八七〕仲甫　即仲山甫，周宣王臣，輔宣王中興。史記周本紀正義引毛萇曰：「仲山甫，樊穆仲也。」詩經有烝民篇美之，謂其「不侮矜寡，不畏彊禦」。

〔八八〕釋之　史記張釋之列傳：「張廷尉釋之者，堵陽人也，字季。」漢文帝時拜爲廷尉，用法持平，不誅犯蹕者，不族盜高廟坐前玉環者。爲周亞夫、王恬開所重，結爲親友，「張廷尉由此天下稱之」。

〔八九〕定國　漢書于定國傳：「于定國字曼倩……少學法於父，父死，後定國亦爲獄吏，郡決曹，補廷尉史，以選與御史中丞從事治反者獄，以材高舉侍御史，遷御史中丞……超爲廷尉。」定國決疑平法，務在哀鰥寡，朝廷稱之曰：「張釋之爲廷尉，天下無冤民；于定國爲廷尉，民自以不冤。」

〔九〇〕金科　文選揚雄劇秦美新：「懿律加量，金科玉條。」李善注：「金科玉條，謂法令也。言金、玉，貴之也。」　握，英華作「渥」，誤。

〔九一〕丹筆　古代執法官用以斷罪之朱色筆。初學記政理部引謝承後漢書：「盛吉爲廷尉，每至冬節，罪囚當斷，妻夜執燭，吉執丹筆，夫妻相對，垂泣決罪。」又隋書劉炫傳，炫自爲贊曰：「名不掛於白簡，事不染於丹筆。」

〔九二〕東户　即東户季子。淮南子繆稱：「昔東户季子之世，道路不拾遺，耒耜餘糧，宿諸晦首。使君子小人，各得其宜也。」高誘注：「東户季子，古之人君。」駱賓王與博昌父老書：「今西成有歲，東户無爲。」此以東户季子之無爲盛世喻唐。

〔九三〕南薰　用舜歌南風事，代指皇恩，見至望喜矚目言懷貽劍外知己注〔四〕。

〔九四〕山澤句　莊子馬蹄：至德之世，「山無蹊隧，澤無舟梁」。「人知守分，物皆淳樸，不伐不奪，徑道所以可遺」。

〔九五〕鷄犬句　老子：「鄰國相望，鷄犬之聲相聞，民至老死不相往來。」

〔九六〕文翁　見文翁講堂注〔一〕。

〔九七〕黃霸句　漢書黃霸傳：「黃霸字次公，淮陽陽夏人也。」宣帝時爲太守，「霸力行教化而後誅罰，務在成就全安長吏」。「霸以外寬内明得吏民心，户口歲增，治爲天下第一」。　述職，履行職守。　漢書司馬相如傳子虛賦：「非爲財幣，所以述職也。」顔注：「述，循也，謂順行也。」

〔九八〕子游絃歌　見宿晉安寺詩注〔二〕。　子賤，即宓子賤。　吕氏春秋察賢：「宓子賤治單父，彈鳴琴，身不下堂而單父治。」高誘注：「子賤，孔子弟子宓不齊也。」

〔九九〕政成句　論語里仁：「能以禮讓，爲國乎何有？」邢昺疏：「禮節民心，讓則不爭。」

〔一〇〇〕雍和　和睦團結。　論衡藝增：「諸夏夷狄，莫不雍和。」

〔一〇一〕干戈句　詩經周頌時邁：「載戢干戈，載櫜弓矢。」鄭箋：「王巡狩而天下咸服，兵不復用。」説文：「戢，藏兵也。」

〔一〇二〕禮樂句　史記樂書：「傳曰：『治定功成，禮樂乃興。』」

〔一〇三〕刑罰句　文選司馬相如上林賦：「刑錯而不用。」李善注引包咸論語注：「錯，置也。」按措、錯通。　漢書文帝紀贊：「幾於措刑。」顔注：「民不犯法，無所刑也。」

〔一〇四〕梁父　山名。　史記封禪書：「天子至梁父，禮祠地主。」「父」亦作「甫」。　白虎通封禪篇：「梁甫者，泰山旁山名，三王禪於梁甫之山。」元和郡縣志卷一〇兗州泗水縣：「梁父山在縣北八十里，西接徂徠山。」　此指高宗封禪事。　然高宗封禪禪於社首，未至梁父，此乃代指。

〔一〇五〕常伯　文選潘岳藉田賦：「常伯陪乘，太僕秉轡。」李善注：「尚書曰：『左右常伯。』應劭曰：『漢官儀：侍中。周成王常伯任侍中。』」資治通鑑卷二〇〇：龍朔二年（六六二）二月，改百官名，「尚書爲太常伯，侍郎爲少常伯」。咸亨元年（六七〇）十二月復舊名。

〔一〇六〕庶政句　易賁卦：「君子以明庶政，無敢折獄。」尚書皋陶謨：「庶績其凝。」僞孔傳：「凝，成也。言百官皆撫順五行之時，衆功皆成。」

〔一〇七〕雖有句　漢書武帝紀贊：「如武帝之雄才大略……雖詩書所稱，何有加焉。」

〔一〇八〕句　底本校：「一作藻。」英華校同。

〔一〇九〕發言句　詩經小雅小旻：「發言盈庭。」鄭玄箋「發言」爲「謀事」。

〔一一〇〕天子恭己　論語衛靈公：「無爲而治者，其舜也與？夫何爲哉？恭己正南面而已矣。」

〔一一一〕演成　推廣教化而成大治。文選班固西都賦：「奉春建策，留侯演成。」李善注引蒼頡篇：「演，引也。」

〔一一二〕攘袂　揮袖也。漢書鄒陽傳：「攘袂而正議者，獨大王耳。」陵，超越。稷卨，堯舜時賢臣，見尚書堯典。史記五帝本紀：「禹、皋陶、契（同「卨」）、后稷……自堯時而皆舉用。」

〔一一三〕阿衡　商代官名，此指伊尹。文選揚雄解嘲：「家家自以爲稷契，人人自以爲皋陶，戴縰垂纓而談者，皆擬於阿衡。」李善注引毛萇曰：「阿衡，伊尹也。」

〔一一四〕無爲句　老子：「道常，無爲而無不爲。……是以聖人處無爲之事，行不言之教，功成事遂，百姓皆曰我自然。」

〔一五〕品彙咸亨　易坤卦：「品物咸亨。」孔疏：「品類之物，皆得亨通。」

〔一六〕鴻烈　高誘淮南子叙：「鴻，大也；烈，明也。」此謂大功業。後漢書馮衍傳顯志賦：「每念祖考，著盛德於前，垂鴻烈於後。」

〔一七〕揄揚句　班固兩都賦序：「雍容揄揚，著於後嗣，抑亦雅、頌之亞也。」

〔一八〕招　英華作「拓」，校：「疑作招。」按：作「拓」誤。

〔一九〕行危　行爲正直。論語憲問：「邦有道，危言危行。」何晏集解引包咸曰：「危，厲也。」相傾，後漢書黨錮列傳贊：「蘭蕕無并，銷長相傾。」李賢注：「老子曰：『高下相傾』也。」

〔二〇〕效智者二句　謂智謀無所用。揚雄解嘲：「欲談者卷舌而同聲，欲步者擬足而投迹。」

〔二一〕許由句　堯讓天下於許由，由不受而隱，見莊子逍遥遊。仁，原作「臣」。英華作「仁」。按下句爲「德」，此當爲「仁」，以相對應，今據改。

〔二二〕善卷句　莊子讓王：「舜以天下讓善卷，善卷曰：『余立於宇宙之中……逍遥於天地之間，而心意自得。吾何以天下爲哉！悲夫，子之不知余也。』遂不受。於是去而入深山，莫知其處。」成疏：「姓善，名卷，隱者也。」逃，英華校：「一作避。」

〔二三〕夫周冕兩句　莊子天運：「今取猨狙而衣以周公之服，彼必齕齧挽裂，盡去而後慊。觀古今之異，猶猨狙之異乎周公也。」成疏：「慊，足也。周公聖人，譬淳古之世；狙猿狡獸，喻澆競之時。是以禮服雖華，猨狙不以爲美；聖迹乃貴，末代不以爲尊。」

〔二四〕夏屋兩句　莊子馬蹄：「馬，蹄可以踐霜雪。……雖有義臺、路寢，無所用之。」又史記滑稽列傳：「楚莊王之時，有所愛馬，衣以文繡，置之華屋之下，席以露床，啗以棗脯。馬病肥死。」詩秦風權輿：「夏屋渠渠。」毛傳：「夏，大也。」又楚辭大招：「夏屋廣大。」王逸注：「高殿峻屋。」

〔二五〕載鼷四句　莊子達生：「昔者有鳥止於魯郊，魯君説之，爲具太牢以饗之，奏九韶以樂之。鳥乃始憂悲眩視，不敢飲食。此之謂以己養養鳥也。若夫以鳥養養鳥者，宜棲之深林，浮之江湖。……吾告以至人之德，譬之若載鼷以車馬，樂鴳以鐘鼓也。」成疏：「鼷，小鼠也。鴳，雀也。」釋文引李頤注：「鴳字又作鷃。」

〔二六〕豈惡榮句　文選陸機豪士賦序：「且好榮惡辱，有生之大期。」李善注引孫卿子：「好榮惡辱，好利惡害，是君子小人之所同。」

〔二七〕天真　莊子漁父：「禮者，世俗之所爲也；真者，所以受於天也，自然不可易也。故聖人法天貴真，不拘於俗。」

〔二八〕十五兩句　論語爲政：「子曰：『吾十有五而志於學……四十而無惑。』」又子罕：「四十、五十而無聞焉，斯亦不足畏也已。」按：作者此時年約四十，故云。

〔二九〕羲、農　指伏羲、神農，傳説爲上古帝王。伏羲又作「庖犧」，易繫辭上：「包犧氏没，神農氏作。」羲農之化，莊子胠篋：「子獨不知至德之世乎？昔者容成氏、大庭氏……伏犧氏、神農氏，當是時也，民結繩而用之，甘其食，美其服，樂其俗，安其居。……若此之時，則至治已。」

〔三〇〕姬、孔　周文王、孔子，舊有伏羲畫卦、文王重卦、孔子作十翼之説，故以「姬孔之篇」指周易，又泛指經籍。

〔三一〕萬　英華作「千」。

〔三二〕搦札　握筆書於小木簡。此謂詠詩作文。

〔三三〕隨時句　莊子山木：「一上一下，以和爲量。」成疏：「言至人能隨時上下，以和同爲度量。」

〔三四〕與俗句　楚辭屈原漁父：「聖人不凝滯於物，而能與世推移。」王逸注：「隨俗方圓。」

〔三五〕張公之霧　後漢書張霸傳：霸中子楷，字公超，「隱居弘農山中，學者隨之，所居成市。……性好道術，能作五里霧」。

〔三六〕突無煙句　見五悲悲今日注〔五〇〕。

〔三七〕吾道句　史記孔子世家：「及西狩見麟，曰：『吾道窮矣！』喟然嘆曰：『莫知我夫！』」

〔三八〕浩然　孟子公孫丑上：「我善養吾浩然之氣。敢問何謂浩然之氣？曰：難言也，其爲氣也，至大至剛，以直養而無害，則塞於天地之間。」

〔三九〕中和之樂　見中和樂九章歌登封注〔一〕。

〔四〇〕封禪之篇　史記司馬相如列傳：司馬相如死，「其遺札書言封禪事」。禪，英華作「神」，校：「疑作禪。」作「神」誤。

〔四一〕措地　猶言擲地。世説新語文學：「孫興公（孫綽字興公）作天台賦成，以示范榮期（啓），云：『卿試擲地，要作金石聲！』」

〔四二〕談天　指騶衍，見南陽公集序注〔一二六〕。

〔四三〕鄙夫句　司馬相如難蜀父老：「鄙人固陋，不識所謂。」

〔四四〕上國　指中原之地。左傳昭二十七年：「（吴子）使延州來季子聘於上國。」孔疏引服虔曰：「上國，中國也。」

〔四五〕王人　春秋莊六年：「王人子突救衛。」杜預注：「王人，王之微官也。」休，美也。音，英華、全唐文作「旨」。

〔四六〕聽皇猷句　詩經大雅常武：「王猷允塞。」毛傳：「猷，謀也。」尚書舜典：「温恭允塞。」孔疏：「詩毛傳訓『塞』爲『實』，言能充滿天地之間。」

〔四七〕亦猶句　崔豹古今注卷上：「大駕指南車……舊説周公所作也。周公治致太平，越裳氏重譯來獻白雉一，黑雉二，象牙一。使者迷其歸路，周公錫以文錦二疋，軿車五乘，皆爲司南之製，使越裳氏載之以南，緣扶南林邑海際，期年而至其國。」

〔四八〕銜龍句　楚辭屈原天問：「日安不到，燭龍何照？」王逸注：「言天之西北，有幽冥無日之國，有龍銜燭而照之也。」「銜龍」即「龍銜燭」之意，因與「獻雉」對應，故倒。全唐文作「御龍」，誤。　有北，北方荒鄙之地。詩經巷伯：「豺虎不食，投畀有北。」

〔咒〕邛僰　史記大宛列傳：「乃令（張）騫因蜀犍爲發間使……出邛、僰，皆各行一二千里。」正義：「邛，今邛州；僰，今雅州，皆在戎州西南也。」　按：邛，當指古邛都國。元和郡縣志卷三二巂州：「本漢南外夷獠，秦漢爲邛都國。秦嘗攻之，通五尺道，改置吏焉。至漢武帝始誅且蘭、邛君，併殺筰侯，而冉駹等皆震恐，乃以邛都之地爲越巂郡，屬益州。……隋開皇六年（五八六）改爲西寧州，十八年改爲巂州，皇朝因之。」地即今四川西昌市。僰，古僰國，今四川南部、貴州東部一帶，爲古代西南夷之地。此泛指古蜀邊遠地區。

盧照鄰集箋注卷七

書

與在朝諸賢書〔一〕

昔張子房處太傅之尊〔二〕，自疏□於南山隱〔三〕；公孫弘居丞相之位，亦伏地於東方生〔四〕。伯喈已亡，孔文舉將老兵而造膝〔五〕；方回尚在，王羲之就傖奴而共談〔六〕。良史書之，高賢不以爲累。自古朝野，曷常以人廢言〔七〕！況下官抱疹東山〔八〕，不干時事，借人唱和，何損於朋黨〔九〕？延州子期〔一〇〕，聞音竊抃〔一一〕，猶冀身膏丹壑，脱寶劍於山阿〔一二〕；骨掩黄塵，罷瑶琴於天下〔一三〕。則捐金抵玉於山谷者〔一四〕，非太平之美事乎？幽憂子白。

〔一〕作者在與洛陽名流朝士乞藥直書中，自謂「幽憂子學道於東龍門山精舍」；作於乞藥直書後不久的寄裴舍人諸公遺衣藥直書，有「以供東山衣藥之費」句，知作者稱東龍門山爲「東山」。本文謂「抱疹東山」，當即卧病東龍門山。乞藥直書約作於儀鳳三年（六七八）。蓋以作者向洛陽名流呈詩乞藥直，而諸人有所饋遺，遂遭人非議，因作此書辯白，故本文當作於寄裴舍人諸公遺衣藥直書後不久。

〔二〕張子房　張良，字子房。　太傅，太子太傅。　據史記本傳載，張良嘗於高祖九年（前一九八）行少傅事，故云。

〔三〕自疏　親作書信。　南山，終南山，此代指商山。「南山隱」指商山四皓，事見樂府雜詩序注〔一一六〕。按張良與四皓書及四皓答書，見殷芸小説卷二，張良書中有「淵游山隱」之句，然恐皆小説家擬作。　英華卷六九一於「疏」下有墨丁，底本無，今據補爲缺字符。全唐文卷一六六「疏」下未空，後「亦伏地」句無「地」字。

〔四〕公孫弘兩句　公孫弘，漢武帝時爲丞相，喜禮下賢人，見雙槿樹賦注〔六七〕。　伏地，事未詳，蓋謂行賓主之禮極恭。　東方生，即東方朔。按漢書東方朔傳，東方朔有從公孫弘借車書（初學記卷一八、藝文類聚卷八九引），或與「伏地」事有關。

〔五〕伯喈兩句　後漢書孔融傳：孔融（字文舉）「與蔡邕（字伯喈）素善，邕卒後，有虎賁士貌類於邕，融每酒酣，引與同坐，曰：『雖無老成人，且有典刑。』」李賢注引漢官典職儀：「虎賁中郎將，主武賁千五百人。」　老兵，即指虎賁士。　造膝，謂引至膝前同坐。

〔六〕方回兩句　傖奴，原作「倉奴」。宋彭叔夏文苑英華辨證卷一〇：「盧照鄰與在朝諸賢書：『方回尚在，王羲之就倉奴而共談。』按晉劉惔傳：惔與羲之友善，郗愔有傖奴知文章，羲之每稱於惔。惔問何如方回，羲之曰：『小人耳。』惔曰：『常奴耳。』則倉當作傖。」此說是，今據改。按世説新語雅量：「吏云：昨有一傖父來寄亭中。」劉孝標注引晉陽秋：「吴人以中州人爲傖。」「傖奴」事亦見世説新語品藻，作「郗司空家有傖奴」，劉注引郗愔别傳：「愔字方回，高平金鄉人，太宰鑒長子也。」余嘉錫箋疏引程炎震曰：「司空謂郗鑒。晉書惔傳作郗愔，誤。愔爲司空時，王、劉死久矣。」

〔七〕曷常句　論語衛靈公：「子曰：『君子不以言舉人，不以人廢言。』」

〔八〕抱疹東山　新唐書盧照鄰傳：「由是疾益甚。客東龍門山。」

〔九〕朋黨　此指朋友，即所稱「在朝諸賢」。句謂於朋友之道無損。其時當有人攻擊盧照鄰等，故作此書辯解，事已不可詳。

〔一〇〕延州　指季札，嘗在魯觀樂。左傳襄三十一年，趙文子問於屈孤庸曰：「延州來季子其果立乎？」杜預注：「延州來，季札邑也。」又昭二十七年：「吴子使延州來季子聘於上國。」杜注：「季子本封延陵，後復封州來，故曰延州來。」　子期，即鍾子期，春秋楚人，解伯牙鼓琴志在高山流水。見首春貽京邑文士注〔四〕。

〔一一〕聞音句　指季札觀樂事，見樂府雜詩序注〔一一〕。　文選曹植求自試表：「夫臨博而企竦，聞樂而竊抃者，或有賞音而識道也」李善注引説文：「抃，拊也。」

〔一二〕脱寶劍　見哭明堂裴簿詩注〔一四〕。

〔一三〕骨掩兩句　指鍾子期。　淮南子修務訓：「鍾子期死而伯牙絶絃破琴，知世莫賞也。」

〔一四〕捐金句　底本無「則」、「玉」二字。　全唐文作「則捐金抵玉於山谷者」，是，據補。　抱朴子外篇卷三安貧：「上智不貴難得之才，故唐虞捐金而抵璧。」此所謂捐金抵玉，當指向作者饋衣藥直事（見下兩文）。　四庫提要謂盧照鄰集中「與在朝諸賢書，亦非完本」。　推敲此篇，似僅爲末段，館臣之説是。

與洛陽名流朝士乞藥直書〔一〕

幽憂子學道於東龍門山精舍〔二〕，布衣藿羹，堅卧於一巖之曲。客有過而哀之者，青囊中出金花子丹方相遺之〔三〕，服之病愈。視其方，丹砂二斤〔四〕。穀楮子則山中可有〔五〕，丹砂則渺然難致。昔在關西太白山下〔六〕，一隱士多玄明膏〔七〕，中有丹砂八兩，予時居貧，不得好上砂，但取馬牙顔色微光淨者充用〔八〕。自爾丁府君憂，每一號哭，涕泗中皆藥氣流出，三四年羸卧苦嗽，幾至於不免〔九〕。

復偶於他方中見一説云：丹砂之不精者，服之令人多嗽。訪知一處有此物甚佳，兩必須錢二千文〔一〇〕，則三十二兩當取六十四千也。空山卧疾，家業先貧，老母年尊，兄弟禄薄，若待家辦，則委骨於巉嵓之峯矣。意者欲以開歲五月穀子黃時，試合此藥，非天下名流貴族、王公卿士，於仁惻之心達枯骨朽株者〔一一〕，孰能濟之哉！今力疾賦詩一篇，遍呈當代博雅君子。雖文不動俗，事或傷心，儻遇晏嬰脱左驂而見贖〔一二〕，如逢孔子分秉粟以相憂〔一三〕，則越石、原憲不辛苦於當年矣。唯當坐禪念室〔一四〕，以答深仁。若諸君子家有好妙砂，能以見及，最爲第一；無者各乞一二兩藥直，是庶幾也。仲尼曰：「有能一日用其力於仁者乎？未有力不足者〔一五〕。」又曰：「君子無終食之間違仁〔一六〕。」「在坐則參於前，在輿則倚於衡〔一七〕。」古人心可見矣。又曰：「仁遠乎哉？我欲仁，斯仁至矣〔一八〕。」言能苟行之，仁道不遠也。朝英貴士，博濟而好仁者〔一九〕，何必相識。故知與不知，咸送詩告，請無案劍〔二〇〕，同掩體骸云爾〔二一〕。

〔一〕藥直　即藥錢。「直」通「值」。盧照鄰在作此書後不久，又作寄裴舍人諸公遺衣藥直書，謂其丁父憂、患疾以來，「七八年間貨用都盡」。作者約在咸亨二年（六七一）染疾，據知本文約作於儀鳳三年（六七八）。

〔二〕東龍門山　見五悲悲昔遊注〔四五〕。

〔三〕青囊　方術士之盛書袋。晉書郭璞傳：「公以青囊中書九卷與之，由是遂洞五行、天文、卜筮之術。」金花子，當即金花帖子，指貼以金花的綾或紙帖，唐代登科用以報捷（見宋洪邁容齋續筆卷一三），民間蓋亦用之。丹方，合丹藥的配方。

〔四〕丹砂　即朱砂，古代方士煉以治病。史記孝武紀：「致物而丹砂可化爲黄金。」

〔五〕穀楮子　陸璣毛詩草木疏：「幽州人謂之穀桑，或曰楮桑；荆揚交廣謂之穀；中州人謂之楮。」按穀楮子即構樹子，可入藥，見李時珍本草綱目卷三六。

〔六〕關　指函谷關。太白山，元和郡縣志卷二鳳翔府郿縣：「太白山在縣東南五十里。」

〔七〕玄明膏　以玄明粉爲之。玄明粉亦名龍粉，據本草綱目卷一一石五，乃用樸消（即芒硝）同甘草等入砂罐火煅去水而成，可驅熱消腫。下句所謂「丹砂」，當即指樸消。

〔八〕馬牙　即馬牙消。本草綱目卷一一：「樸消……有牙者爲馬牙消。……别録曰：『樸消……色青白者佳，黄色傷人，赤者殺人。』」

〔九〕自爾數句　府君，據盧照己墓誌銘，即盧仁勗。新唐書本傳：「居太白山，得方士玄明膏餌之……由是疾益甚。」當即本此。

〔一〇〕必　英華卷六八四校：「一作别。」

〔一一〕於　全唐文卷一六六作「以」。

〔一二〕儻遇句　史記管晏列傳：「越石父賢，在縲紲中。晏子出，遭之途，解左驂贖之，載歸。」正義引晏子春秋：「晏子之晉，至中牟，覩弊冠反裘負薪，息於途側。晏子問曰：『何者？』對曰：『我石父也。苟免饑凍，爲人臣僕。』晏子解左驂贖之，載與俱歸。」

〔一三〕如逢句　論語雍也：「原思爲之宰，與之粟九百，辭。子曰：『毋！以與爾鄰里鄉黨乎！』」原思即孔子弟子原憲，字子思。　秉，禮記聘禮：「十斗曰斛，十六斗曰籔，十籔曰秉。」

〔一四〕念室　即念經之室。

〔一五〕有能兩句　論語里仁：「子曰：有能一日用其力於仁者乎？我未見力不足者。」

〔一六〕君子句　論語里仁：「君子無終食之間違仁，造次必於是，顛沛必於是。」

〔一七〕在坐兩句　論語衛靈公：「子曰：『言忠信，行篤敬。……立，則見其參於前也，在輿，則見其倚於衡也，夫然後行。』」何晏集解引包咸曰：「衡，軛也。言思念忠信，立則常想見，參然在目前；在輿則若倚車軛。」

〔一八〕仁遠三句　見論語述而，集解引包咸曰：「仁道不遠，行之即是。」

〔一九〕博濟句　論語雍也：「子貢曰：『如有博施於民而能濟衆，何如？可謂仁乎？』子曰：『何事於仁，必也聖乎！』」

〔二〇〕案劍　史記項羽本紀：樊噲瞋目視項王，「項王按劍而跽」。案、按通。此指拒絶。

〔二一〕掩體骸　原指收葬暴尸，此謂拯救病體，謂其德權如埋尸。

寄裴舍人諸公遺衣藥直書〔一〕

山信至自都〔二〕，太子舍人裴瑾之〔三〕，太子舍人韋方賢〔四〕，左史范履冰〔五〕，水部員外郎獨孤思莊〔六〕，少府丞、舍人、內供奉閻知微〔七〕，符璽郎喬侶〔八〕，并有書問余疾，兼致束帛之禮〔九〕，以供東山衣藥之費〔一〇〕。嗟乎！代與道交喪〔一一〕，其來尚矣。殷揚州與外甥韓康伯別，慨然而詠「富貴他人合，貧賤親戚離」，因泣下交頤，不能自已〔一二〕。余以其爲人也，名過其實〔一三〕；然窮達之際，則西狩獲麟〔一四〕，所不能免〔一五〕，斯亦古君子之大悲也，自鄶而下，曷足譏焉〔一六〕。

余家咸亨中良賤百口〔一七〕，自丁家難〔一八〕，私門弟妹凋喪〔一九〕，七八年間貨用都盡。余不幸遇斯疾〔二〇〕，母兄哀憐，破產以供醫藥。屬歲穀不登〔二一〕，家道屢困，兄弟薄遊近縣，創巨未平，雖每分多見憂〔二二〕，然亦莫能取給。海內相識，亦時致湯藥，恩亦多矣。晚更篤信佛法，於山下間營建〔二三〕，所費尤廣。本欲息貪寡欲，緣此更使貪心萌生。每得一物，輒歡喜〔二四〕，更恨不足，嗚乎！道惡在而奔競之若茲〔二五〕。雖觀苦空無常〔二六〕，而此業已就，不可中廢。祈獲福澤〔二七〕，思與士君子共之。

〔一〕此書當作於與洛陽名流朝士乞藥直書後不久。　書題，英華卷六八四、全唐文卷一六六無「諸公」二字。

〔二〕都　據乞藥直書，指東都洛陽。　信，英華校：「一作僕」。全唐文作「僕」。

〔三〕太子舍人　通典職官卷一二：唐有太子舍人四人，「掌侍從表啓，宣行令旨，分判坊事」。　裴瑾之，據新唐書宰相世系表一上，乃祠部郎中裴公緯子，曾爲倉部郎中。餘未詳。

〔四〕韋方賢　新唐書盧照鄰傳作「韋方質」，似是。　舊唐書韋雲起傳：雲起子師實，師實子方質，則天初官至宰相。

〔五〕左史句　舊唐書范履冰傳：「范履冰者，懷州河內人。自周王府户曹召入禁中，凡二十餘年。……載初元年（六八九），坐嘗舉犯逆者被殺。」舊唐書元萬頃傳：「天后諷高宗廣召文詞之士入禁中修撰，萬頃與左史范履冰……咸預其選……時人謂之『北門學士』。」資治通鑑繫此事於高宗上元二年（六七五），據知儀鳳三年前後，范履冰正爲左史。按舊唐書職官志二，門下省置「起居郎二員」，原注：「龍朔二年（六六二）改爲左史，咸亨復。」此當沿用復舊名前之稱。

〔六〕水部員外郎　據舊唐書職官志二，尚書省置水部員外郎一員，從六品上。　獨孤思莊，據宋陳思寶刻叢編卷一〇載唐獨孤府君頌德碑，思莊乃給事中元愷之子，河南洛陽人，嘗爲陝州桃林令，入爲水部員外郎。　又據新唐書宰相世系表五下，思莊嘗爲右金吾大將軍。

〔七〕少府丞　據舊唐書職官志三，少府監置丞四人，從六品下。舍人、内供奉，唐有中書舍人、太子舍人等，此不詳所指；唐又有侍御史内供奉。閻知微，據新唐書宰相世系表三下，其人爲司農少卿、澤州刺史閻玄邃子，嘗爲左豹韜將軍。又據新唐書閻立德傳，知微乃立德之孫，武后時被殺。

〔八〕符璽郎　舊唐書職官志二，門下省有符璽郎四員（天后惡璽字，改爲「寶」），從六品上。「符寶郎掌天子八寶及國之符節，辨其所用。有事則請於内，既事則奉而藏之」。喬偘，事迹未詳。按舊唐書喬知之傳，駙馬都尉喬師望子喬知之，知之有子喬備等，則喬偘當是知之子侄輩。

〔九〕束帛　周禮春官大宗伯：「孤執皮帛。」鄭玄注：「皮帛者，束帛而表以皮爲之飾。」賈公彦疏：「束者，十端，每端丈八尺，皆兩端合卷，總爲五匹，故云束帛也。」此泛指禮物。

〔一〇〕東山　此指東龍門山。

〔一一〕代與道句　莊子繕性：「世喪道矣，道喪世矣。世與道交相喪也，道之人何由興乎世。」「代」即「世」字，避太宗諱。

〔一二〕殷揚州四句　殷揚州，指殷浩。世説新語黜免「殷中軍廢後」條劉孝標注引續晉陽秋：「殷雖廢黜，夷神委命，雅詠不輟，雖家人不見其有流放之戚。外生韓伯始隨至徙所，周年還都，浩素愛之，送至水側，乃詠曹彦遠詩曰：『富貴它人合，貧賤親戚離。』因泣下。」又政事篇：

「殷浩始作揚州。」劉注引中興書：「建元初，庾亮兄弟、何充等相尋薨，太宗以撫軍輔政，徵浩爲揚州，從民譽也。」又引浩別傳：「浩字淵源，陳郡長平人。」按：曹彥遠詩題爲感舊，見文選卷二九。　韓伯，字康伯，晉書有傳。

〔一三〕名過句　文選崔瑗座右銘：「無使名過實。」李善注引越絶書：「范子曰：名過實者滅，聖人不使名過實。」　其，英華作「真」，校：「一作其。」

〔一四〕西狩句　魯哀公十四年（前四八一），西狩獲麟，孔子掩袂而泣。此謂即如孔子，亦有窮困之時。

〔一五〕免　英華作「逸」，校：「疑作免。」按：作「逸」誤。

〔一六〕自鄶兩句　左傳襄二十九年：吴公子季札在魯觀周樂，「自鄶以下，無譏焉」。杜預注：「鄶第十三，曹第十四。言季子聞此二國歌不復譏論之，以其微也。」

〔一七〕百口　言其多。後漢書趙岐傳：「我北海孫賓石，闔門百口，勢能相濟。」

〔一八〕丁家難　指喪父，即乞藥直書所云「丁府君憂」。

〔一九〕私門　指家門。潘岳西征賦：「反初服於私門。」

〔二〇〕余不幸句　指染風疾。論語雍也：「斯人也而有斯疾也。」

〔二一〕歲　原作「多」，全唐文作「歲」，是，據改。史記日者列傳：「歲穀不孰不能適。」

〔二二〕分多　謂多分財物。史記管晏列傳：管仲曰：「吾始困時，嘗與鮑叔賈，分財利多自與，鮑叔不以我爲貪，知我貧也。」

〔二三〕山下　全唐文無「下」字。

〔二四〕歡喜　全唐文作「喜歡」。

〔二五〕道惡在　道在何處。莊子知北遊：「東郭子問於莊子曰：『所謂道，惡乎在？』」

〔二六〕雖觀句　謂讀佛經。　苦空，佛教稱人生有十六苦（正法念經），或八苦（五王經）；以超乎色相者爲「空」（如般若波羅蜜多心經謂「照見五藴皆空」）。　無常，指一切皆在生滅成壞之中。涅槃經卷一壽命品：「是身無常，念念不往，猶如電光暴水幻炎。」　英華於句首有「此」字，疑衍。

〔二七〕祈　英華作「所」。　澤，英華作「慶」。

讚

相樂夫人檀龕讚　并序〔一〕

相樂夫人韋氏者，益州都督長史胡公之繼親也〔二〕。夫人寓跡蘭閨〔三〕，栖情香岫〔四〕。琢磨六行〔五〕，與三明而并驅〔六〕；馳鶩四禪〔七〕，將十訓而齊駕〔八〕。粤以乾封紀歲〔九〕，流火司晨〔一〇〕，敬造靈龕，奉圖真相。青蓮皓月〔一一〕，爭華蚊睫之端〔一二〕；寶樹天花〔一三〕，競爽鴻毛之際〔一四〕。納須彌於纖芥〔一五〕，嘗謂徒言；置由旬於方丈〔一六〕，今過其寔。重宣此義，敢爲讚云：

猗歟寔相〔一七〕，顯允神工〔一八〕。規模鹿苑〔一九〕，圖寫龍宫〔二〇〕。分身諦聽〔二一〕，列坐談空〔二二〕。羣天颯纚〔二三〕，衆寶玲瓏〔二四〕。雕牕引月，鏤綱摇風〔二五〕。一窺妙景，高謝塵蒙〔二六〕。

〔一〕相樂夫人，高步瀛唐宋文舉要乙編卷一：「唐郡縣及封爵，亦不聞有『相樂』之名。」故未審韋氏何以稱「相樂夫人」。樂，四庫提要作「里」，不知何據，蓋以有複姓「相里」而改。檀龕，紫檀木所製佛龕。據文中「乾封紀歲」等句，本文作於高宗乾封元年（六六六）七月，時作者出使在蜀。「并序」二字原無，據英華卷七八一、全唐文卷一六六補。

〔二〕益州都督　見奉使益州至長安發鍾陽驛詩注〔一〕。長史，舊唐書職官志三：大都督府（益州爲大都督府）長史一人，從三品。胡公，據益州長史胡樹禮爲亡女造畫讚，知爲胡樹禮，事跡未詳。繼親，後母。

〔三〕蘭閨　後漢書皇后紀下贊：「班政蘭閨。」李賢注：「班固西都賦曰：『後宫則掖庭椒房，后妃之室，蘭林蕙草，披香發越。』蘭林，殿名，故言蘭閨。」此爲閨房之美稱。

〔四〕香岫　山巒之美稱。又佛經中有香山。此句指韋氏好佛。

〔五〕六行　佛教六種善行。金剛三昧經：「大力菩薩言：云何六行？願爲説之。佛言：一者十信行，二者十往行，三者十行行，四者十回向行，五者十地行，六者等覺行。」

〔六〕三明　維摩詰所説經方便品：「佛身者，即法身也。從六通生，從三明生。」僧肇注：「天眼、宿命智、漏盡通，爲三明也。」又俱舍論卷二七：「言三明者，一宿住智證明，二死生智證明，三漏盡智證明。名『明』者，如次對三際愚故，謂宿住智通治前際愚，死生智通治後際愚，漏盡智通治中際愚。」

〔七〕四禪　佛教所謂「四禪天」，屬色界。共十八天，即初禪三天，二禪三天，三禪三天，四禪九天。説詳法苑珠林卷五。

〔八〕十訓　魏書釋老志：「婦人入道者曰比丘尼。其誡至於五百……在於防心、攝身、正口。心去貪、忿、癡，身除殺、淫、盜，口斷妄、雜、諸非正言，總謂之十善道。能具此，謂之三業清淨。」十訓即指此十善道之訓。

〔九〕乾封　高宗年號。此謂始以乾封紀年，即時在乾封元年（六六六）。

〔一〇〕流火　指七月。詩經豳風七月：「七月流火。」毛傳：「火，大火（大火星，爲心宿）也；流，下也。」孔疏：「七月之中，有西流者，是火之星也。」

〔一一〕青蓮　法華經妙音品：「目如廣大青蓮華葉。」　皓月，大般若經卷三八一：「世尊面輪，其猶滿月。」梁簡文帝釋迦佛像銘：「滿月爲面，青蓮在目。」

〔一二〕蚊睫　晏子春秋卷七外編第八：「（景）公曰：『天下有極細乎？』晏子對曰：『有。東海有蟲。巢於蚊睫，再乳而飛，而蟁不驚。臣嬰不知其名，而東海漁者命曰焦冥。』」句言雕造精細。

〔一三〕寶樹　佛教語，指西天淨土草木。佛説無量壽經卷上：「其國土七寶諸樹，周滿世界。」　天花，原作「天倡」。全唐文作「天花」。按大論：「天華（花）百葉，菩薩華千葉。」維摩詰所説經觀衆生品：「時維摩詰室有一天女，見諸大人，聞所説法，便現其身，即以天華散諸菩薩大弟子上。」益州長史胡樹禮爲亡女造畫讚亦有「地寶天花」句，則「天倡」當是「天花」之訛，今改。

〔一四〕競爽　爭勝，與上句「爭華」同義。左傳昭公三年：「二惠競爽猶可。」杜預注：「競，强也；爽，明也。」　鴻毛，司馬遷報任少卿書：「或輕於鴻毛。」句亦言雕造精細。

〔一五〕須彌　佛家傳説中的印度寶山，極高大，又稱妙光山。參見一切經音義卷一。　纖芥，細微的芥子（草種）。維摩詰經卷中不思議品：「若菩薩住是解脱者，以須彌之高廣，内（納）芥子中，無所增減，須彌山王本相如故。……是名住不思議解脱法門。」

〔一六〕由旬　又稱踰善那，古代印度長度單位。其長度各説不一。翻譯名義集數量篇：「由旬三别：大者八十里，中者六十里，下者四十里。」猶有三十里、十六里之説，詳大唐西域記卷二數量原注、一切經音義卷九。方丈，一丈見方。孟子盡心下：「食前方丈。」以上謂佛龕雖僅方丈，然雕刻極精，内容豐富。

〔一七〕猗歟　嘆詞。詩經周頌潛：「猗與漆沮。」鄭箋：「猗與，嘆美之言也。」寔相，「諸法寔相」省稱，指萬物真相，相對「色相」而言。寔，全唐文作「實」，亦通。寶相，指佛像。邢邵文襄金像銘：「寶相外宣。」

〔一八〕顯允　詩經湛露：「顯允君子。」孔疏「顯允」爲「明信」。此言真正、確實。神工，畫工神妙。藝文類聚卷六〇引曹植寶刀賦：「攄神功而造象。」

〔一九〕規模句　規模，仿照。鹿苑，即野鹿苑，釋迦牟尼始説法之所。四十二章經：「世尊成道已，於野鹿苑中……而證道果。」大唐西域記卷七婆羅痆斯國一鹿野伽藍：「婆羅痆河東北行十餘里，至鹿野伽藍。……其側不遠大林中有窣堵波，是如來昔與提婆達多俱爲鹿王斷事之處……即以其林爲諸鹿藪，因而謂之施鹿林焉。鹿野之號，自此而興。」

〔二〇〕龍宫　海龍王經請佛品：「海龍王詣靈鷲山，聞佛説法，信心歡喜，欲請佛至大海龍宫供養，佛許之。龍王即入大海，化作大殿，無量珠寶，種種莊嚴。佛入龍宫，爲説大法。」

〔二一〕分身　法苑珠林卷一一説益部：「依菩薩處胎經云，爾時世尊示現奇特異像，變一切菩薩，盡作佛身，光相具足，皆共異口同聲説法，互相敬奉，各坐七寶極妙高座。」諦聽，凝神静聽。

〔二〕空　佛教指超乎色相現實的境界。大乘章經：「空者，理之别目，絶衆相，故名爲空。」
〔三〕羣天　法苑珠林卷五謂天有三十二種：欲界十，色界十八，無色界四，故曰「羣天」。颯纚，飄動貌。班固西京賦：「紅羅颯纚。」
〔四〕衆寶　指序中所述寶樹、天花之類。玲瓏，文選揚雄甘泉賦：「前殿崔巍兮和氏玲瓏。」李善注引晉灼曰：「玲瓏，明見貌也。」
〔五〕鏤綱　猶雕窗。綱，綱户。楚辭宋玉招魂：「網户朱綴。」王逸注：「網户，綺文鏤也。」
〔六〕塵蒙　指人世。庾肩吾詠同泰寺浮圖詩：「方應捧馬出，永得離塵蒙。」

益州長史胡樹禮爲亡女造畫讚〔一〕

夫鎔金逞妙〔二〕，徒罄中人之産〔三〕；架寶崇奢〔四〕，未階大乘之化〔五〕。豈若圖徽紈素〔六〕，卷舒方丈之筵〔七〕；表裏丹青，藻繪多林之色〔八〕。獨爲先覺〔九〕，其在兹乎！

益州長史公道洽中孚〔一〇〕，履黄裳以貞吉〔一一〕；寄隆分陝〔一二〕，苴白茅而利涉〔一三〕。猶爲龜組相輝〔一四〕，不離泡幻之域〔一五〕；熊車結軾〔一六〕，尚迷苦愛之津〔一七〕。爰捨淨財，幸求多福〔一八〕，爲亡女宇文氏敬造像等〔一九〕。徵奇綃於水府〔二〇〕，採妙色於霞莊〔二一〕。

月面澄華〔二二〕，疑金雲之夜敞〔二三〕；蓮毫吐照〔二四〕，狀珠浦之晨開〔二五〕。花寶參差〔二六〕，眺鶴林其非遠〔二七〕；仙雲肸蠁〔二八〕，登鷲巖其可望〔二九〕。窮形盡相，陋燕壁之含丹〔三〇〕；寫妙分容，嗤吴屏之墜筆〔三一〕。式揚顯福，俾讚幽魂，其詞曰：

正教東漸〔三二〕，遺像西至〔三三〕。化格三天〔三四〕，功超十地〔三五〕。偉歟大士〔三六〕，弘兹遠致〔三七〕。追慟幽途，載營檀施〔三八〕。

皎潔霜紈，照影丹素。果發金口〔三九〕，蓮生玉步〔四〇〕。地寶天花，星羅雲布〔四一〕。慧炬長設〔四二〕，迷津永渡〔四三〕。

〔一〕本篇當與相樂夫人檀龕讚同作於高宗乾封元年（六六六）七月。　畫，指佛像。

〔二〕鎔金　佛教謂佛身如紫金光聚，世人因以金鑄（或飾）佛像，謂之金身。

〔三〕中人之産　漢書文帝紀贊：「百金，中人十家之産也。」

〔四〕架寶　建造佛寺。　崇奢，舊唐書狄仁傑傳：「非爲塔廟必欲崇奢。」

〔五〕大乘　佛教派别名，梵語爲摩訶衍。大乘派主頓悟，而大乘之淨土宗却大倡營造塔廟，故謂有違大乘教義。

〔六〕圖徽　圖，原作「圓」，據文苑英華卷七八四改。圖徽，此指繪畫。揚雄法言卷二吾子篇：「諸子圖徽，譔吾子。」宋宋咸注：「徽，善也。」又吴秘注：「圖，謀也。徽，美也。」　紈素，白色細絹，用以畫像。班婕妤怨歌行：「新製齊紈素，皎潔如霜雪。」

〔七〕筵　說文：「竹席也。周禮曰：度堂以筵，筵一丈。」此指畫幅。　兩句謂不如在室中懸掛畫面不大的佛像。

〔八〕多林　多羅樹林之省。大唐西域記卷一一恭達那補羅國「王城附近諸遺迹」：「城北不遠，有多羅樹林，周三十餘里。其葉長廣，其色光潤，諸國書寫，莫不採用。」

〔九〕先覺　謂胡樹禮先明此理。孟子萬章下：「天之生斯民也，使先知覺後知，使先覺覺後覺，予，天民之先覺者也。」

〔一〇〕益州句　益州長史及胡樹禮，見前相樂夫人檀龕讚注〔二〕。　中孚，周易卦名，言誠信。易中孚：「象曰：澤上有風，中孚。」孔疏：「風行澤上，無所不周，其猶信之被物，無所不至。」

〔一一〕黃裳貞吉　貞，正也。猶「黃裳元吉」。易坤卦：「六五，黃裳元吉。」王弼注：「黃，中之色也，裳，下之飾也。坤爲臣道，美盡于下。」象曰：「黃裳元吉，文在中也。」孔疏：「既有中和，又奉臣職，通達文理，故云文在其中，言不用威武也。」

〔一二〕寄隆　指皇帝所付任重。文選沈約齊故安陸昭王碑文：「侯府寄隆。」　分陝，周初，周公旦、召公奭分陝而治，見公羊傳隱五年。後泛指中央官員出任地方官。陶淵明晉故征西大將軍長史孟府君傳：「太尉潁川庾亮以帝舅民望，受分陝之重，鎮武昌。」

〔一三〕苴白茅　以白茅包土，古代帝王分封諸侯的儀式。尚書禹貢：「厥貢惟土五色。」僞孔傳：

「王者封五色土爲社，建諸侯則各劃其方色土與之，使立社，燾以黄土，苴以白茅。茅取其潔，黄取王者覆四方。」釋文：「苴，包裹也。」　利涉，原作「涉川」。英華作「涉川」，校：「一作利涉。」易中孚：「利涉大川。」孔疏：「既有誠信，光被萬物，萬物得宜，以斯涉難，何往不通。故曰利涉大川。」按「利涉」與上句「貞吉」對應，則英華之「一作」是，今據改。

〔一四〕龜組　揚雄太玄：「龜緺厲。」范望注：「龜爲印，緺爲綬。」組，絲帶，即綬。此代指官爵。

〔一五〕泡幻　泡影、夢幻。金剛經：「一切有爲法，如夢幻泡影，如露亦如電，應作如是觀。」此指人生難以把握，有如夢幻之感。

〔一六〕熊車　配有熊軾（車前横軾作伏熊狀）的車。後漢書輿服志上：「公、列侯安車，朱班輪，倚鹿較，伏熊軾。」梁元帝（蕭繹）玄覽賦：「覆緹幕於熊車。」此代指官高權重。

〔一七〕苦愛　佛教謂人有「五苦」，又稱有「八苦」，其中有「愛别離苦」。涅槃經卷一二：「八相所苦，所謂生苦、老苦、病苦、死苦、愛别離苦、怨憎會苦、求不得苦、五盛陰苦。」

〔一八〕多福　詩經大雅大明：「昭事上帝，聿懷多福。」

〔一九〕胡樹禮亡女夫家當姓宇文，餘無考。

〔二〇〕奇綃　鮫綃，義同「紈素」。　水府，指南海鮫人之家。張華博物志卷二：「南海外有鮫人，水居如魚，不廢織績，其眼能泣珠。」又任昉述異記：「南海出鮫綃紗，一名龍紗，其價百餘金，以爲服，入水不濡。」此喻指所用畫布極佳。

〔二一〕霞莊　雲霞之所。謂以雲霞爲色，極言所用顔料精美。

〔二二〕月面句　喻佛像面容如月，見相樂夫人檀龕讃注〔一一〕。

〔二三〕金雲　指秋雲。金，五行之一，於時爲秋，故云。　敞，開。　兩句謂其面如秋夜出雲之月。

〔二四〕蓮毫　指目，喻佛像目如青蓮花，見相樂夫人檀龕讃注〔一二〕。

〔二五〕珠浦　見酬張少府柬之詩注〔三〕。此泛指水畔。　兩句謂其目如清晨的出水蓮花。

〔二六〕花寶　指天花寶樹，見相樂夫人檀龕讃注〔一三〕。

〔二七〕鶴林　佛家語，佛入滅之處。涅槃後分：「佛入涅槃已，東西二雙合爲一樹，南北二雙亦合爲一，皆垂覆如來，其樹慘然變白。」因樹色如鶴之白，故名鶴林。參翻譯名義集卷三林木。

〔二八〕肸蠁　散布，彌漫。史記司馬相如列傳上林賦：「衆香發越，肸蠁布寫，晻曖苾勃。」

〔二九〕鷲巖　即靈鷲山，梵語爲耆闍崛山，大唐西域記卷九譯爲姑栗陀羅矩吒山，爲佛説法地。法苑珠林卷四四君臣篇引智度論：耆闍崛山者，此名鷲頭山。是山頂似鷲，王舍城人因而名之。「又王舍城南屍陀林中，多諸死人，諸鷲常來食之，還在山頭，時人遂名鷲頭山。是山於五山中最高大，多好林泉，聖人住處」。　巖，全唐文卷一六六作「嶺」。

〔三〇〕陋燕壁句　未詳。疑「燕」爲「烈」之訛。「烈」即烈裔。拾遺記卷四：「始皇元年，騫霄國獻刻玉善畫工名裔，使含丹青以漱地，即成魑魅及詭怪羣物之象。」歷代名畫記卷四引此，文字稍異：「烈裔，騫涓國人，秦皇二年，本國獻之，口含丹墨，噴壁成龍獸。」　陋，及下句「嗤」，謂其不足道。

〔三一〕吴屏　指吴人曹不興所繪屏風。藝文類聚卷六九引吴録：「曹不興善畫屏風，誤落筆點素，因就以作蠅，（孫）權以爲生蠅，舉手彈之。」

〔三二〕正教　指佛教。　東漸，謂傳入中國。尚書禹貢：「東漸於海。」僞孔傳：「漸，入也，被及也。」

〔三三〕遺像　此指佛像。

〔三四〕三天　佛教稱欲界、色界、無色界爲三天。

〔三五〕十地　佛教稱菩薩修行漸近於佛的十種境界。據十地等經，其名曰：歡喜地、離垢地、發光地、焰慧地、難勝地、現前地、遠行地、不動地、善慧地、法雲地。

〔三六〕大士　指作畫僧人。法華文句記二：「大士者，大論稱菩薩爲大士，亦曰開士。」

〔三七〕遠致　指佛像意態高遠。晉書孫綽傳：「高情遠致，弟子早已服膺。」

〔三八〕檀施　梵語檀那與漢語布施之合稱，即布施、施主。此及上句，謂其爲追悼亡女造畫。

〔三九〕果　指正果。佛教謂學佛而得證悟者爲「證果」，以别於外道，故名「正果」。　金口，指佛口，喻佛語珍貴。廣弘明集卷二二隋煬帝寶臺經藏願文：「前佛後佛，諒同金口。」

〔四〇〕蓮　指蓮臺。道世諸經要集卷一三寶敬佛：「故十方諸佛，同出於淤泥之濁；三身正覺，俱坐於蓮臺之上。」　玉步，佛脚之美稱。

〔四一〕星羅句　謂寶樹天花衆多。班固西都賦：「列卒周帀，星羅雲布。」

〔四二〕慧炬　猶慧光，佛教所謂智慧之光。無量壽經下：「慧光明淨，超踰日月。」梁簡文帝與智琰法師書：「慧炬開心，甘露入項。」慧，英華卷七八四作「惠」。

〔四三〕迷津　即迷途。敬播大唐西域記序：「廓羣疑於性海，啓妙覺於迷津。」

碑

益州至真觀主黎君碑〔一〕

若夫三清上列〔二〕，瑶闕控日月之圖〔三〕；八洞深居〔四〕，貝闕吐山河之鎮〔五〕。雖復扶桑大帝〔六〕，傳赤字於東華〔七〕；安寶神君〔八〕，受青符於南極〔九〕，猶未能發揮不宰〔一〇〕，復歸無物之功〔一一〕；開鑿妙門〔一二〕，言謝有爲之業〔一三〕。其馮馮翼翼〔一四〕，百姓存焉而不知〔一五〕，杳杳冥冥〔一六〕，萬族死之而無慍〔一七〕，獨爲衆化之宗者，其唯元始天尊乎〔一八〕！

暨乎蹩躠爲仁，踶跂爲義〔一九〕，鴻臚傳小儒之具〔二〇〕，緘縢爲大盜之術〔二一〕。堯禹生而天下火馳〔二二〕，姬孔出而羣方鼎沸〔二三〕。則有氤氳祖帝〔二四〕，發皓鬢於東周〔二五〕；兆朕皇輿〔二六〕，飛紫雲於西道〔二七〕。鳳交開景，返徐甲之營魂〔二八〕；龍光照天，杜宣尼之神氣〔二九〕。得一吹萬〔三〇〕，有大造於蒼生；把十蹈五〔三一〕，樹靈基於寶祚〔三二〕。能使秦皇東指，見赤舃而長懷〔三三〕；漢帝北遊，望青煙而下拜〔三四〕。於是靈山水府，俱爲鍊玉之場；甲第離宫，多入空歌之地〔三五〕。青牛道士〔三六〕，按錦節於中都〔三七〕；白鹿仙人〔三八〕，列瑶壇於八表〔三九〕。乃劍門西拒〔四〇〕，邛關南望〔四一〕，星橋對斗〔四二〕，像牛漢之秋横〔四三〕；月硤縈城〔四四〕，疑兔輪之曉落〔四五〕。武騎遷昇之路〔四六〕，冠蓋雲飛〔四七〕；文翁講肆之堂〔四八〕，英靈霧聚。巖開菌桂〔四九〕，藴金碧之祥光〔五〇〕；磵吐夭桃〔五一〕，積神仙之粹氣。

至真觀者，隋開皇二年之所立也〔五二〕。尋屬煬帝驕淫〔五三〕，蜀王奢僭〔五四〕，冕旒多事〔五五〕，有慚七聖之遊〔五六〕；几杖不朝〔五七〕，未遑八仙之術〔五八〕。紫臺初構〔五九〕，霜露霑衣〔六〇〕；碧洞新開〔六一〕，蓬萊變海〔六二〕。仙居制度，與雲雷而共屯〔六三〕；象帝威儀〔六四〕，將市朝而猶梗〔六五〕。

皇家纂戎牝谷〔六六〕，乘大道而驅除〔六七〕；盤根瀨鄉〔六八〕，擁真人之閥閱〔六九〕。高祖以汾陽如雪〔七〇〕，當金闕之上仙〔七一〕；太宗以崆山順風〔七二〕，屬瑶京之下視〔七三〕。我皇帝凝旒紫閣〔七四〕，懸鏡丹臺〔七五〕，運璇極而正乾坤〔七六〕，坐閶陽而調風雨〔七七〕。變銅渾於九洛〔七八〕，鱗羽登歌〔七九〕；鳴玉鑾於四清〔八〇〕，烟霞變色。焚符破璽〔八一〕，更聞繩燧之初〔八二〕；剖斗折衡〔八三〕，重覩人倫之制〔八四〕。銀書紀岱〔八五〕，登日觀以論功〔八六〕；玉牒封梁〔八七〕，下雲丘而校美〔八八〕。千齡胎化，申以駕羽之期〔八九〕，萬歲巖音〔九〇〕，獻以華封之壽〔九一〕。畊田鑿井者不知自然，鼓腹擊壤者不知帝力〔九二〕。嗚呼！豈非道風幽贊之效與！乃回輿詔蹕，親幸譙苦〔九三〕，奉策老君爲太上皇帝〔九四〕，仍令天下諸州各置觀一所。於是碧樓三襲〔九五〕，上接虹蜺；絳闕九成〔九六〕，下交星雨〔九七〕。乘雲御氣〔九八〕，日夕於闕山；薦璧投金〔九九〕，歲時於岳瀆〔一〇〇〕。

此觀地當樞要〔一〇一〕，任切會昌〔一〇二〕，南鄰覆錦之城〔一〇三〕，西逼吞珠之界〔一〇四〕。使星連注〔一〇五〕，皇華結轍〔一〇六〕。既而緑地榛蕪，朱宫板蕩〔一〇七〕，非夫位膺金策，名載瓊軒〔一〇八〕，爲紫帝之羣賓〔一〇九〕，列黄庭之上格〔一一〇〕，孰能棟梁平圃〔一一一〕，丹雘長樓〔一一二〕，大開流電之庭〔一一三〕，廣制明霞之宇〔一一四〕？

觀主三洞法師，姓黎，諱某〔一一五〕，廣漢雒人也〔一一六〕。金天命秩〔一一七〕，即有天地之官〔一一八〕；火正分司，實掌羲和之任〔一一九〕。夏殷之際，代爲伯相〔一二〇〕。或食邑於魯〔一二一〕，或書社於衛〔一二二〕，故魯之黎城〔一二三〕，衛之黎陽〔一二四〕，即其地也。魏晉之交，或立功於吴，剖符於蜀〔一二五〕。在吴者，其後封於壽春〔一二六〕，黎將故城有黎氏之墓〔一二七〕，石文石闕之字在焉〔一二八〕。在蜀，苻堅時秦爲蜀郡太守〔一二九〕，北齊時練山爲益州刺史〔一三〇〕，故子孫因家於蜀。法師，練山之六代孫也。祖宗，父泉〔一三一〕，并爲州郡都主簿平正七職之任〔一三二〕。蜀文公之好智〔一三三〕，固讓朝恩；秦子整之多才，終從郡辟〔一三四〕。禮儀體制，鄉校取式於公曹〔一三五〕；獄訟章程，府主責成於平正。時無留事〔一三六〕，復聞坐嘯之談〔一三七〕；野有讓耕〔一三八〕，重聽行歌之樂〔一三九〕。

玄珠結慶〔一四〇〕，剖江漢之圓流〔一四一〕；紫胎貽祉〔一四二〕，動岷精之垂曜〔一四三〕。豫章七歲〔一四四〕，非復常材；朝陽五色〔一四五〕，豈云凡鳥〔一四六〕。初登小學〔一四七〕，笑孔墨之神勞〔一四八〕；一見玄書〔一四九〕，以彭聃爲己任〔一五〇〕。玉笈雲囊之術〔一五一〕，龍緘鳳蘊之圖〔一五二〕，莫不吞楚夢於胸中〔一五三〕，指魯城於掌上〔一五四〕。臨長水而飲犢，不就堯徵〔一五五〕；卧巨澤而牧羊，徒勞漢使〔一五六〕。冥丘聳駕，左肘符觀化之辰〔一五七〕；諄墍停裝，横目傳栖真之地〔一五八〕。

貞觀之末，有昭慶大法師〔一五九〕，魁岸堂堂〔一六〇〕，威儀肅肅〔一六一〕。裂圓冠而焚俗制〔一六二〕，横大帳而抗山谷〔一六三〕。聲若坻頽〔一六四〕，辯均濤發〔一六五〕。仲尼河目〔一六六〕，飛電驚人〔一六七〕；子貢斗脣〔一六八〕，連環動坐〔一六九〕。昂昂不雜，如獨鶴之映羣鷄〔一七〇〕；矯矯無雙，狀真龍之對芻狗〔一七一〕。于時三蜀耆老〔一七二〕，咸相謂曰：興大道者，其在茲乎！

初襲羽裒〔一七三〕，且涖貞陽小觀〔一七四〕；纔麾玉柄〔一七五〕，已馳天下大名。尋而廣漢士人，固請法師爲靈集觀主〔一七六〕。去長桑之故苑〔一七七〕，臨隱弁之新丘〔一七八〕。經之營之〔一七九〕，既雕既琢〔一八〇〕。銀臺中天而孤出〔一八一〕，珠樹匝地而叢生〔一八二〕。同赤城之建標〔一八三〕，有黄房之貞構〔一八四〕。觀中先有天尊真人石像，大小萬餘區〔一八五〕，年代寖深〔一八六〕，儀範凋缺。沈沈寶座，積萬古之塵埃；邈邈瓊顔，被千齡之苔蘚。法師睹斯而流涕曰：不圖先聖尊容，零落至此！乃重趼即路〔一八七〕，無胈永哀〔一八八〕，櫛沐幾於四時〔一八九〕，栖遑周於百舍〔一九〇〕。誓將崇輯事畢，然後寢食爲期。鄉曲爭持錢帛，競施珍寶，費餘巨萬，役不崇朝〔一九一〕。還開紫翠之容〔一九二〕，更表圓明之色〔一九三〕。

行益州刺史、駙馬都尉喬君〔一九四〕，主壻懿親〔一九五〕，勳門盛族〔一九六〕，任高方面〔一九七〕，寄切西南。法師道叶半千〔一九八〕，神凝正一〔一九九〕，而至真福地〔二〇〇〕，荒涼日久，不有上德〔二〇一〕，其誰振之！又表請師爲至真觀主。法師升堂慷慨，吐納玄科〔二〇二〕；攝齊寥亮〔二〇三〕，分明紫訣〔二〇四〕。詞峯雲鬱，觸劍石以飛揚〔二〇五〕；義壑泉奔，横玉輪而浩蕩〔二〇六〕。入其門者，披煙霧於九天〔二〇七〕；聞其音者，聽咸韶於三月〔二〇八〕。由是户外之履〔二〇九〕，魚貫江水；堂下之賓，鴈行關塞。黄老之學〔二一〇〕，復於今矣。則有王孫之黨，郤公之倫〔二一一〕，名亞春、陵〔二一二〕，氣高韓、魏〔二一三〕。鷫裘玉劍〔二一四〕，散圓庭以陸離；驦子銀鞍〔二一五〕，委山衢而沛艾〔二一六〕。法師以兹衆施，即於天宫後起大講堂，并造長廊二十餘丈。琳堂鬱其峙起〔二一七〕，星闈忽以環周〔二一八〕。仰窋窱以嶙峋〔二一九〕，下峥嶸以廣朗〔二二〇〕。陰娥假道，窺玉女於南軒〔二二一〕；陽烏回轡〔二二二〕，炤青禽於北閤〔二二三〕。又於觀内鑄銅鐘一口，重七十斤；立石壇三級，週回一百步。懸黍璣於碧落〔二二四〕，明月流光〔二二五〕；建瓊乳於玄都〔二二六〕，飛霜蓄韻〔二二七〕。壇開錦砌，類江浦之澄霞〔二二八〕；庭列瑶堦，疑崑丘之積雪〔二二九〕。每至三辰法會〔二三〇〕，八景真遊〔二三一〕，霓裳蕩耀魄之華〔二三二〕，羽蓋轉風雲之路〔二三三〕。通天亘景，兼造化之全模〔二三四〕；帶鳥銜虹〔二三五〕，連飛動之奇勢。可謂德光而功濟，道勝而名揚者也。前長史范陽公〔二三六〕，一代羽儀〔二三七〕，門傾四海〔二三八〕；前長史譙國公〔二三九〕，兩朝肺腑〔二四〇〕，威動百城〔二四一〕。并屈銀黃〔二四二〕，俱申玄素〔二四三〕。法師雍容坐鎮，嘯傲行藏，雖郭先生之禮峻晉侯〔二四四〕，蒙莊子之身輕梁相〔二四五〕，不能尚也。若夫言出於口，龍驥所不能追〔二四六〕；行成於心，王公所不能及〔二四七〕。悲懷狥物〔二四八〕，風雨晦而逾勤〔二四九〕；苦節橫秋，冰霜急而逾固。户居環堵〔二五〇〕，而歲計有餘〔二五一〕；道周稊稗〔二五二〕，而日用無竭〔二五三〕。又於學射靈山別立仙居一所〔二五四〕，即至真之殊庭也〔二五五〕。栽松蒔柏，與月樹而交輪〔二五六〕；刻角雕甍，共星樓而接翼。蒼郊却倚〔二五七〕，猶太行之北登〔二五八〕；錦肆前通〔二五九〕，似灞陵之南望〔二六〇〕。華表千年之鶴，未見成都〔二六一〕；津亭八月之龍，時歸鄉里〔二六二〕。

法師出家入道，三十餘年，弟子所得襯施〔二六三〕，不可稱量，盡入修營，咸供衆用。見諸疾苦，便開五色之囊〔二六四〕；遇彼饑寒，輙有千金之費。巾拂之外，餘無所留。凡所經過，洪濟多矣。法師又於咸亨二年正月十八日寢疾之際，聞空中有聲曰：天上今欲相煩爲玉京觀主〔二六五〕。法師辭以至真功德未就，固請不行〔二六六〕，少選之間，所疾便愈。左右侍者，無不同聞。自是遠近道俗，咸共驚嗟，曰：天上知余不肖〔二六七〕，將棄余矣。上座、監齋某等〔二六八〕，并流回左映，策地景於丹田〔二六九〕；浩氣中升，養天倪於紫室〔二七〇〕。雖復同班玉籍〔二七一〕，并列仙宫〔二七二〕，每屈宗師之道，仍修弟子之敬，亦猶披衣齧缺〔二七三〕，同德而相尊；雲將鴻蒙〔二七四〕，比肩而相下〔二七五〕。大弟子并仙庭十哲〔二七六〕，道家童師〔二七七〕，閉門錬火，陪嘯父之高煙〔二七八〕；卜肆驅筠，記壺公之遠御〔二七九〕。咸用輯瓊臺之墜典〔二八〇〕，正鶱樹之頹風〔二八一〕，散在人間，敷揚道教〔二八二〕。可謂庚桑畏壘，致大壤以匡時〔二八三〕；范相鴟夷，行計然而濟俗〔二八四〕。僉曰：吾師也，鼇萬物而不以爲義，利萬代而不以爲仁〔二八五〕。逍遥乎有無之表，彷徨乎塵垢之外〔二八六〕。東郭順子，無擇存而不論〔二八七〕；伯昏瞀人，禦寇論而不議〔二八八〕。豈使爲山九仞〔二八九〕，道不列於珠庭〔二九〇〕；築館三休〔二九一〕，功未書於瑶版〔二九二〕？下官迷方看博〔二九三〕，邀赤斧於禹山〔二九四〕；失路乘槎，問君平於蜀郡〔二九五〕。汾陽處子，目擊而言忘〔二九六〕；漢陰丈人，德全而機謝〔二九七〕。是用搜奇井絡，題片石於靈丘〔二九八〕；觀藝協晨〔二九九〕，見乘雲之飛將〔三〇〇〕。蒼蒼中野，同銷地媪之魂〔三〇一〕；眇眇太初〔三〇二〕，獨昧天師之化〔三〇三〕。其詞曰：

象帝之先，其誰之子〔三〇四〕？徒觀其妙，莫究其始〔三〇五〕。果而勿伐〔三〇六〕，爲而不恃〔三〇七〕。强爲之名，謂之道紀〔三〇八〕。其一太朴云季〔三〇九〕，孝慈已彰〔三一〇〕。邈邈帝祖〔三一一〕，繩繩帝鄉〔三一二〕。曰神曰聖〔三一三〕，爲龍爲光〔三一四〕。千年受籙，萬古稱王〔三一五〕。其二

於鑠帝唐〔三一六〕，丕承天秩〔三一七〕。道風吹萬〔三一八〕，玄猷配一〔三一九〕。五載乘雲〔三二〇〕，三山禮日〔三二一〕。薦璧延士，投金訪術〔三二二〕。其三

地分輿井〔三二三〕，城連劍闕〔三二四〕。錦瀨開霞〔三二五〕，嵋峯吐月〔三二六〕。白雲舒卷，青山回没。菌閣香飛〔三二七〕，桃源花發〔三二八〕。其四

紫宸高映〔三二九〕，丹宫洞開〔三三〇〕。巖舒金碧〔三三一〕，地起樓臺。鶴飛龍度，鸞歌鳳回〔三三二〕。星雨交接，風煙去來。其五

寶龜涵影〔三三三〕，玉顏乃睠〔三三四〕。神劍九光〔三三五〕，華冠萬變〔三三六〕。日軒朝敞，雲歌夕轉。紫樹瓊鐘，玄壇竹院。其六

偉哉上士〔三三七〕，昭哉至人〔三三八〕。笙簧道德〔三三九〕，粉澤人倫〔三四〇〕。汾陽處子〔三四一〕，箕山外臣〔三四二〕。遂荒白屋〔三四三〕，奄有玄津〔三四四〕。其七

玉扃將墜〔三四五〕，金階無主〔三四六〕。草滋紅壁，苔凝繡柱。式佇賢才，崇其蘐矩〔三四七〕。福庭霞焕〔三四八〕，仙徒霧聚。其八

縹緲四真〔三四九〕，雍容十哲。俱升紫宇，并邀清節。松子排烟〔三五〇〕，焦君卧雪〔三五一〕。辨雲縣寓〔三五二〕，神遊朗徹〔三五三〕。其九

玉壘庭紳，珠鄉勝踐〔三五四〕。鐘鼎紛藹〔三五五〕，江山悠緬。薛縣池平〔三五六〕，萊州水淺〔三五七〕。懸日月於鼇極〔三五八〕，播天人於鳳琢〔三五九〕。其十

〔一〕至真觀　創建於隋文帝開皇二年（五八二）。明曹學佺蜀中名勝記卷三謂觀在成都小蠻橋旁，引隋辛德源記略（按即至真觀記），言該觀「前臨逸陌，却負長瀛」，并稱觀至明代尚存。今已久毁，遺址待考。觀主，唐六典卷四：「每觀觀主一人。」黎君，前蜀杜光庭録異記卷一謂其名爲黎元興。本文當作於高宗咸亨二年（六七一）或稍後，時爲新都尉，參見本書附録盧照鄰年譜。

〔二〕三清　即三清境，道家所謂三天。雲笈七籤卷三道教本始部道教三洞宗元：「三清境者，玉清、上清、太清是也。一名三天。其三天者，清微天、禹餘天、大赤天是也。」

〔三〕瑶關　指天闕。雲笈七籤卷二混元混洞開闢劫運部劫運引上清三天正法經：「天闕在天西北之角，與斗星相御。北斗九星，則天關之綱柄……斗綱運關，則九天并轉。」道教謂老子置生日月。同上卷二引太上老君開天經：「太初之時，老君從虚空而下，爲太初之師，口吐開天經一部四十八萬卷……從此始有天地，猶未有日月。天欲化物，無方可變，便乃置生日

月在其中，下照闇冥。」

〔四〕八洞　道家稱神仙所居洞府，有上八洞、下八洞之名。王績遊北山賦：「遊八洞之金室，坐三清之玉宫。」

〔五〕貝闕　楚辭屈原九歌河伯：「魚鱗屋兮龍堂，紫貝闕兮朱宫。」王逸注：「言河伯所居……紫貝作闕，朱丹其宫。」　山河之鎮，指嶽瀆之神，道家謂爲混沌二子所化。雲笈七籤卷二開闢劫運部引太上老君開天經：「混沌之時，始有山川，老君下爲師，教示混沌，以治天下。混沌號生二子，大者胡臣，小者胡靈，胡臣死爲山嶽神，胡靈死爲水神，因即名爲五嶽四瀆。」鎮，一方之主山，此指山河之靈。尚書舜典：「封十有二山。」僞孔傳：「每州之名山殊大者，以爲其州之鎮。」

〔六〕扶桑大帝　傳説爲扶桑國帝君，又稱東王公、東王父，號元陽父。十洲記：「扶桑在東海之東岸……地方萬里，上有太帝，宫太真，東王父所治處。地多林木，葉皆如桑。又有椹樹，長者數千丈，大二千餘圍，樹兩兩同根偶生，更相依倚，是以名爲扶桑。」舊題葛洪枕中書：「扶桑大帝東王公，號曰元陽父。」

〔七〕赤字　即赤書，指扶桑大帝所傳仙經。東華，宫名。太平御覽卷六七三引靈寶經：「元始洞元靈寶赤書五篇真文者，於元始之先……乘機應運，於是存焉。……元始煉之於洞陽之館，冶於飛火之庭，鮮其正文，瑩發光芒。洞陽氣赤，故號赤書。」雲笈七籤卷一一上清黄庭内景經務成子注叙：「扶桑大帝君命暘谷神仙王傳魏夫人黄庭内景者，一名太上琴心文，一名大帝金書，一名東華玉篇。」注：「扶桑大帝君宫中盡誦此經，以金簡刻書之，故曰金書。」「東華者，方諸宫名也，東海青童君所居也。其中玉女仙人皆誦詠之，刻玉書之，爲玉篇。」

〔八〕安寶神君　雲笈七籤卷一〇一青靈始老君紀：「洞玄本行經曰：東方安寶華林青靈始老帝君者，往在白氣御運於金劫之中，暫生鬱悦金映雲臺那林之天，西婁無量玉國浩明玄嶽，厥名元慶。」

〔九〕青符　指靈寶赤書南方真文。南極，指南極上靈紫虚元君。同前引洞玄本行經：「（元慶）仙道垂成，中值火劫改運……又受氣寄胎於洪氏之胞……轉爲女子……改姓洪，諱那臺。年十四，敬好道法……南極上靈紫虚元君託作傭人……授那臺靈寶赤書南方真文一篇。於是那臺勵志殊勤……得化形爲男子，乘龍策虚，飛至道前，於是元始即命仙都，錫加帝號。」

〔一〇〕不宰　老子：「生而不有，爲而不恃，長而不宰，是謂玄德。」又莊子達生：「長而不宰。」郭象注：「任其自長耳，非宰而長之。」

〔一一〕無物　指道。老子：「繩繩不可名，復歸於無物。」又老子「上德不德」章王弼注：「故物，無焉，則無物不經。」

〔一二〕開鑿　謂開闢。　妙門，指道。老子：「玄之又玄，衆妙之門。」

〔一三〕有爲　與「無爲」相對。道家主張無爲。

〔一四〕馮馮翼翼　淮南子地形訓：「天地未形，馮馮翼翼。」高誘注：「馮翼，無形之貌。」

〔一五〕百姓句　易繫辭上：「百姓日用而不知。」孔疏：「言萬方百姓恒日日賴用此道以得生，而不知道之功力也。言道冥昧，不以功爲功。」

〔一六〕杳杳冥冥　莊子在宥：「至道之精，窈窈冥冥；至道之極，昏昏默默。」郭象注：「窈冥昏默，皆了無也。」按窈、杳通。

〔一七〕萬族句　謂道極玄虚，萬物因其死而不爲恨。老子：「夫萬物芸芸，各復歸其根。」

〔一八〕元始天尊　道教所奉最高天神，唐人謂其姓樂，名静信。初學記卷二三道釋部引太玄真一本際經：「無宗無上，而獨能爲萬物之始，故名元始。運道一切爲極尊，而常處二清，出諸天上，故稱天尊。」隋書經籍志卷四：「道經者，云有元始天尊，生於太元之先，稟自然之氣，沖虚凝遠，莫知其極，所以説天地淪壞，劫數終盡，略與佛經同。」

〔一九〕暨乎兩句　蹩躠，原作「蹩蹩」；踶跂，原作「跂䟛」。莊子馬蹄：「及至聖人，蹩躠爲仁，踶跂爲義，而天下始疑矣。」釋文引李頤云：「蹩躠、踶跂，皆用心爲仁義之貌。」成疏：「蹩躠，用力之貌；踶跂，矜恃之容。」蹩躠，英華卷八四九注：「疑作蹩躠。」　跂䟛，英華、全唐文作「䟛跂」，英華注：「疑作跂踶。」按兩詞不對應，英華所疑是。四庫本即改作「蹩躠」、「踶跂」。今據改。

〔二〇〕鴻臚句　莊子外物：「儒以詩禮發冢。大儒臚傳曰：『東方作矣，事之何若？』小儒曰：『未解裙襦，口中有珠。詩固有之曰……生不布施，死何含珠爲？』接其鬢，壓其顪，儒（藝文類聚寶玉部引作「而」，是）以金椎控其頤，徐別其頰，無傷口中珠。」成疏：「詩禮者，先王之陳跡也，苟非其人，道不虛行，故夫儒者乃有用之爲姦，則跡不足恃也。」釋文：「蘇林注漢書云：上傳語告下曰臚。」又引向秀云：「從上語下曰臚傳。」成疏：「小儒，弟子也。」鴻，大也，「鴻臚」即大聲傳告，見漢書百官公卿表上「鴻臚」顏注引應劭語。

〔二一〕緘縢句　莊子胠篋：「將爲胠篋探囊發匱之盜而爲守備，則必攝緘縢，固扃鐍，此世俗之所謂知也。然而巨盜至，則負匱揭篋擔囊而趨，唯恐緘縢扃鐍之不固也。然則鄉之所謂知者，不乃爲大盜積者也！」釋文：「廣雅（釋器）云：緘、縢，皆繩也。」

〔二二〕堯禹句　莊子在宥：「昔者黃帝始以仁義攖人之心，堯禹於是乎股無胈，脛無毛，以養天下之形，愁其五藏以爲仁義，矜其血氣以規法度。然猶有不勝也，堯於是放讙兜於崇山，投三苗於三峗，流共工於幽都，此不勝天下也。」火馳，其速如火，見釋疾文命曰注〔八〇〕。

〔二三〕姬孔句　姬指周公，孔指孔子。莊子駢拇：「自三代以下者，天下何其囂囂也。」又曰：「自三代以下者，天下莫不以物易其性矣。小人則以身殉利，士則以身殉名，大夫則以身殉家，聖人則以身殉天下。」羣方，萬方，亦指天下。鼎沸，形容騷動有如鼎中已沸騰之水。漢書霍光傳：「今羣下鼎沸，社稷將傾。」以上謂自儒家先聖下迄孔子，社會已混亂不堪。

〔二四〕氤氳　廣韻：「元氣。」祖帝，指老子。雲笈七籤卷一〇二混元皇帝聖紀：「太上老君者，混元皇帝也。乃生於無始，起於無因，爲萬道先，元氣之祖也。」

〔二五〕皓鬢　亦指老子。神仙傳卷一：「老子者，名重耳，字伯陽，楚國苦縣曲仁里人也，其母感大流星而有娠。或曰母懷之七十二年乃生，生時剖母左腋而出，生而白首，故謂之老子。」東周，代指洛陽，史稱老子嘗爲周柱下史，故云。

〔二六〕兆朕　此指老子將至之徵兆。皇輿，指老子所乘（列仙傳謂爲青牛，初學記地部引關令內傳謂爲青牛薄板車）。楚辭離騷：「恐皇輿之敗績。」王逸注：「皇，君也；輿，君之所乘。」

〔二七〕紫雲　紫氣。西道，指老子西遊，見三月曲水宴得樽字詩注〔一一〕。

〔二八〕鳳交兩句　神仙傳卷一：「老子有客徐甲，少賃於老子，約日雇百錢，計欠七百二十萬錢。甲見老子出關遊行，速索債不可得，乃倩人作辭詣官，令以言老子。而爲作辭者，亦不知甲已隨老子二百餘年矣，唯計甲所應得直之多，許以女嫁甲。甲見女美，尤喜，遂通辭於尹。喜得辭大驚，乃見老子。老子問甲曰：『汝久應死。吾昔賃汝，爲官卑家貧，無有使役，故以太玄真生符與汝，以至今日……』乃使甲張口向地，其太玄真生符立出於地，丹書文字如新，甲成一叢枯骨矣。喜知老子神人，能復使甲生，乃爲甲叩頭請命，乞爲老子出錢還之。老子復以太玄符投之，甲立更生。」鳳交，指尹喜與老子交好。鳳，以對句「龍」字映帶而及。開景，謂使徐甲魂魄歸來，重見天日。

〔二九〕龍光兩句　莊子天運：「孔子見老聃歸，三日不談。弟子問曰：『夫子見老聃，亦將何規哉？』孔子曰：『吾乃今於是乎見龍！龍，合而成體，散而成章，乘雲氣而養乎陰陽。予口張而不能嗋，予又何規老聃哉！』」成疏：「嗋，合也。心懼不定，口開不合，復何容暇聞規訓之言乎！」兩句謂老子猶如龍，使孔子見之氣索。

〔三〇〕得一　「一」指元氣。老子：「道生一。」又曰：「昔之得一者，天得一以清，地得一以寧，神得一以靈，谷得一以盈，萬物得一以生，王侯得一以爲天下正。」　吹萬，莊子齊物論：「夫吹萬不同，而使其自已也。」文選謝靈運九日從宋公戲馬臺集送孔令詩李善注引齊物論，又引司馬彪曰：「言天氣吹煦，生養萬物，形氣不同。已，止也，使各得其性而止。」

〔三一〕把十句　神仙傳卷一：「老子足蹈三五，手把十文。」又酉陽雜俎前集卷之二玉格：老君「額三理，腹三誌，頂三約，把十蹈五」。

〔三二〕靈基　指道教根基。　寶祚，帝座。周書宣帝紀：「朕以眇身，祗承寶祚。」此指神座。

〔三三〕能使兩句　用秦始皇見仙人安期生事。列仙傳卷上：「安期先生者，瑯琊阜鄉人也，賣藥於東海邊，時人皆言千歲翁。秦始皇東遊，請見與語，三日三夜，賜金璧度數千萬。出於阜鄉亭，皆置去，留書以赤玉舄一量爲報。」　秦，原作「始」，據英華、全唐文改，以與下句「漢」對應。

〔三四〕漢帝兩句　漢書郊祀志：「入海求蓬萊者，言蓬萊不遠，而不能至者，殆不見其氣。上（武帝）乃遣望氣佐候其氣云。」後武帝親臨渤海，「將以望祀蓬萊之屬，幾至殊庭焉」。

〔三五〕於是兩句　鍊玉，指燒玉鍊丹，以求成仙。鮑照從庾中郎遊園山石室詩：「至哉鍊玉人，處此長自畢。」　空歌，代指道教，見贈李榮道士詩注〔九〕。　四句謂道教極盛。按道教創始於東漢末，然後世道教徒以老子爲教主，又神聖其事，故將道教淵源推得極遠。

〔三六〕青牛　老子嘗乘青牛過函谷關，故道士效之。神仙傳卷一〇：「封衡，字君達，隴西人也。遇魯女生，授還丹訣及五嶽真形圖，遂周遊天下。……常駕一青牛，人莫知其名，因號青牛道士。」

〔三七〕錦節　道士所持之節，見贈李榮道士詩注〔二〕。　中都，史記平準書：「給以中都官。」索隱：「中都猶都内也。」雲笈七籤卷五經教相承部宋廬山簡寂陸先生：「先生吴興懿族陸氏之子，諱修静。……門徒得道者孫遊嶽、李果之最著稱首。後孔德璋與果之書論先生云：『先生道冠中都，化流東國。』」

〔三八〕白鹿仙人　神仙傳卷一〇：魯女生，長樂人，入華山。去後五十年，「先相識者逢女生華山廟前，乘白鹿，從玉女三十人」。

〔三九〕瑶壇　道教祭壇之美稱。後漢書方術傳序：「神經怪牒，玉策金繩，關扃於明靈之府，封縢於瑶壇之上者，靡得而窺也。」　八表，八方之外，謂各地。曹叡苦寒行：「遺化布四海，八表以肅清。」

〔四〇〕劍門　見贈益府羣官詩注〔三〕。　西拒，言劍門以西，指益州。

〔四一〕邛關　即邛郲關。元和郡縣志卷三二雅州榮經縣:「邛來山,在縣西五十里。邛來鎮,在縣西南八十七里。」太平寰宇記劍南西道雅州榮經縣:「邛郲關在縣西南七十里,隋大業十年(六一四)置。」　南望,謂邛關以南,亦指益州。

〔四二〕星橋　指成都七橋。斗,北斗。華陽國志卷三蜀志:「郡治少城西南兩江有七橋。直西門郫江中沖治橋,西南牛石門曰市橋,城南曰江橋,南渡流曰萬里橋,西上曰夷里橋,上曰笮橋,橋從沖治橋西出折曰長昇橋,郫江上西有永平橋。長老傳言李冰造七橋,上應七星(指北斗)。」

〔四三〕牛漢　牽牛、河漢,喻成都七橋。爾雅釋天:「箕斗之間,漢津也。」古詩十九首:「迢迢牽牛星,皎皎河漢女。」　秋横,謂如河漢横列於秋空。曹丕雜詩:「天漢回西流,三五正縱横。」

〔四四〕月硤　謂峽谷回環如月。與上句「星橋」對應,泛指成都附近山峽。

〔四五〕兔輪　指月,見病梨樹賦注〔四〇〕。

〔四六〕武騎　此指司馬相如。史記司馬相如列傳:「(相如)以貲爲郎,事孝景帝,爲武騎常侍。」遷昇之路,指昇仙橋,在成都北十里。見對蜀父老問注〔八〕。

〔四七〕冠蓋　冠,禮帽;蓋,車蓋,皆官僚所服用,因代指百官。雲飛,喻官僚衆多。班固西都賦:「冠蓋如雲。」

〔四八〕文翁句　見文翁講堂詩注〔一〕。

〔四九〕菌桂　桂之一種，可入藥。文選左思蜀都賦：「菌桂臨崖。」劉淵林注引神農本草經：「菌桂圓如竹。」

〔五〇〕金碧　金馬碧鷄，神名，見大劍送别劉右史詩注〔一一〕。

〔五一〕碉　指綏山。夭桃，謂綏山之桃，見酬張少府柬之詩注〔一四〕。詩經夭桃：「桃之夭夭，灼灼其華。」毛傳：「桃有華之盛者。」

〔五二〕開皇　隋文帝年號。開皇二年爲公元五八二年。辛德源至真觀記載建觀時間，與此同。

〔五三〕煬帝驕淫　隋書煬帝紀：煬皇帝諱廣，一名英，高祖（文帝）第二子也。自高祖大漸，暨諒闇之中，烝淫無度。山陵始就，即事巡遊。以天下承平日久，士馬全盛，慨然慕秦皇漢武之事，乃盛治宫室，窮極侈靡。「天下土崩，至於就擒，而猶未之寤也」。

〔五四〕蜀王　指楊秀。隋書文四子傳：庶人秀，高祖第四子。開皇元年，立爲越王，未幾徙封於蜀，拜柱國、益州刺史，總管二十四州諸軍事。十二年（五九二），又爲内史令、右領軍大將軍，尋復出鎮蜀。秀漸奢侈，違犯制度，車馬被服，擬於天子。仁壽二年（六〇二），徵還京師，付執法者，下詔數其罪。煬帝即位，禁錮如初。

〔五五〕冕旒　皇帝禮冠。此代指煬帝。東方朔答客難：「冕而前旒，所以蔽明。」皇帝冕十二旒。

〔五六〕七聖　莊子徐無鬼：「黄帝將見大隗乎具茨之山，方明爲御，昌寓驂乘，張若謵朋前馬，昆閽滑稽後車，至於襄城之野，七聖皆迷，無所問途。」成疏：「方明、滑稽等，皆是人名。」又曰：

「自黄帝以上至於滑稽，總有七聖也。」

〔五七〕几杖句　史記吴王濞列傳：漢文帝時，因皇太子殺吴太子，吴王濞怨恨，稱病不朝，遂有反意。於是天子「賜吴王几杖，老，不朝」。此指楊秀。

〔五八〕八仙之術　指道術。神仙傳卷四：「漢淮南王劉安折節下士，天下道書及方術之士，不遠千里，卑辭重幣請致之。於是乃有八公詣門，皆鬚眉皓白，門吏先密以白王。王使閽人自以意難問之曰：『我王欲求延年長生不老之道，今先生年已耆矣，似無駐衰之術。』八公笑曰：『薄吾老，今則少矣。』言未竟，八公皆變爲童子，年可十四五，角髻青絲，色如桃花。門吏大驚，走以白王。王聞之，足不履跣而迎，執弟子之禮。八童子乃復爲老人。」

〔五九〕紫臺　指至真觀。太平御覽卷六七四道部一六引登真隱訣：「上清之境，有丹城紫臺，上皇大帝君王尊集處。」

〔六〇〕霜露句　史記淮南王列傳：淮南王劉安召伍被謀反，伍被悵然曰：「今臣亦見宫中生荆棘，露霑衣也。」

〔六一〕碧洞　指至真觀。王勃九成宫頌：「丹谿碧洞，吐納虹霓。」

〔六二〕蓬萊句　謂經歷滄桑之變。用麻姑事，見送幽州陳參軍赴任寄呈鄉曲父老詩注〔一〇〕。「變海」與前句「霑衣」，皆指隋朝覆滅。

〔六三〕與雲雷句　易屯卦孔疏：「屯，難也。剛柔相交而難生。」象曰：「雲雷屯。」

〔六四〕象帝　指天帝神像。老子：「吾不知誰之子，象帝之先。」王弼注：「帝，天帝也。」此指至真觀所供元始天尊神像。

〔六五〕將　劉淇助字辨略卷二：「猶與也，及也。」　市朝，指隋朝廷。　梗，詩經大雅桑柔：「誰生厲階，至今爲梗。」毛傳：「梗，病也。」梁武帝移京邑檄：「天邑猶梗。」

〔六六〕皇家　指唐皇李氏。　纂戎，纂，全唐文作「纘」，通。詩經大雅韓奕：「纘戎祖考。」鄭箋：「戎猶女（汝）也。」纘，繼承。孔疏：「汝當紹繼光大其祖考之舊職。」　牝谷，指道。老子：「谷神不死，是謂玄牝。玄牝之門，是謂天地根。」　按唐皇帝自稱老子是其遠祖，故云。

〔六七〕乘大道句　指唐滅隋。　驅除，掃除禍亂。史記秦楚之際月表：「向秦之禁，適足以資賢者爲驅除難耳。」

〔六八〕盤根　謂根本、起源。　瀨鄉，老子出生地。史記老子列傳：「老子者，楚苦縣厲鄉曲仁里人也。」正義：「厲音賴。晉太康地紀云：苦縣城東有瀨鄉祠，老子所生地也。」按唐太宗貞觀十一年（六三七）詔曰：「柱下（指老子）爲帝室先系。」（見法琳別傳卷中）

〔六九〕真人　指老子。莊子刻意：「能體純素，謂之真人。」　閥閱，史記高祖功臣侯者年表序：「古者人臣功有五品……明其等曰伐，積日曰閱。」又漢書車千秋傳顔注：「伐，積功也；閱，積歷也。」按唐會要卷五〇：「武德三年（六二〇）五月，晉州人吉善行於羊角山見一老叟……曰：『爲吾語唐天子，吾汝祖也，今年平賊後，子孫享國千歲。』高祖異之，乃立廟於其地。乾封元年（六六六）三月二十日，追尊老子爲太上玄元皇帝。」此皆以尊老子證明其功德淵源有自。

〔七〇〕高祖　舊唐書高祖紀：「高祖神堯大聖大光孝皇帝姓李氏，諱淵。」滅隋建立唐朝，於武德九年（六二六）五月崩，廟號高祖。　如雪，莊子逍遥遊：「藐姑射之山，有神人居焉，肌膚若冰雪，淖約若處子。」又謂姑射山在汾水之陽，故曰「汾陽」。

〔七一〕金闕句　神仙傳卷一：「老子……或云下三皇時，爲金闕帝君。」又雲笈七籤卷三道教本始部道教三洞宗元：「太清境有九仙，一上仙、二高仙、三大仙……最上一天名曰大羅，在玄都玉京之上，紫微金闕。」

〔七二〕太宗　舊唐書太宗紀：「太宗文武大聖大廣孝皇帝諱世民，高祖第二子也。」繼高祖爲帝，於貞觀二十三年（六四九）五月崩，廟號太宗。　峒山，崆峒山。莊子在宥：「黄帝立爲天子，十九年，令行天下，聞廣成子（老子號）在於空同之山，故往見之……廣成子南首而卧，黄帝順下風膝行而進。」成疏：「空同山，梁州北界。」空同，藝文類聚卷七八引作「崆峒」。

〔七三〕瑶京　即玉京。　枕中書：「元始天王，在天中心之上，名之曰玉京山，山中宫殿，并金玉飾之。」　以上數句，謂高祖、太宗皆如老子，爲天界尊神。

〔七四〕我皇帝　「我」原作「武」。高步瀛唐宋文舉要乙編卷一：「我皇帝，各本我作武，蓋傳寫之誤。」此文撰於儀鳳二年（六七七。按高氏從金石録説），當高宗時，不應用武后革唐時稱也。」今按：高説甚是。下文所述皆高宗時事，與武后無涉，「武」字確誤無疑，兹據改。「我皇帝」指高宗李治，太宗第九子。　凝旒，皇帝專心貌。許敬宗奉和詠雨應詔：「宸眄俯凝旒。」　紫閣，道觀。代指道教。陸雲喜霽賦：「曜六龍於紫閣。」

〔七五〕懸鏡　用心。莊子應帝王：「至人之用心若鏡。」成疏：「夫懸鏡高堂，物來斯照，至人虚應，其義亦然。」　丹臺，神仙居所，亦代指道教。藝文類聚卷七八靈異部上引真人周君傳：「羨門子曰：『子名在丹臺玉室之中，何憂不仙？』」

〔七六〕璇極　璇璣玉衡，即渾天儀。古代王者以渾天儀正天文，故曰「正乾坤」。參見七日登樂遊故墓注〔三〕。

〔七七〕闓陽　此指歲星。史記天官書索隱引春秋運斗樞，謂北斗第六星曰「開陽」（按闓、開通）；又引馬融注尚書云：北斗七星，「第六曰危木，謂歲星也」。　調風雨，史記天官書：「察日、月之行，以揆歲星順逆。」正義引天官占：「夫歲星欲春不動，動則農廢……歲星順行，仁德加也。歲星農官，主五穀。」歲星主農，故云。

〔七八〕銅渾　即渾天儀。　變銅渾，謂時令改變。李元操奉和從叔光禄愔元日早朝：「銅渾變春節，玉律動年灰。」此指高宗即位，萬物更新。　九洛，莊子天運：「九洛之事，治成德備，監照下土，天下載之，此謂上皇。」成疏：「九洛之事者，九州聚落之事也。」此泛指天下。

〔七九〕登歌　周禮春官大師：「大祭祀，帥瞽登歌，令奏擊拊。」鄭玄注引鄭司農云：「登歌，歌者在堂也。」

〔八〇〕四清　未詳。高步瀛曰：「真靈位業圖：玉清宮有下、元、宮、高清四元君，四清疑指此。」於義似未安。清毛奇齡據明朱權唐樂笛色譜，分樂律爲宮清、商清、角清、徵清，稱「四清」（見竟山樂録），謂是唐人之舊。此「四清」或即指樂律，謂鑾鈴聲合律。

〔八一〕焚符句　莊子胠篋：「焚符破璽，而民樸鄙。」成疏：「符璽者，表誠信也。矯詐之徒，賴而用之，故焚燒毀破，可以反樸還淳而歸鄙野矣。」

〔八二〕繩燧　指上古。莊子胠篋：「昔者容成氏、大庭氏……伏犧氏、神農氏，當是時也，民結繩而用之。」成疏：「結繩表信，上下和平，人心淳樸。故易云：『上古結繩而治。』後世聖人易之以書契。」　燧，取火之木。古謂燧人氏鑽燧取火，見對蜀父老問注〔五二〕。

〔八三〕剖斗句　莊子胠篋：「掊斗折衡，而民不爭。」成疏：「斗衡者，所以量多少、稱輕重也。……掊擊破壞，合於古人之智守，故無忿爭。」

〔八四〕人倫　孟子滕文公上：「設爲庠序學校以教之。……學則三代共之，皆所以明人倫也。」趙岐注：「人倫者，人事也。猶洪範曰『彝倫攸序』，謂其常事有序者也。」又滕文公上：「使契爲司徒，教以人倫：父子有親，君臣有義，夫婦有別，長幼有叙，朋友有信。」

〔八五〕銀書　指封禪所用玉册。白虎通封禪篇：「封者金泥銀繩。」　岱，史記封禪書：「岱宗，泰山也。」正義引括地志：「泰山，一曰岱宗，東岳也，在兖州博城縣西三十里。」句謂高宗封禪，見登封大酺歌四首之一注〔一〕。

〔八六〕日觀　泰山頂峯名，見登封大酺歌四首之二注〔一〕。　論功，謂以成功告天，見登封大酺歌四首之一注〔一〕。

〔八七〕玉牒　降禪所用玉策之類。　舊唐書禮儀志三：「爲降禪壇於社首山上……其玉策、石匱……等，亦同封祀之制。」　梁，梁父，山名，見對蜀父老問注〔一〇四〕。

〔八八〕雲丘　指泰山、社首。　校美，比美，謂超越前王。

〔八九〕千齡兩句　胎化，指鶴。　文選鮑照舞鶴賦：「偉胎化之仙禽。」李善注引相鶴經：「鶴千六百年飲而不食，蓋羽族之宗長，仙人之騏驥也。」　駕羽，指乘鶴，謂成仙飛昇。　申，英華作「中」，注：「疑。」按作「中」誤，與下句「獻」不對應。

〔九〇〕巖音　原作「巖者」。英華作「巖者」，全唐文作「巖音」。　按當作「巖音」，指山呼萬歲，見中和樂九章歌登封注〔一〇〕，「者」、「耆」蓋形訛，今改。

〔九一〕獻以句　莊子天地：「堯觀乎華。華封人曰：『嘻，聖人！請祝聖人，使聖人壽。』」成疏：「華，地名也，今華州也。封人者，謂華地守封疆之人也。」

〔九二〕畊田兩句　謂政和民樂。　畊，同「耕」。　耕田、擊壤事見山林休日田家詩注〔四〕、〔五〕。　鼓腹，莊子馬蹄：「夫赫胥氏之時，民居不知所爲，行不知所之，含哺而熙，鼓腹而遊，民能以此矣。」成疏：「鼓腹而遨遊，將童子而無別。此至淳之世，民能如此也。」　不知帝力，見樂府雜詩序注〔一二一〕。

〔九三〕譙苦　原作「譙若」。元和郡縣志卷七河南道亳州：「春秋時爲陳國之焦邑，六國時屬楚，在秦爲碭郡地，漢爲譙縣。」又亳州真源縣：「本楚之苦縣……晉屬梁郡，成帝更名谷陽。高齊省入武平縣。隋開皇六年（五八六），復置谷陽縣，理苦城，屬亳州。乾封元年（六六六），高宗幸瀨鄉，以玄元皇帝生於此縣，遂改爲真源縣。」據此，「譙若」當作「譙苦」，即譙郡（隋大業三年以亳州爲譙郡）苦城，指老子出生地。四庫本即作「樵苦」。「若」字形訛，今改。全唐文作「樵谷」，「樵」字誤。「谷」雖可通（指谷陽縣），然字形去「若」甚遠，且作此文時該縣已改名六年之久，恐非是。

〔九四〕奉策句　策，指追號老子的玉策。舊唐書高宗紀：乾封元年（六六六）二月己未，「次亳州，幸老君廟，追號曰太上玄元皇帝，創造祠堂；其廟置令、丞各一員。改谷陽縣爲真源縣，縣内宗姓特給復一年。」

〔九五〕三襲　謂高大。爾雅釋山：「山三襲。」郭璞注：「襲亦重。」梁元帝玄覽賦：「變青門之三襲。」

〔九六〕絳闕句　絳闕，道教所稱真君、仙人居住之宫闕。九成，極言其高。吕氏春秋音初：「有娀氏有二佚女，爲之九成之臺。」高誘注：「成猶重也。」

〔九七〕星雨　指流星。雨，英華作「兩」，注「疑作雨。」作「兩」當誤。

〔九八〕乘雲句　莊子逍遥遊：「乘雲氣，御飛龍。」又曰：「御六氣之辯（通「變」）。」

〔九九〕薦璧句　見贈李榮道士詩注〔四〕、〔五〕。

〔一〇〇〕岳瀆　五岳四瀆。爾雅釋山：「泰山爲東嶽，華山爲西嶽，霍山爲南嶽，恒山爲北嶽，嵩高爲中嶽。」釋水：「江、河、淮、濟爲四瀆。」周禮春官大宗伯：「以血祭祭社稷、五祀、五嶽，以貍（埋）沈祭山林川澤。」

〔一〇一〕樞要　指交通要衝。　樞，英華作「極」，校：「一作樞。」作「極」誤。

〔一〇二〕會昌　天帝會慶。三國志蜀秦宓傳：「蜀有汶阜之山，江出其腹，帝以會昌，神以建福。」裴注引河圖括地象曰：「岷山之地，上爲東井絡，帝以會昌，神以建福。」文選左思蜀都賦：「岷山之精，上爲井絡，天帝運期而會昌。」劉淵林注：「昌，慶也，言天帝於此會慶建福也。」

〔一〇三〕覆錦之城　即錦城，指成都。見十五夜觀燈注〔一一〕。

〔一〇四〕吞珠之界　指汶山郡。三國志蜀秦宓傳：「禹生石紐，今之汶山郡是也。」裴注引帝王世紀：「鯀納有莘氏女曰志，是爲修己。上山行，見流星貫昴，夢接意感，又吞神珠，臆圮胸折，而生禹於石紐。」又引譙周蜀本紀：「禹本汶山廣柔縣人也，生於石紐，其地名刳兒坪，見世帝紀。」按汶山郡即今四川北川、茂縣、汶川等地，在成都之西北，故云。

〔一〇五〕使星　代指朝廷使者。後漢書李郃傳：「和帝即位，分遣使者，皆微服單行，各至州縣，觀採風謡。使者二人當到益部，投郃候舍。時夏夕露坐，郃因仰觀，問曰：『二君發京師時，寧知朝庭遣二使邪？』二人默然，驚相視曰：『不聞也。』問何以知之，郃指星示云：『有二使星向益州分野，故知之耳。』」 連注，接連到達。

〔一〇六〕皇華 詩經小雅皇皇者華，序曰：「皇皇者華，君遣使臣也。」毛傳：「皇皇，猶煌煌也。」孔疏：「言煌煌然而光明者是草木之華。」 結轍，車跡相結。漢書文帝紀：「冠蓋相望，結轍於道。」

〔一〇七〕朱宮 指至真觀。 板蕩，板、蕩，皆詩經大雅篇名。詩序曰：「板，凡伯刺厲王也。」「蕩，召穆公傷周室大壞也。」後以「板蕩」指社會喪亂，此謂至真觀毁廢。

〔一〇八〕非夫兩句 金策，金製簡策。太平御覽卷六七三道部一五引紫書金根經：「凡學者勤尚苦志，則玉皇三元，東華太上，當遣真人，授其真經，後聖衆莫不先奏金簡於東華，投玉簡於上清，然後得授大洞真經。」 瓊軒，即瓊樓，指天界。

〔一〇九〕紫帝 指紫微大帝，亦即天帝。史記天官書：「中宮天極星，其一明者，太一常居也。」索隱引春秋合誠圖：「紫微，大帝室，太一之精也。」正義：「泰一，天帝之別名也。」 羣賓，即衆僚屬。

〔一一〇〕黄庭 此指天中。雲笈七籤卷一一上清黄庭内景經釋題：「黄者中央之色也，庭者四方之中也。外指事即天中、人中、地中，内指事即腦中、心中、脾中，故曰黄庭。」

〔一一一〕「孰能」下原有「居此」二字。英華校：「一無此二字。」今按：玩上下文意，無此二字是，否則以下數句文意游離，文氣不暢，今删。　棟梁，用如動詞。平圃，指至真觀。山海經西山經：「槐江之山，實爲帝之平圃。」郭璞注：「即玄圃也。」　平，英華作「乎」，形訛。

〔一二〕丹臒　繪畫顔料，此亦用如動詞，謂增光添彩。

〔一三〕流電之庭　指天庭。此喻至真觀。　流電，即閃電。　神異經：「東荒山中有大石室，東王公居焉，恒與一玉女投壺，每投千二百矯，矯出而脱誤不接者，天爲之笑。」張華注：「言天笑，天口流火炤灼，今天上不雨而有電光，是天笑也。」

〔一四〕明霞之宇　謂至真觀樓宇明燦如霞。　十洲記：「崑崙又有墉城，金臺玉樓，碧玉之堂，瓊華之室，紫翠丹房，雲錦燭日，朱霞九光，西王母之所治也。」又世説新語言語：「遥望層城，丹樓如霞。」

〔一五〕三洞法師　雲笈七籤卷六三洞經教部引道門大論：「三洞者，洞言通也。通玄達妙，其統有三，故云三洞。第一洞真，第二洞玄，第三洞神。」蓋即以此命號。　唐六典卷四：「道士修行有三號，一曰法師，二曰威儀師，三曰律師。」釋玄嶷甄正論卷下（載日本大正新修大藏經第五十二册）謂黎元興即黎興，著有海空經十卷。

〔一六〕廣漢　漢郡名。　元和郡縣志卷三一劍南道漢州雒縣：「本漢舊縣也，屬廣漢郡，縣南有雒水，因以爲名。」雒縣即今四川廣漢市。

〔一七〕金天　指金天氏，即少皞。　藝文類聚帝王部一引帝王世紀：「少皞號金天氏。」　命秩，即命官。國語楚語下：「及少皞之衰也，九黎亂德，民神雜糅……顓頊受之，乃命南正重司天以屬神，命火正黎司地以屬民，使復舊常，無相侵瀆，是謂絶地天通。」韋昭注：「重、黎，顓頊掌天地之臣。」據此，知命秩者乃顓頊，非少皞金天氏，參史記楚世家司馬貞索隱。

〔二八〕天地之官　指重司天，黎司地。史記太史公自序：「昔在顓頊，命南正重以司天，火正黎以司地，唐虞之際，紹重黎之後，使復典之，至於夏商。故重黎氏世序天地。」

〔二九〕羲和　重黎之後。尚書堯典：「乃命羲和，欽若昊天，曆象日月星辰，敬授人時。」僞孔傳：「羲氏、和氏，世掌天地四時之官。」又揚雄法言重黎篇：「羲近重，和近黎。」

〔三〇〕伯相　即侯伯。史記楚世家：「共工氏作亂，帝嚳使重黎誅之而不盡。帝乃以庚寅日誅重黎，而以其弟吴回爲重黎後，復居火正，爲祝融。吴回生陸終。陸終生子六人，坼剖而産焉。其長一曰昆吾；二曰參胡；三曰彭祖；四曰會人；五曰曹姓；六曰季連，芈姓，楚其後也。昆吾氏，夏之時嘗爲侯伯，桀之時湯滅之。彭祖氏，殷之時嘗爲侯伯，殷之末世滅彭祖氏。」

〔三一〕食邑　古代卿大夫封地，即采邑。漢書高帝紀五年詔曰：「其七大夫以上，皆令食邑。」黎氏封魯事未詳。

〔三二〕書社　登録社内人名於簿籍。史記孔子世家：「（楚）昭王將以書社地七百里封孔子。」集解引服虔曰：「書，籍也。」索隱：「古者二十五家爲里，里則各立社，則書社者，書其社之名於籍。」按詩經式微毛傳：「黎侯爲狄人所逐，棄其國而寄於衛，衛處之以二邑，因安之。」釋文引杜預云：「在上黨壺關縣。」據元和郡縣志卷一五，古黎侯城在唐潞州黎城縣東十八里，古壺關在縣東二十五里。

〔二三〕黎城　當指黎丘，在鄆城縣（鄆爲魯西邑，見左傳成四年杜預注）。元和郡縣志卷一〇鄆州鄆城縣：「黎丘，在縣西四十五里。春秋時黎侯寓於衛，因以爲名。」

〔二四〕黎陽　水經瓠子河注：「瓠河又東逕黎縣故城南，世謂黎侯城。昔黎侯寓於衛，詩所謂『胡爲乎泥中』（見式微），毛云：泥中，邑名。疑此城也。」又元和郡縣志卷一六衛州黎陽縣：「古黎侯國，漢以爲黎陽縣，在黎陽山北，屬魏郡。」按黎陽縣廢於元，故城在今河南浚縣東北。

〔二五〕剖符　符，竹製憑信，剖分爲二，帝王與諸侯各執其一以示信。剖符謂鎮守一方。「剖符於蜀」，事未詳。華陽國志卷一二益梁寧三州先漢以來士女目録有日南太守黎景，墊江人，「在劉氏三國之世」，未知是否即其後裔。

〔二六〕壽春　通典州郡卷一一：「壽州，戰國時楚地，楚考烈王東徙壽春，命曰郢，即此地也。」唐置縣，即今安徽壽縣地。封壽春者，黎斐或爲其後裔。據三國志吴丁奉傳及孫綝傳，將軍丁奉、黎斐屯於黎漿，多有戰功，分封事未載。

〔二七〕黎將　疑即「黎漿」。水經肥水注：「陂水北逕孫叔敖祠下，謂之芍陂瀆。又北分爲二水，一水東注黎漿，黎漿水東逕黎漿亭南。」清一統志鳳陽府：「古黎漿亭，在壽州東南。」

〔二八〕之　英華作「文」。

〔二九〕苻堅　十六國春秋前秦録：「苻堅，字永固。」曾自號「大秦天王」。前秦時黎氏守蜀郡事未詳。　秦，全唐文作「奉」。

〔三〇〕北齊立國於關東，無益州，疑爲北周之誤。練山事無考。

〔三一〕祖宗、父泉　事跡無考。「泉」字下，英華校：「一有州字。」

〔三二〕并爲句　高步瀛唐宋文舉要：「案『之職』各本誤作『七職』，『職』字下又衍『之』字。」又曰：「其『州郡』下之『都』字疑衍，『平正』疑當作『中正』，涉下文『平正』而誤，以義尚可通，又無他本可證，姑仍之。」按下文有「鄉校取式」語，似可證「平正」當爲「中正」。中正，官名，負責考校本州郡人才品行，分爲九等，即所謂九品中正制。

〔三三〕蜀文公　指蜀人任文公。後漢書方術傳上：「任文公，巴郡閬中人也。父文孫，明曉天官風角秘要。」文公少修父術，嘗預報暴風、大水，又知王莽篡後將大亂；武擔石折，自己將死，皆如所言，「故益部爲之語曰：『任文公，智無雙。』」

〔三四〕秦子整兩句　指秦宓。三國志蜀秦宓傳：「秦宓字子勑，廣漢綿竹人也。」少有才學，州郡辟命，輒稱疾不往。後劉備在蜀稱帝，丞相諸葛亮領益州牧，「選宓迎爲別駕，尋拜左中郎將、長水校尉」，卒於大司農任。高步瀛唐宋文舉要：「案『勑』字（同「勑」）亦作『敕』，與『整』字形相近。王子安（勃）益州德陽縣善寂寺碑曰『秦子整之談天』，亦用秦宓事，疑唐本三國志

『子敕』作『子整』。」高説是。

〔三五〕鄉校　鄉學。左傳襄三十一年：「鄭人遊於鄉校，以論執政。」　公曹，唐六典卷三一：「漢魏以下，司隸校尉及州郡，皆有功曹、户曹、賊曹、兵曹等員。」蜀中黎氏蓋多充任上述曹官，故此「公曹」即代指黎氏，謂其爲中正時所訂儀制，爲學校所取法。

〔三六〕留事　滯留未決之事。史記田完世家：「吾使人視即墨……官無留事，東方以寧。」

〔三七〕坐嘯　後漢書黨錮列傳：「汝南太守宗資任功曹范滂，南陽太守成瑨亦委功曹岑晊，二郡又爲謡曰：『汝南太守范孟博（范滂字），南陽宗資主畫諾。南陽太守岑公孝（岑晊字），弘農成瑨但坐嘯。』」

〔三八〕讓耕　謂讓畔（田界）而耕，用周文王事。見山林休日田家詩注〔四〕。

〔三九〕行歌　指擊壤歌。見山林休日田家注〔五〕。　以上一段，述黎氏來歷及先世。

〔四〇〕玄珠　莊子天地：「黄帝遊乎赤水之北……還歸，遺其玄珠。」

〔四一〕江漢　長江、漢水，皆源出岷山。　圓流，水流圓折，傳能産珠。　文選顔延年贈王太常詩：「玉水記方流，璇源載圓折。」李善注引尸子曰：「凡水，其方折者有玉，其圓折者有珠也。」管子揆度篇：「南貴江漢之珠。」

〔四二〕紫胎　指黎法師之生。　南史梁元帝紀：梁武帝嘗夢眇目僧執香爐，稱託生王宮。後生元帝，「舉室中非常香，有紫胞之異」。

〔四三〕岷精　文選左思蜀都賦：「遠則岷山之精，上爲井絡。」劉逵注引河圖括地象：「岷山之地，上爲井絡。言岷山之地，上爲東井維絡；岷山之精，上爲天之井星也。」按：「玄珠」至此四句，謂黎法師乃大江高山之精靈所生。

〔四四〕豫章　史記司馬相如列傳子虛賦：「楩柟豫章。」集解引郭璞曰：「豫章，大木也，生七年乃可知也。」正義引（温）活人曰：「豫，今之枕木也。樟，今之樟木也。二木生至七年，枕、樟乃可分别。」

〔四五〕朝陽　山之東，此代指鳳凰，見失羣鴈注〔二一〇〕。

〔四六〕凡鳥　世説新語簡傲：「嵇康與呂安善……安後來，值康不在，（嵇）喜出户延之，不入，題門上作『鳳』字而去。喜不覺，猶以爲欣。故作『鳳』字，凡鳥也。」以上四句，謂黎法師自小傑出。

〔四七〕小學　周代貴族子弟學校。漢書藝文志：「古者八歲入小學，故周官保氏掌養國子，教之六書。」

〔四八〕笑孔墨句　謂其不喜孔墨之書。史記太史公自序述司馬談論六家要指曰：「儒者博而寡要，勞而少功。」墨者「儉而難遵」。又曰：「神大用則竭，形大勞則敝。」此偏指不喜儒學。

〔四九〕玄書　指道玄著作。顔氏家訓勉學：「洎於梁世，兹風復闡，莊、老、周易，總謂三玄。」

〔五〇〕彭聃　彭祖、老子，此代指道家之學，而道教又以老子爲祖師。漢書叙傳幽通賦：「若胤彭而偕老兮。」顔注：「彭，彭祖也；老，老聃也。」

〔一五一〕玉笈　玉製書箱。雲囊，雲錦所製書袋。漢武帝内傳：「上元夫人命侍女紀離容徑到扶廣山，敕清真小童出六甲左佐靈飛致神之方十二事。須臾侍女還，捧五色玉笈鳳文之藴，以出六甲之文。」又太平御覽卷六七六道部一八引三天正法：「三天九微元都太真靈籙者，祕在太上靈都之宫……封以紫蕊玉笈，盛以雲錦之囊。」句謂道術。

〔一五二〕龍緘　謂置金龍然後包紮。太平御覽道部一八引黄籙簡文經：「投金龍一枚，丹書玉札，青絲纏之。」　鳳藴，即鳳文之藴。藴，藏也，謂書以鳳文後再收藏，見前注。

〔一五三〕楚夢　楚之雲夢澤。司馬相如子虚賦：「吞若雲夢者八九於其胸中，曾不蔕芥。」

〔一五四〕指魯城句　魯城，即鄆邑。十六國春秋南燕録：劉裕過大峴，舉手指天，喜形於色，曰：「虜已入吾掌中，勝可必矣。」元和郡縣志卷一一沂州沂水縣：「本漢東莞縣，即春秋莒、魯所爭之鄆邑也。……大峴山，在縣北九十里。」

〔一五五〕臨長水兩句　長水，指潁水。高士傳卷上：「堯讓天下於許由，由於是遁耕於中岳潁水之陽，箕山之下。堯又召爲九州長，由不欲聞之，洗耳於潁水濱。時其友巢父牽犢欲飲之，見由洗耳，問其故，對曰：『堯欲召我爲九州長，惡聞其聲，是故洗耳。』巢父曰：『子若處高岸深谷，人道不通，誰能見子？子故浮遊，欲聞求其名譽。污吾犢口。』牽犢上流飲之。」

〔一五六〕卧巨澤兩句　巨澤，指北海。漢書蘇武傳：蘇武使匈奴被拘，誓死不降，匈奴「乃徙武北海上無人處，使牧羝，羝乳乃得歸」。羝，雄羊也。昭帝時，常惠見漢使，「言武等在某澤中」。此謂雖牧羊却不效蘇武爲官出使。

〔一五七〕冥丘兩句　莊子至樂：「支離叔與滑介叔觀於冥伯之丘，崑崙之虛，黄帝之所休。俄而柳生其左肘，其意蹶蹶然惡之。支離叔曰：『子惡之乎？』滑介叔曰：『亡，予何惡！生者，假借也；假之而生生者，塵垢也。死生爲晝夜。且吾與子觀化而化及我，我又何惡焉！』」釋文：「冥伯之丘，李（頤）云：丘名，喻杳冥也。」成疏：「我與子同遊，觀於變化，化而及我。……既冥死生之變，故合至樂也。」此謂黎法師已深明至道，齊生死而至於無情無憂。

〔一五八〕諄壑兩句　莊子天地：「諄芒將東之大壑，適遇苑風於東海之濱。苑風曰：『子將奚之？』曰：『將之大壑。』……苑風曰：『夫子無意於横目之民乎！願聞聖治。』」釋文引李頤云：「大壑，東海也。」成疏：「夫大海泓宏，深遠難測……以譬至理，而其義亦然。故雖寄往滄溟，實乃游心大道也。」又曰：「五行之内，唯民横目，故謂之横目之民。」　栖真，謂保根本、養元神。陶弘景真誥卷二運象二：「栖真者安恬愉。」

〔一五九〕昭慶大法師　黎法師之師，事蹟無考。

〔一六〇〕魁岸　漢書江充傳：「充爲人魁岸，容貌甚壯。」顔注：「魁，大也。岸者，廉棱如岸岸之形。」　堂堂，後漢書伏湛傳：「湛容貌堂堂。」李賢注：「堂堂，盛威儀也。」

〔一六一〕威儀　左傳襄三十一年：「有威而可畏謂之威，有儀而可象謂之儀。」　肅肅，風聲勁烈，此喻人性格剛烈。世説新語容止：「嵇康身長七尺八寸，風姿特秀……肅肅如松下風，高而徐引。」

〔一六二〕圓冠　莊子田子方：「儒者冠圜冠者，知天時。」釋文：「圜，音圓。」　裂，英華作「列」，校：「疑作裂。」　焚，英華作「楚」，校：「疑作焚。」「列」、「楚」俱誤。

〔一六三〕横大帳　指設帳執教。　抗，高也。此猶言「抗首」，謂昂首山谷而教。　帳，英華作「陂」，校：「一作帳。」作「陂」誤。

〔一六四〕坻頽　謂聲音宏亮。説文：「氏，巴蜀山名岸脅之旁著欲落墒者曰氏，氏崩聞數百里。……揚雄賦（按指解嘲）『響若氏隤』。」坻，氏之假借字。

〔一六五〕濤發　班固答賓戲：「馳辯如波濤。」

〔一六六〕仲尼句　孔叢子嘉言篇：「夫子適周，見萇弘。言終退，萇弘語劉文公曰：『吾觀孔仲尼有聖人之表，河目而隆顙，黄帝之形貌也。』」

〔一六七〕飛電　謂目光炯炯。世説新語容止：「裴令公（楷）有儁容姿，一旦有疾至困，惠帝使王夷甫（衍）往看……王出語人曰：『雙目閃閃，若巖下電。』」

〔一六八〕子貢　孔子弟子，喻黎法師。　斗脣，謂口方如斗。　文選任昉王文憲集序：「山庭異表。」李善注引論語摘輔像：「子貢山庭，斗繞口。」

〔一六九〕連環　指解連環，見綿州官池贈別同賦灣字詩注〔六〕。

〔一七〇〕昂昂兩句　晉書嵇紹傳：「紹始入洛，或謂王戎曰：『昨於稠人中見嵇紹，昂昂然如野鶴之在鷄羣。』」鷄，英華作「鳥」，校：「一作鷄。」作「鳥」誤。

〔一七一〕矯矯二句　矯矯，强大貌。無雙，無第二人。後漢書任文公傳：「以占術馳名，益部爲之語曰：『任文公，智無雙。』」真龍，指老子。芻狗，指孔子。莊子天運謂孔子見老子後三日不談，稱老子爲龍，見本篇注〔二九〕。又天運曰：顔淵問師金孔子行爲如何，師金以芻狗相喻。釋文引李云：「結芻爲狗，巫祝用之。」

〔一七二〕三蜀　指蜀郡、廣漢、犍爲，詳見樂府雜詩序注〔一一二〕。此泛指蜀中。

〔一七三〕羽裠　神仙及道士服裝。太平御覽卷六七五道部一七引三元布經：「太素三元君服九色龍錦羽裠。」裠，同「裙」。

〔一七四〕貞陽小觀　所在不詳。

〔一七五〕麾　同「揮」。玉柄，指裝有玉柄的麈尾，魏晉名士及僧道多執以清談。見行路難詩注〔二一〇〕。

〔一七六〕廣漢　見本篇注〔一一六〕。靈集觀，不詳。

〔一七七〕長桑　道教所傳神山。雲笈七籤卷一〇二赤明天地紀引洞玄本行經：「昔禪黎世界隊王有女字絓音，生乃不言……王怪之，乃棄女於南浮長桑之阿，空山之中。」此指貞陽觀所在地。

〔一七八〕隱弅之新丘　莊子知北遊：「知北遊於玄水之上，登隱弅之丘，而適遭無爲謂焉。」釋文引李頤云：「隱出弁起，丘貌。」弁，英華作「坌」，校：「莊子作弁」新，英華作「斯」，校：「疑作新。」

〔一七九〕經之句　詩經靈臺：「經始靈臺，經之營之。」孔疏：「經理之，營表之。」

〔一八〇〕既雕句　莊子山木：「既雕既琢，復歸於朴。」

〔一八一〕銀臺　指重建之靈集觀。文選張衡思玄賦：「聘王母於銀臺兮。」舊注：「銀臺，王母所居。」

〔一八二〕珠樹　傳説爲能結珠的仙樹。淮南子地形訓：「掘昆侖虛以下地中，有增城九重……珠樹、玉樹、琁樹在其西。」

〔一八三〕同赤城句　文選孫綽遊天台山賦：「赤城霞起而建標。」李善注引孔靈符會稽記：「赤城，山名，色皆赤，狀似雲霞。」又曰：「建標，立物以爲之表識也。」赤城山在今浙江天台縣北六里。

〔一八四〕黄房　道教謂爲天神居室。太平御覽卷六七四道部一六引上清經：「有黄房之室，一名玉容之堂，真晨道君居其中。」

〔一八五〕區　漢書張敞傳：「敞以耳目發起賊主名區處。」顔注：「區，謂居止之所也。」

〔一八六〕寖　原作「寢」，據英華、全唐文改。寖，漸也。

〔一八七〕趼　原作「肱」。英華作「肱」，全唐文作「趼」。莊子天道：「百舍重趼而不敢息。」釋文引司馬彪曰：「趼，胝也。」廣韻：「胝，皮厚也。」作「趼」是，今據改。乃，英華作「是」，誤。

〔一八八〕胈　脚腿之細毛。文選司馬相如難蜀父老：「躬腠胝無胈。」李善注引韋昭曰：「胈，其中小毛也。」無胈謂奔走艱辛，腿毛盡脱。莊子在宥：「堯舜於是乎股無胈，脛無毛，以養天下之形。」胈，英華校：「音鉢。」

〔一八九〕櫛沐　即櫛風沐雨。莊子天下：「（禹）沐甚風，櫛甚雨，置萬國。」成疏：「賴驟雨而洒髮，假疾風而梳頭。」句謂終年不避風雨。

〔一九〇〕百舍　戰國策宋策：「墨子聞之，百舍重繭，往見公輸般。」高誘注：「百舍，百里一舍也。」

〔一九一〕不崇朝　詩經衛風河廣：「曾不崇朝。」鄭箋：「崇，終也。」

〔一九二〕紫翠　紫閣翠樓，此指靈集觀彩飾華美。枕中書：「崐崙玄圃，金爲墉城，城上安金臺五所，紫翠丹房。」

〔一九三〕圓明　大戴禮曾子天圓篇：「天道曰圓，地道曰方，方曰幽而圓曰明。」此謂其色如天上宫闕。

〔一九四〕行　官階高而所理職低稱「行」，見舊唐書職官志一。喬君，即喬師望，唐高祖壻，詳駙馬都尉喬君集序注〔一〕。唐六典卷三〇：「上州刺史從三品。」益州爲上州，則喬師望其時當爲正三品以上。按元和郡縣志卷三一成都府廣都縣：「今廣都縣，龍朔三年（六六三）長史喬師望重奏置。」其行益州刺史，蓋在此後數年間（乾封元年長史爲胡樹禮，已見前）。

〔一九五〕主　指喬師望妻、高祖女廬陵公主。懿親，謂與皇室爲親。左傳僖二十四年：「不廢懿親。」杜預注：「懿，美也。」

〔一九六〕勳門　功臣門第。南史文學傳：「卿以一世勳門，而傲天下國士。」

〔一九七〕方面　謂一方（指益州）之重任。後漢書馮異傳：馮異上書謝曰：「受任方面，以立微功。」李賢注：「謂西方一面專以委之。」

〔一九八〕半千　猶言五百，謂黎法師乃稀有之才。孟子公孫丑下：「五百年必有王者興。」又舊唐書員半千傳：「員半千，本名餘慶，晉州臨汾人。少與齊州人何彦先同師事學士王義方，義方嘉重之，嘗謂之曰：『五百年一賢，足下當之矣。』因改名半千。」

〔一九九〕正一　道教名，見病梨樹賦注〔六〕。

〔二〇〇〕福地　道教有七十二福地之説，見雲笈七籤卷二七七十二福地。

〔二〇一〕上德　老子：「上德不德，是以有德。」

〔二〇二〕玄科　指道教學説。雲笈七籤卷八〇符圖部：天尊告太上道君曰：「當依玄科，七寶鎮靈，黄金爲壇，授子神真之道。」

〔二〇三〕攝齊　「齊」原作「齋」，據英華、全唐文改。論語鄉黨：「攝齊升堂，鞠躬如也。」何晏集解引孔安國曰：「衣下曰齊。攝齊者，摳衣也。」攝，提起；齊，衣後襬。此指登講臺。

〔二〇四〕紫訣　指紫書、素訣。漢武帝内傳：「地靈素訣，長生紫書。」

〔二〇五〕劍石　劍閣之石。張載劍閣銘：「巖巖梁山，積石峩峩。」

〔二〇六〕玉輪　山坂名，此代指長江。水經卷三三江水注：「江水又逕汶江道，汶出徼外岷山西玉輪坂下而南行。」

〔二〇七〕披煙霧句　世説新語賞譽：「衛伯玉爲尚書令，見樂廣與中朝名士談議……命子弟造之曰：『此人，人之水鏡也，見之若披雲霧睹青天。』」

〔二〇八〕聞其音兩句　論語述而：「子在齊聞韶，三月不知肉味。」禮記春官大司樂：「一曰舞大咸大磬。」鄭玄注：「大咸，咸池，堯樂也；大磬，舜樂也。」按磬、韶同。

〔二〇九〕由是句　莊子列御寇：「無幾何而往，則户外之屨滿矣。」成疏：「適見脱屨户外，跣足升堂，請益者多矣。」

〔二一〇〕黄老　黄帝、老子。隋書經籍志四：「自黄帝以下，聖哲之士，所言道者，傳之其人，世無師説。漢時曹參，始薦蓋公能言黄老，文帝宗之，自是相傳，道學衆矣。」此指道教，與黄、老道學有别。

〔二一一〕則有兩句　郤公，原作「都公」。文選左思蜀都賦：「若夫王孫之屬，郤公之倫，從禽於外，巷無居人。」劉逵注：「王孫，卓王孫也。貨殖傳曰：卓王孫田宅射獵之樂，擬於人君。郤公，豪俠也。」高步瀛唐宋文舉要：卓王孫、郤公「皆蜀地人，此文疑用之，郤字傳寫誤爲都耳」。按卓王孫、郤公爲富豪，正與下文言施舍事合，高氏説甚是。今據改。

〔二一二〕春、陵　指春申君、信陵君。文選班固西都賦：「鄉曲豪舉，遊俠之雄，節慕原、嘗，名亞春、陵。」李善注：「（史記）曰：春申君者，楚人也，名歇，姓黄氏。考烈王以歇爲相，封春申君，客三千餘人。又曰：魏公子無忌者，魏安釐王弟也。安釐王封公子爲信陵君，致食客三千。」

〔二三〕氣高句　孟子盡心上：「附之以韓、魏之家。」趙岐注：「韓、魏，晉六卿之富者也。」

〔二四〕鷫裘　即鷫鸘裘。西京雜記卷二：「司馬相如初與卓文君還成都，居貧愁懣，以所著鷫鸘裘就市人陽昌貰酒，與文君爲歡。」

〔二五〕驥子　文選左思蜀都賦：「并乘驥子。」李善注引桓譚新論：「善相馬者曰薛公，得馬惡貌而正走，名驥子。」

〔二六〕沛艾　漢書司馬相如傳大人賦：「沛艾赳螑，仡以佁儗兮。」注引張揖曰：「沛艾，駊騀也。」駊騀，馬頭搖動貌。又文選張衡東京賦：「齊騰驤而沛艾。」薛綜注：「沛艾，作姿容貌也。」

〔二七〕琳堂　猶琳宮，道觀美稱。初學記卷二三引空洞靈章經：「衆聖集琳宮，金母命清歌。」

〔二八〕星闈　文選張衡西京賦：「天梁之宮，寔開高闈。」薛綜注：「宮中之門謂之闈。」又「譬衆星之環極」薛注：「環，猶繞也。言宮觀臺榭樓閣之周於正殿，如衆星之繞北極也。」

〔二九〕窅窱　文選張衡西京賦：「望窅窱以徑廷。」薛綜注：「窅窱徑廷，過度之意也。」此謂高危。

〔三〇〕峥嶸句　謂至真觀後水深。漢書司馬相如傳大人賦：「下峥嶸而無地兮。」顔注：「峥嶸，深遠貌。」辛德源至真觀記稱是觀「却負長瀛」。　廣朗，連綿字，開闊貌。

〔三一〕陰娥兩句　呂氏春秋精通：「月也者，羣陰之本也。」淮南子覽冥訓：「羿請不死之藥於西王母,姮娥竊以奔月。」文選左思蜀都賦:「羲和假道於峻岐。」又王文考魯靈光殿賦:「玉女闚窗而下視。」兩句以陰娥、玉女代指月,謂其如姮娥,借道高聳之講堂以窺視下界。

〔三二〕陽烏　指太陽。文選左思蜀都賦:「陽烏回翼乎高標。」李善注引春秋元命包:「陽成於三,故日中有三足烏,烏者陽精。」

〔三三〕炤　英華作「佋」,注:「疑。」按作「炤」是。炤,同「照」。　青禽,即三足烏。漢書司馬相如傳大人賦:「亦幸有三足烏爲之使。」顔注引張揖曰:「三足烏,三足青鳥也。」此以青禽代指陽光,義同前兩句。

〔三四〕黍璣　狀如黍米之珠。度人妙經卷上:「元始懸一寶珠,大如黍米,在空玄之中。」説文:「璣,珠不圓者。」

〔三五〕明月句　見明月引注〔五〕。此喻指黍璣。

〔三六〕瓊乳　指鐘。北堂書鈔樂部四引樂叶圖:「君子鑠金爲鐘,四時九乳。」宋均注:「九乳,法九州,爲象天也。」又周禮冬官考工記:「鳧氏爲鐘……篆間謂之枚。」鄭玄注引鄭司農云:「枚,鐘乳也。」　玄都,仙人之都,代指至真觀。太平御覽卷六七四道部一六引玉京經:「玄觀玉京山有九寶城,太上無極大道虚皇君之所治也,高仙之玄都焉。」

〔三七〕飛霜句　山海經中山經:「豐山……有九鐘焉,是知霜鳴。」郭璞注:「霜降則鐘鳴,故言知也。」

〔二八〕澄霞　謝朓晚登三山還望京邑詩：「餘霞散成綺，澄江静如練。」

〔二九〕崑丘　崑崙之丘，山海經西山經：華山「西南四百里，曰昆侖之丘，是實爲帝之下都」。

〔三〇〕三辰　即三元之辰。三元法會，指三元齋。唐六典卷四謂道觀齋有七名，其四曰三元齋，原注：「正月十五日天官爲上元，七月十五日地官爲中元，十月十五日水官爲下元，皆法身自懺愆罪焉。」

〔三一〕八景　雲笈七籤卷七三洞經教部引道門大論：「三元既立，五行咸具……三五和合，謂之八景。」據太上隱書八景飛經法，所謂八景是元景、始景、玄景、靈景、真景、明景、洞景、清景。真遊，任性隨化而遊。莊子天運：「古之至人，假道於仁，託宿於義，以遊逍遥之虚，食於苟簡之田，立於不貸之圃……古者謂之采真之遊。」成疏：「謂是神采真實而無假僞，逍遥任適而隨化遨遊也。」

〔三二〕霓裳　雲霓所製衣服。此代指遊人。耀魄，即耀魄寶，北極五星之最尊者。周禮春官大宗伯：「以實柴祀日月星辰。」賈公彦疏引春秋文耀鉤：「中宮大帝，其北極星下一明者，爲太一之先，含元氣，以斗布常，是天皇大帝之號也。又按爾雅云：北極謂之北辰。鄭（玄）注云：天皇，北辰耀魄寶。」此泛指星月。句謂遊人披星戴月，不肯離去。

〔三三〕羽蓋　文選張衡東京賦：「羽蓋葳蕤。」薛綜注：「羽蓋，以翠羽覆車蓋也。」此亦代指遊人。風雲之路，謂沿途皆風景。沈約齊故安陸昭王碑：「南接巫衡，風雲之路千里。」

〔三四〕全模　指所有建築法式。説文：「模，法也。」左思魏都賦：「授全模於梓匠。」

〔三五〕帶鳥句　謂樓簷兩端上翹如鳥翼，梁形屈曲如虹。文選班固西都賦：「抗應龍之虹梁，列棼橑以布翼。」李善注：「梁形似龍而曲如虹也。」又引説文：「翼，屋榮也。」文選何晏景福殿賦：「高甍崔嵬，飛宇承霓。……鳥企山峙，若翔若滯。」

〔三六〕范陽公　指盧承慶。舊唐書盧承慶傳：盧承慶（新唐書曰字子餘），幽州范陽人。父赤松，封范陽郡公。承慶少襲父爵，「永徽初，出爲益州大都督長史」。

〔三七〕羽儀　易漸卦：「鴻漸於陸，其羽可用爲儀。」此謂表率、楷模。

〔三八〕門　門第。范陽盧氏爲山東著名舊氏族，盧承慶在高宗朝又曾爲相，故云。

〔三九〕譙國公　指李崇義。舊唐書宗室傳：河間王孝恭，「子崇義嗣，降爵爲譙國公，歷蒲同二州刺史，益州大都督長史，甚有威名」。

〔四〇〕兩朝　指太宗、高宗朝。　肺腑，漢書劉向傳：「臣幸得託肺附。」顔注：「舊解云，肺附謂肝肺相附著，猶言心膂也。一説肺謂斫木之肺札也，自言於帝室猶肺札附於大木也。」王念孫讀書雜志卷四之八：「一説近之。肺附皆謂木皮也……言己爲帝室微末之親，如木皮之附於木也。」按此似用舊解，謂其貴盛，爲皇帝所倚重。

〔四一〕百城　謂城多，地廣。庾信慕容寧神道碑：「百城咸勸。」

〔四二〕銀黄　漢書楊僕傳：「懷銀黄，垂三組。」顔注：「銀，銀印也。黄，金印也。」

〔二四三〕玄素　指道教。雲笈七籤卷一道德部引老君指歸略例：「玄也者，取乎幽冥之所出也。」列子天瑞篇：「太素者，質之始也。」

〔二四四〕郭先生句　高步瀛唐宋文舉要：「郭先生疑是唐先生之誤。御覽人事部十三引韓子：『晉平公與唐亥（足門誤作彦，此依腓脹門引改）坐而出，叔向入，公曳一足。叔向問之，曰：「吾侍唐子，腓痛足痺而不敢申。」叔向不悦，公曰：「子欲貴，吾爵子；欲富，吾禄子。夫唐先生，無欲也，非正坐，吾無以養之。」』」高説疑是，録以備考。

〔二四五〕蒙莊子句　莊子秋水：「惠子相梁，莊子往見之。或謂惠子曰：『莊子來，欲代子相。』於是惠子恐，搜於國中三日三夜。莊子往見之，曰：『南方有鳥，其名爲鵷鶵，子知之乎？夫鵷鶵，發於南海而飛於北海，非梧桐不止，非練食不食，非醴泉不飲。於是鴟得腐鼠，鵷鶵過之，仰而視之曰：「嚇！」今子欲以子之梁國而嚇我邪？』」

〔二四六〕若夫兩句　論語顔淵：「惜乎，夫子之説君子也，駟不及舌。」何晏集解引鄭玄注：「過言一出，駟馬追之不及。」此謂世重其言，一語既出，旋即遠播。

〔二四七〕王公句　荀子修身：「禮義重則輕王公矣。」此謂其操行遠高於王公貴胄。

〔二四八〕狥　英華作「絢」，注：「疑作狥。」按作「絢」誤。

〔二四九〕風雨晦　詩經鄭風風雨：「風雨如晦。」毛傳：「晦，昏也。」

〔二五〇〕環堵　莊子讓王：「原憲居魯，環堵之室，茨以生草。」成疏：「周環各一堵，謂之環堵，猶方丈之室也。」

〔一五一〕歲計句　莊子庚桑楚：「今吾日計之而不足，歲計之而有餘。」成疏：「今我日計，利益不足稱；以歲計之，功其有餘。蓋賢聖之人，與四時合度，無近功故日計不足，有遠德故歲計有餘。」

〔一五二〕道周句　莊子知北遊：「東郭子問於莊子曰：『所謂道，惡乎在？』莊子曰：『無所不在。』東郭子曰：『期而後可。』莊子曰：『在螻蟻。』曰：『何其下邪？』曰：『在稊稗。』……」成疏：「言道無不在，豈唯稊稗。」稊、稗，皆草名，喻卑賤。

〔一五三〕日用　謂日日利用道，見本篇注〔一五〕。

〔一五四〕學射　太平寰宇記卷七二劍南西道益州華陽縣：「學射山一名斛石山，在縣學北十五里。」清一統志卷三八四成都府：「學射山在成都縣北十八里。蜀漢後主嘗習射於此，因名。」即今成都城北鳳凰山。按該山今有至真觀，乃後人所建，非其舊。　仙居，道觀。按杜光庭録異記卷一謂黎元興於學射山造觀宇，時在「龍朔中」。

〔一五五〕殊庭　原作「珠庭」。高步瀛唐宋文舉要：「下別有珠庭，疑此當作殊庭，已見樂府雜詩序注(本書注爲〔七六〕)。」按高説是。殊，異也。殊庭，謂學射山所建爲至真觀別庭，因改。

〔一五六〕月樹　月中桂樹。　輪，指樹輪，即樹冠。謂所栽松柏高大，上與月桂相交。文選淮南小山招隱士：「樹輪相糾兮。」王逸注：「交錯扶疏也。」五臣注：「輪，橫枝也。」

〔二七七〕蒼郊　指成都郊外。莊子逍遥遊：「適蒼莽者，三湌而反。」成疏：「蒼莽，郊野之色，遥望之不甚分明也。」

〔二七八〕太行之北登　謂學射山險峻。曹操苦寒行：「北上太行山，艱哉何巍巍。」元和郡縣志卷一五澤州晉成縣：「太行山，在縣南四十里。」

〔二七九〕錦肆　錦官城之肆。代指成都。

〔二八〇〕灞陵之南望　文選王粲七哀詩：「南登霸陵岸，回首望長安。」李善注引漢書：「文帝葬霸陵。」此以長安喻成都。

〔二八一〕華表兩句　言成都未見仙人鶴駕，意謂黎法師已離去。搜神後記卷一：「丁令威本遼東人，學道於靈虚山，後化鶴歸遼，集城門華表柱。」

〔二八二〕津亭兩句　謂黎法師已歸故鄉雒縣。列仙傳卷下：「騎龍鳴者（太平御覽鱗介部一引「鳴」作「鴻」），渾亭人也。年二十，於池中求得龍子，狀如守宫者十餘頭養食，結草廬而守之。龍長大，稍稍去。後五十餘年，水壞其廬而去。一旦騎龍來渾亭下，語云：『我馮伯昌孫也，此間人不去五百里，必當死。』信者皆去，不信者以爲妖。至八月果水至，死者萬計。」高步瀛唐宋文舉要：「案渾亭此文作津亭，未知孰是。御覽鱗介部引節去『渾亭』字。」

〔二八三〕儭施　布施。楊衒之洛陽伽藍記三大統寺：「常有中黄門一人，監護僧舍，儭施供具，諸寺莫及焉。」

〔二四〕五色囊　道士常用之彩色口袋。續齊諧記：「弘農鄧紹嘗以八月旦入華山採藥，見一童子，執五綵囊，承柏葉上露。」

〔二五〕玉京觀　道家謂爲天上神宫。魏書釋老志：「道家之言，出於老子。其自言也，先天地生，以資萬類；上處玉京，爲神王之宗；下在紫微，爲飛仙之主。」

〔二六〕不行　英華、全唐文作「不得行」，英華校：「一無得字。」

〔二七〕上　英華作「下」，注：「疑作上。」按作「下」誤。

〔二八〕上座、監齋　道觀職務名，位次於觀主。唐六典卷四：「每觀觀主一人，上座一人，監齋一人，共綱統衆事。」又老子立德經：「道士有上中下，深於道多者名上座。」

〔二九〕并流回兩句　流，指人體津液。道家謂玉液（即口中津液）可以灌溉臟腑，潤澤肢體，「故修養家咽津納氣，謂之清水灌靈根」（本草綱目卷五二，參黄庭外景經上經部）。道家又謂人有上、中、下三丹田（詳抱朴子内篇卷四第一八地真），且以人體擬天地，謂精氣、津液皆會聚丹田。所謂「策地景於丹田」當即指此。雲笈七籤卷一八三洞經教部老子中山經上：「臍下爲地中（按指下丹田），中有五嶽四瀆，水泉交通，昆侖弱水，沉沉滉滉，玄冥之淵也。」「地景」蓋即指地中，謂其有五嶽四瀆等景象也。　流回，全唐文作「回流」，疑是，以與下句「浩氣」對應。

〔三〇〕天倪　莊子齊物論：「和之以天倪。」郭象注：「天倪者，自然之分也。」此指自然元氣，即上句所謂「浩氣」。紫室，神仙所居宮室。

〔二七一〕玉籍　仙籍，太平御覽卷六六二引後聖列紀：「若斗中有玄玉籙籍者，皆爲上仙。」

〔二七二〕宮　英華校：「一作官。」

〔二七三〕披衣齧缺　莊子天地：「堯之師曰許由，許由之師曰齧缺，齧缺之師曰王倪，王倪之師曰被衣。」成疏：「以上四人，并是堯時隱士。」淮南子俶真訓高誘注：「被衣，堯時隱士，姓名不可得而知，見其被衣而行，因曰被衣。」被後作「披」。

〔二七四〕雲將鴻蒙　莊子在宥：「雲將東遊，過扶摇之枝而適遭鴻蒙。」成疏：「雲將，雲主將也。鴻蒙，元氣也。」

〔二七五〕相下　指雲將向鴻蒙請教。莊子在宥：雲將過扶摇之枝問鴻蒙：「今我願合六氣之精以育羣生，爲之奈何？」「雲將不得問。又三年，東遊，過有宋之野而適遭鴻蒙。雲將大喜……再拜稽首，願聞於鴻蒙」。

〔二七六〕十哲　論語先進：「德行顏淵、閔子騫、冉伯牛、仲弓，言語宰我、子貢，政事冉有、季路，文學子游、子夏。」後以此十人爲孔門十哲。舊唐書禮儀志四：「先聖孔宣父廟……十哲弟子，雖復列像廟堂，不預享祀。」高步瀛唐宋文舉要：「道家十哲，當別有其人，俟考。」按：十哲，當代指至真觀諸弟子，因就黎法師言，故稱「仙庭十哲」。

〔二七七〕童師　莊子徐無鬼：「黄帝將見大隗乎具茨之山……適遇牧馬童子，問塗焉。」黄帝向小童問爲天下，「小童曰：『夫爲天下者，亦奚以異乎牧馬者哉！亦去其害馬者而已矣。』黄帝再拜稽首，稱天師而退。」此泛指道童。

〔二七八〕嘯父　代指黎法師。　高煙，謂乘火昇天，婉言去世。　列仙傳卷上：嘯父者，冀州人，臨上三亮山，「列數十火而昇天」。

〔二七九〕卜肆兩句　後漢書方術費長房傳，謂費長房爲市掾，發現仙人壺公，後隨其學仙不成，「辭歸，翁（即壺公）與一竹杖，曰：『騎此任所之，則自至矣。』」　驅筇，謂騎竹杖。

〔二八〇〕瓊臺　仙宫，代指道教。　太平御覽卷六七四道部一六引列仙傳：「太空瓊臺，太平道君處之。」（高步瀛曰：「此疑非列仙傳文。」）　墜典，失散之典籍。此指黎法師所作文字。

〔二八一〕騫樹　天上神樹，亦代指道教。　雲笈七籤卷三道教本始部謂太清境「最上一天名曰大羅，在玄都玉京之上，紫微金闕，七寶騫樹，麒麟師子，化生其中」。又同書卷八釋三十九章經引高尚太素君：「月中樹名騫樹，一名藥王，凡有八樹，在月中也。」

〔二八二〕敷揚　傳播、宣揚。　後漢書張綱傳：「大將軍（梁）冀……不能敷揚五教。」

〔二八三〕可謂兩句　莊子庚桑楚：「老子之役有庚桑楚者，偏得老聃之道，以北居畏壘之山……擁腫之與居，鞅掌之爲使。居三年，畏壘大壤。」釋文引司馬彪曰：「楚，名；庚桑，姓也。」又引李頤曰：「畏壘，山名也。或云在魯，又云在梁州。」又曰：壤，「本亦作穰。廣雅云：豐也」。　畏壘，英華作「崑𡾊」，校：「莊子作畏壘。」

〔二六四〕范相兩句　史記越王勾踐世家正義引會稽典録：「范蠡字少伯，越之上將軍也。」又貨殖列傳：「昔者越王勾踐困於會稽之上，乃用范蠡、計然……遂報强吴，觀兵中國，號稱『五霸』。范蠡既雪會稽之恥，乃喟然而嘆曰：『計然之策七，越用其五而得意。既已施於國，吾欲用之家。』乃乘扁舟浮於江湖，變名易姓，適齊爲鴟夷子皮，之陶爲朱公。」集解引徐廣曰：「計然者，范蠡之師也，名研。」裴駰案：「范子曰：『計然者，葵丘濮上人，姓辛氏，字文子，其先晉國亡公子也。嘗南遊於越，范蠡師事之。』」索隱：「大顔曰：若盛酒者鴟夷也，用之則多所容納，不用則可卷而懷之，不忤於物也。」

〔二六五〕䪡萬物兩句　莊子大宗師：「吾師也！吾師也！䪡萬物而不爲義，澤及萬世而不爲仁。」釋文引司馬彪曰：「䪡，碎也。」郭象注：「皆自爾耳，亦無愛爲於其間也，安所寄其仁義！」䪡，英華、全唐文作「整」，英華校：「莊子作䪡。」按作「䪡」是，「整」乃形訛。　不以爲義，義，英華作「戾」，校：「莊子作義。」按莊子天道篇作「戾」。

〔二六六〕逍遥兩句　莊子大宗師：「芒然彷徨乎塵垢之外，逍遥乎無爲之業。」成疏：「彷徨、逍遥，皆自得逸豫之名也。塵垢，聲色等有爲之物也。」

〔二六七〕東郭兩句　莊子田子方：「田子方侍坐於魏文侯，數稱谿工。……文侯曰：『然則子無師邪？』子方曰：『有。』曰：『子之師誰邪？』子方曰：『東郭順子。』文侯曰：『然則夫子何故未嘗稱之？』子方曰：『其爲人也真，人貌而天……無擇何足以稱之！』」釋文引李頤曰：

「田子方，魏文侯師也，名無擇。」「存而不論」見下注。

〔一八八〕伯昏兩句　莊子列禦寇：「列禦寇之齊，中道而反，遇伯昏瞀人。伯昏瞀人曰：『奚方而反？』」成疏：「伯昏，楚之賢士，號曰伯昏瞀人，隱者之徒也。禦寇既師壺子，又事伯昏。」莊子齊物論：「六合之外，聖人存而不論；六合之内，聖人論而不議。」

〔一八九〕爲山句　尚書旅獒：「爲山九仞。」僞孔傳：「八尺曰仞，喻向成也。」

〔一九〇〕珠庭　仙宮。盧思道升天行：「珠庭謁老君。」

〔一九一〕三休　休息多次方能登上，極言其高，以喻成就之大。賈誼新書退讓篇：「（楚王）饗客於章華之臺，上者三休，而乃至其上。」

〔一九二〕瑶版　即玉版，此指碑石。

〔一九三〕看博　看人博戲。異苑卷五：「昔有人乘馬山行，遥見岫裏有二老翁相對樗蒱，遂下馬造焉，以策注地而觀之，自謂俄頃，視其馬鞭，摧然已爛；顧瞻其馬，鞍骸枯朽。還至家無復親屬，一慟而絶。」樗蒱，古之博戲。

〔一九四〕赤斧　列仙傳卷下：「赤斧者，巴戎人也。爲碧鷄主簿，能作澒鍊丹與消石，服之三十年，反如童子，毛髮生皆赤。」　禺山，即禺同山。漢書地理志越巂郡青蛉縣原注：「禺同山，有金馬碧鷄。」按青蛉縣即今雲南大姚縣，參大劍送别劉右史詩注〔二〕。越巂郡，漢屬益州，故此以禺同山代指蜀。禺，英華作「萬」，校：「一作寓。」據所用事，作「萬」誤，「寓」蓋音訛。

〔二九五〕失路兩句　用有人乘槎至天河事，見七夕泛舟二首之二注〔四〕。

〔二九六〕汾陽兩句　汾陽處子，見本文前注〔七〇〕。　目擊，莊子田子方：「仲尼見之（指温伯雪子，楚之懷道者）而不言。子路曰：『吾子欲見温伯雪子久矣，見之而不言，何邪？』仲尼曰：『若夫人者，目擊而道存矣，亦不可以容聲矣。』」成疏：「二人得意，所以忘言。」又曰：「擊，動也。夫體悟之人，忘言得理，目裁運動而玄道存焉，無勞更事辭費，容其聲説也。」

〔二九七〕漢陰丈人兩句　莊子天地：子貢過漢陰，見一丈人入井抱甕灌圃。子貢教其用機械，丈人忿然作色而笑，謂用機械必有機心，非不知，是羞而不爲（參見秋霖賦注〔一四〕）。子貢失色，後謂其弟子曰：「執道者德全，德全者形全，形全者神全。神全者，聖人之道也。……功利機巧必忘夫人之心。若夫人者……雖以天下譽之，得其所謂，謷然不顧；以天下非之，失其所謂，儻然不受。天下之非譽，無益損焉，是謂全德之人哉！」

〔二九八〕是用兩句　井絡，指蜀地，見本篇前注〔一〇二〕。　題片石，謂撰此碑文。　靈丘，指黎法師墓。古詩十九首：「出郭門直視，但見丘與墳。」

〔二九九〕協晨　天上靈觀名，代指至真觀。　初學記卷二三道釋部引太上決疑經：「元始天尊在協晨靈觀。」

〔三〇〇〕乘雲之飛將　即雲將，代指至真觀上座、監齋等，見本篇注〔二七四〕。

〔三〇一〕地媪　漢書禮儀志郊祭歌：「后土富媪。」注引張晏曰：「媪，老母稱也。坤爲母，故稱媪。」

郊祭歌又曰：「媼神蕃釐。」注引李奇曰：「媼神，地也。」

〔三〇二〕眇眇　原作「耿耿」。英華、全唐文作「眇眇」，是，據改。眇眇，遼遠貌。太初，莊子天地：「泰初有無，無有無名；一之所起，有一而未形。」成疏：「泰，太；初，始也。元氣始萌，謂之太初，言其氣廣大，能爲萬物之始本，故名太初。」此指天。

〔三〇三〕昧　昏暗，不明。天師，魏書釋老志：「忽遇大神……稱太上老君，謂（寇）謙之曰：『……嵩岳道士上谷寇謙之，立身直理，行合自然，才任範軌，首處師位，吾故來觀汝，授汝天師之任。』」此指黎法師。「蒼蒼」至此兩聯，謂雖人人終得歸於地下，唯獨不明天意，何忍讓道德高尚的黎法師化去。

〔三〇四〕象帝兩句　出老子，見本篇注〔六四〕引。

〔三〇五〕徒觀兩句　老子：「道可道，非常道；名可名，非常名。無，名天地之始；有，名萬物之母。故常無，欲以觀其妙；常有，欲以觀其徼。」王弼注：「妙者，微之極也。萬物始於微而後成，始於無而後生，故常無。欲空虛，可以觀其始物之妙。」老子所謂「無」即道，乃宇宙本體，故「莫究其始」。

〔三〇六〕果而句　老子：「果而勿伐。」河上公注：「當果敢推讓，勿伐取其美也。」又王弼注：「果猶濟也。」伐，底本及各本俱作「代」，誤，今改。

〔三〇七〕爲而句　老子：「爲而不恃。」王弼注：「智慧自備，爲則僞也。」原亦指道，謂其化生萬物而不恃以爲功。
〔三〇八〕强爲兩句　老子：「有物混成，先天地生。……吾不知其名，字之曰道，强爲之名曰大。」所指仍爲道。　道紀，老子：「迎之不見其首，隨之不見其後。執古之道，以御今之有。能知古始，是謂道紀。」按「紀」，馬叙倫謂借爲「基」，詳老子校詁。
〔三〇九〕太朴　指上古淳朴之世。嵇康難自然好學論：「洪荒之世，大（通「太」）朴未虧。」季，指末年。
〔三一〇〕孝慈句　老子：「六親不和有孝慈。」
〔三一一〕邈邈句　雲笈七籤卷三道教本始部靈寶略紀述，謂龍漢劫生梵氣天尊，赤明劫生元始天尊，具更五劫乃生太上大道君。元始天尊下降，「以法委付道君，則賜太上之號。道君即爲廣宣經籙，傳乎萬世」。按其説荒誕，此略述之以見其邈遠。
〔三一二〕繩繩　謂極遥遠。見釋疾文悲夫注〔五一〕。
〔三一三〕曰神句　尚書大禹謨：「乃聖乃神。」易繫辭上：「陰陽不測之謂神。」尚書洪範：「聰作謀，睿作聖。」僞孔傳：「於事無不通謂之聖。」
〔三一四〕爲龍句　見南陽公集序注〔五〇〕。
〔三一五〕千年兩句　受籙，指太上道君受經籙於元始天尊而賜號事，見上注〔三一一〕。稱王，雲笈七籤卷三道教本始部天尊老君名號歷刼經略：「盤古以道治世，萬九千九百九十九載，白日昇仙，上崑崙，登太清天中，授號曰元始天王。」

〔二六〕於鑠　贊嘆詞。詩經周頌酌：「於鑠王師。」毛傳：「鑠，美也。」釋文：「於，音烏。」

〔二七〕丕承　尚書君奭：「丕承無疆之恤。」僞孔傳謂「丕承」爲「大承」。　天秩，天所賜爵命。尚書皐陶謨：「天秩有禮。」

〔二八〕道風句　謂唐代道教大盛。　吹萬，見本篇注〔三〇〕。

〔二九〕玄猷　指道，謂其玄妙深奧。　配一，道家謂道生於一。老子：「道生一，一生二，二生三。」又曰：「聖人抱一，爲天下式。」

〔三〇〕五載句　謂皇帝出巡。尚書舜典：「五載一巡守。」韓非子難勢篇引慎子：「飛龍乘雲。」

〔三一〕三山句　史記封禪書：「自威、宣、燕昭使人入海求蓬萊、方丈、瀛洲。此三神山者，其傳在勃海中。」又曰：秦始皇「行禮祠名山大川及八神」。八神之「七曰日主，祠成山。成山斗入海，最居齊東北隅，以迎日出云」。

〔三二〕薦璧、投金　文選江淹雜體詩三十首陳思王：「君王禮英賢，不惜千金璧。」李善注引史記曰：「虞卿説趙孝成王，一見賜金百鎰，白璧一雙。」兩句謂唐朝廷禮遇道士。

〔三三〕地分句　輿井，即輿鬼、東井。此指益州分野。漢書地理志：「秦地於天官，東井、輿鬼之分野也。」「（秦）南有巴、蜀、廣漢、犍爲、武都。」「又西南有牂柯、越巂、益州，皆宜屬焉。」按史記天官書、晉書天文志所言觜參益州，乃是魏益州。開元占經卷六四：「參爲魏之分野，屬益州。漢武帝改梁州爲益州，非魏地益州也。」高步瀛唐宋文舉要曰：蓋漢初本以觜觿參屬益州，爲魏星。「自武帝別置益州，談分野者，遂以魏之益州，移於梁州所改之益州矣。此文仍依漢志爲説耳。」

〔三四〕城　指成都。　劍闕，即劍門，見贈益府羣官詩注〔三〕。

〔三五〕錦瀨　即錦江，流經成都市區。

〔三六〕嵋峯　指峨嵋山。水經青衣水注引益州記：「平鄉江東逕峨眉山，在南安縣界，去成都南千里，然秋日清澄，望若兩山相峙，如峨眉焉。」按山在今四川峨眉山市。吴均登八公山詩：「疎峯時吐月。」

〔三七〕菌閣　生有菌桂的閣道。菌桂見本篇注〔四九〕。此泛指蜀中山路。菌，英華作「芸」，校：「一作菌。」按：作「芸」誤。

〔三八〕桃源　指綏山，見本篇注〔五一〕。

〔三九〕紫宸　指紫微，即北辰。北極星所在爲宸。見本篇注〔一〇九〕。

〔四〇〕丹宫　指至真觀。太平御覽卷六七四道部一六引上清經：「上清南極長生司命君，藏瑶臺丹靈宫。」

〔四一〕巖舒句　文選陸機演連珠：「金碧之巖，必辱風舉之使。」劉孝標注「金碧」爲金馬碧鷄之神。

〔四二〕鸞歌句　山海經大荒南經：載民之國，「鸞鳥自歌，鳳鳥自舞」。

〔三三〕寶龜句　謂修道。雲笈七籤卷一九三洞經教部引老子中經下:「常以六甲之日,平旦時拊心祝曰:蒼林玄龜,流水如河;炎火周身,安能知他。道來歸已,道來歸已!」涵影,謂寶龜已至。按同書卷一八引,稱「兩腎間名曰大海,一名弱水,中有神龜呼吸,元氣流行,作爲風雨,通氣四支,無不至者」,則龜爲人體元氣之動力源,故云。

〔三四〕玉顔　指玄光玉女。雲笈七籤卷一八三洞經教部老子中山經上謂人體兩腎間名曰大海,「中有玄光玉女。玄光玉女,道元氣之母也……常戴太白明星,耳著太明之珠,光照一身中,即延年而不死也」。

〔三五〕九光　光彩繽紛。北堂書鈔卷一四九引尚書考靈曜:「日照四極九光。」

〔三六〕華冠句　太平御覽卷六七五道部一七引上清經:「玉真九天丈人,建飛精百變之冠。」變,英華校:「一作絢。」

〔三七〕上士　指黎法師。老子:「上士聞道,勤而行之。」

〔三八〕至人　亦指黎法師。莊子逍遥遊:「至人無己。」成疏:「詣於靈極,故謂之至。」

〔三九〕笙簧　本樂器,此用如動詞,謂黎法師以道德醒人昭世,其動聽有如吹笙鼓簧。抱朴子外篇卷三安貧:「夫士以講肄爲鐘鼓,百家爲笙簧,使味道者以辭飽,酣德者以義醒。」

〔四〇〕粉澤　粉飾潤澤。初學記卷二一引太公六韜:「禮者,天理之粉澤。」句謂黎法師以人倫爲美德。

〔二四一〕汾陽處子　指神人，見本篇注〔七〇〕。此喻黎法師。

〔二四二〕箕山句　指許由。史記伯夷列傳：「太史公曰：余登箕山，其上蓋有許由冢云。」莊子逍遥遊釋文曰：「許由，隱人也，隱於箕山。」詳見本文注〔一五五〕。

〔二四三〕遂荒句　詩經魯頌閟宫：「遂荒大東。」毛傳：「荒，有也。」　外臣，方外之臣，即隱士。白屋，漢書蕭望之傳：「恐非周公相成王躬吐握之禮，致白屋之意。」顔注：「白屋，謂白蓋之屋，以茅覆之，賤人所居。」謂黎法師守道固窮，隱而不仕。

〔二四四〕玄津　喻道，謂能渡凡人至仙域，故稱。按佛家亦有此語。文選王簡栖頭陀寺碑文：「玄津重栅。」李善注引僧叡師十二法門序：「濟溺喪於玄津。」

〔二四五〕玉扃　指至真觀。

〔二四六〕金階　亦指至真觀。神異經：「東北大荒中有金闕，中有金階。」

〔二四七〕矱矩　即矩矱。楚辭屈原離騷：「曰勉升降以上下兮，求矩矱之所同。」王逸注：「矩，法也；矱，度也。」

〔二四八〕福庭　福地記：「終南周圍數百里，名曰福庭。」此指至真觀。

〔二四九〕四真　雲笈七籤卷四道教經法傳授部上清經述曰：「任城魏華存，字賢安，乃魏陽元之女也。季冬之月，夜半清朗，忽聞室中有鐘鼓之響，笳簫之聲，須臾有虎輦玉輿，隱輪之車，并頓駕來降夫人之静室。凡四真人。其一人自稱曰『我太極真人安度明也』；其一人曰『我東華大神方諸青童君也』；其一人曰『我榑桑碧海暘谷神王景林真人也』；其一人曰『我清虛真人小有仙人王子登也。』」此「四真」代指女道士，與下句「十哲」（見本文注〔二七六〕），總指至真觀所有道士。

〔二七〇〕松子句　搜神記卷一：「赤松子者，神農時雨師也。服冰玉散以教神農，能入火不（法苑珠林卷七九作「自」）燒。」

〔二七一〕焦君句　指焦先。高士傳卷下：「焦先，字孝然，世不知其所出也。……嘗結草爲廬於河之湄，獨止其中。……後野火燒其廬，先因露寢。遭冬雪大至，先袒臥不移，人以爲死，就視如故。」

〔二七二〕辨　小爾雅廣言：「辨，使也。」使雲，猶言駕雲。　縣寓，同「縣宇」（說文：「寓，籀文宇。」），指宇內。縣，原作「懸」。按「懸」乃「縣」之後起字，「懸寓」無義，因改。

〔二七三〕朗徹　高遠貌。真誥卷九：「男服日象……使人聰明朗徹。」朗，英華作「朝」，誤。

〔二七四〕玉壘兩句　玉壘，文選左思蜀都賦：「包玉壘而爲宇。」劉逵注：「玉壘山在成都西北。」按山在今成都都江堰市之西，此代指成都。　庭紳，紳原作「坤」，據全唐文改。庭紳指官紳。　珠鄉，猶言珠庭，見本文前注〔二九〇〕，此指至真觀。　勝踐，瞻拜勝地。

〔二七五〕鐘鼎　即鐘鳴鼎食，指富貴之家。　張衡西京賦：「擊鐘鼎食，連騎相過。」　紛藹，文選陸機文賦：「雖紛藹於此時。」李周翰注：「紛藹，繁多也。」

〔三六〕薛縣句　薛縣代指孟嘗君。史記孟嘗君傳：「孟嘗君名文，姓田氏。文之父曰靖郭君田嬰。」嬰卒，「文果代立於薛」。正義：「薛故城在今徐州滕縣南四十四里也。」説苑善説：雍門子周以琴見孟嘗君，孟嘗君要他鼓琴能使自己生悲。子周曰：「天下有識之士無不爲足下寒心酸鼻者，千秋萬歲之後，廟堂必不血食矣。高臺既已壞，曲池既已漸，墳墓既已下而青廷矣。嬰兒豎子、樵採薪蕘者躑躅其足而歌其上，衆人見之，無不愁焉，爲足下悲之曰：『夫以孟嘗君尊貴，乃可使若此乎？』孟嘗君泫然，泣涕承睫而未殞。雍門子周引琴而鼓之……孟嘗君涕浪汙增。」

〔三七〕萊州　元和郡縣志卷一一河南道萊州掖縣：「海，在縣北五十二里。」句用麻姑事，見子時春也慨然有江湖之思寄此贈柳九隴詩注〔一七〕。以上兩句，謂人世間、自然界變遷巨大。

〔三八〕懸日月句　淮南子覽冥訓：「女媧斷鼇足以立四極。」高誘注：「鼇，大龜。天廢頓，以鼇足柱之。」句謂黎法師振興道教，爲天下立極，其名將若日月永懸。

〔三九〕天人，指黎法師。莊子天下：「不離於宗，謂之天人。」　鳳瑑，「瑑」原作「椽」。高步瀛唐宋文舉要作「瑑」，注曰：「瑑或作椽，誤。」引周禮考工記玉人鄭玄注：「瑑，文飾也。」其説是，據改。鳳瑑即鳳文，此泛指道經。雲笈七籤卷七三洞經教部曰：「紫鳳赤書經云：此經舊文，藏在太上六合紫房之内，有六頭獅子巨獸夾牆，玉女玉童侍衛鳳文。」　兩句承上「薛縣」二句，謂無論如何陵遷谷變，黎法師之功績都將永垂道教史册。

盧照鄰集箋注卷八

碑

鄭太子碑銘〔一〕

若夫蒼精授邑〔二〕，載杓西鄰之際〔三〕；赤烏告祥〔四〕，方崇北面之尊〔五〕。海内奔波，三分與二分交競〔六〕；寰中同會，七百與八百相符〔七〕。故能安地軸之傾輪〔八〕，補乾紘之落紊〔九〕。如砥平道〔一〇〕，諸侯遵卜洛之郊〔一一〕；似石磐基〔一二〕，宗子紹維城之固〔一三〕。

大矣哉，周之有天下也！年將慶遠，葉帶枝繁〔一四〕。鄭國桓公，宣王母弟〔一五〕。水雙河濟〔一六〕，洩雲雨以開封〔一七〕；皋二成平〔一八〕，連古今而錫類〔一九〕。犬牙晉楚，鼎足齊秦〔二〇〕。時遇鬬蛇之餘〔二一〕，乍進牽羊之弊〔二二〕。雖地承負黍〔二三〕，國祚彌而無窮；天錫香蘭〔二四〕，家風邵而逾遠〔二五〕。

太子壽者，康公之子〔二六〕，桓公之二十代孫也。聰明神智，暉映當時。涯涘清深，指鰲川而激量〔二七〕；珪璋特達〔二八〕，與龍輅而齊光〔二九〕。因以運逢陽城，敗我鄭次，辛亥之歲，崩山蕩岸，餧鋭氣於韓兵，降志辱身，歃盟符於晉血〔三〇〕。邑封千户，官具百僚，今之壽城〔三一〕，斯其地也。享年七十八，薨於晉，葬於天陵南〔三二〕。靈原超忽〔三三〕，永深埋玉之悲〔三四〕；荒隴淒其，誰識生金之字〔三五〕！

玉京觀道士鄭大量家長鄭君，則合宗并太子之後〔三六〕。勝業孤揚，清暉競遠，逍遥林外，放曠煙霞。凝皓素於黄庭〔三七〕，養神氣於玄宇〔三八〕。以爲霓旌揚漢，猶尋朽骨之靈〔三九〕；鶴駕停空，尚謁先人之墓〔四〇〕。於是芟荒薙蔓，徙植延陰，豐碑下鹿盧〔四一〕，高墳疏馬鬣〔四二〕，得青烏之舊地〔四三〕，臨絳邑之新田〔四四〕。於時大唐總章元年，歲次戊辰，五月甲申之一日也。爾其表裏山河〔四五〕，極目原野，九京以送其往〔四六〕，二水以流其惡〔四七〕。財岩霜雪，邀處子以同嬉〔四八〕；奮毘衣冠，侶羣仙而共遠〔四九〕。窺晉臣於泉路，依希夏日之光〔五〇〕；思漢帝於雲衢，髣髴秋風之詠〔五一〕。雖復相望絶代，固可氣類同年〔五二〕。豈使素烈景風〔五三〕，清猷澹味〔五四〕，金石之美〔五五〕，堙滅而無聞乎〔五六〕？故式紹前範，傳之永代，將日月以居諸〔五七〕，邈宇宙而長久。詞曰：

周封懿族〔五八〕，鄭國開疆。始連高華〔五九〕，終帶崇芒〔六〇〕。東西橘徙〔六一〕，人物絳鄉〔六二〕。蕭條河曲〔六三〕，隱軫滎陽〔六四〕。

戎馬生郊〔六五〕，兵車亂轍〔六六〕。衆雄相競，郡公未絶〔六七〕。煙塵四起，縱横四結〔六八〕。園寢成泣〔六九〕，偪陽成血〔七〇〕。

家聲已隤〔七一〕，出質而來〔七二〕。西光未謝〔七三〕，東府行開〔七四〕。鄉關寂寞，城邑徘徊〔七五〕。三鄉二鄙〔七六〕，風月池臺。

廣陽已失〔七七〕，年其不朽。魄散東山，魂歸北郊〔七八〕。披榛卜葬，分晉獻絳〔七九〕。露泫仍泣，雲屯即愁〔八〇〕。

川源遽徙，居處不留。源既號靈〔八一〕，城猶名壽。摧殘剪樹，零落爲丘〔八二〕。碑失黄龔〔八三〕，銘摧白楸〔八四〕。

猗歟積善〔八五〕，克昌後孕〔八六〕。丹竈九飛〔八七〕，清溪千仭。眷兹幽隴，清風丕振。勒石揚聲，聞之陳信。

左右原野，表裏山河〔八八〕。析城王屋〔八九〕，汾川帝歌〔九〇〕。新城樹少〔九一〕，故絳人多〔九二〕。悠悠萬代，見此如何！

〔一〕底本無此文，據嘉靖翼城縣志（上海書店影印天一閣藏明代方志選刊續編本）卷六補。全唐文卷一六七已收入，未注出處。本文約作於唐高宗總章元年（六六八）五月。同上書曰：「鄭太子墓，在縣西雲唐村，塚高二丈，周圍八十步。」

〔二〕蒼精　指歲星，爲蒼帝之象。　授邑，謂授國於周。　史記天官書：「歲星贏縮，以其舍命國。……其所在，五星皆從而聚於一舍，其下之國可以義致天下。」正義引天官占：「歲星者，東方木之精，蒼帝之象也。」藝文類聚卷一〇符命引春秋元命苞：「殷紂之時，五星聚於房，房者蒼神之精，周據而興。」歐陽詢注：「周起於房，而五星聚之，得天下之象。」藝文類聚同卷又引尚書中侯，謂「姬昌（周文王）蒼帝子」。

〔三〕載杓　謂五星聚房之象見於杓。　史記天官書「歲星贏縮」句索隱引天文志：「凡五星早出爲贏，贏爲客；晚出爲縮，縮爲主人。五星贏縮，必有天應見杓也。」杓，北斗斗柄。史記天官書：「北斗七星……用昏建者杓。」集解引孟康曰：「傳曰『斗第七星法太白主杓，斗之尾也』。」　西鄰，指周，其時居酆，就殷言爲西鄰。　際，原作「祭」，據全唐文卷一六七改。

〔四〕赤烏句　藝文類聚卷一〇符命引尚書中侯曰：「季秋，赤雀銜丹書，入酆，止於（姬）昌户，昌拜稽首。」又引呂氏春秋：「周文王時，見大赤烏銜書，集於周社。」　烏，全唐文作「鳥」。

〔五〕北面　指臣位。韓非子有度：「賢者之爲人臣，北面委質。」句謂周姑向殷稱臣。

〔六〕三分　指殷之天下，二分，指周。論語泰伯：「三分天下有其二，以服事殷，周之德，可謂至德也已矣。」何晏集解引包咸曰：「殷紂淫亂，文王爲西伯而有聖德，天下歸周者三分有二。」

〔七〕七百　周卜得享有天下之年，此代指周。　八百，天下諸侯數。　相符，謂周與諸侯會合伐殷。左傳宣三年：「(周)成王定鼎於郟鄏，卜世三十，卜年七百，天所命也。」史記周本紀：武王伐殷，「諸侯不期而會盟津者八百諸侯」。

〔八〕故能句　指平定天下。張華博物志卷一：「地有三千六百軸，犬牙相舉。」因以地軸指地，又代指政權。庾信哀江南賦：「競動天關，爭回地軸。」　輪，因地有軸，故又以輪爲喻。吴均初至壽春作詩：「中駕每傾輪。」此喻殷政權覆滅。

〔九〕乾紘　義同乾維、天維。維，繩。傳説天有大繩連結。楚辭天問：「斡維焉繫？天極焉加？」王逸注：「維，綱也。言天晝夜旋轉，寧有維綱繫綴？」

〔一〇〕如砥句　詩經小雅大東：「周道如砥，其直如矢。」孔疏：「砥謂礪之石。」

〔一一〕諸侯句　尚書洛誥：「周公拜手稽首曰：『……予惟乙卯朝至於洛師……我乃卜澗水東，瀍水西，惟洛食。我又卜瀍水東，亦惟洛食。』」僞孔傳：「今洛陽也。將定下都，遷殷頑民，故并卜之，遣使以所卜地圖及獻所卜吉兆來告成王。」

〔一二〕似石句　史記孝文帝紀：「高帝封王子弟，地犬牙相制，此所謂磐石之宗也。」索隱：「言其固如磐石,此語見太公六韜。」

〔一三〕宗子句　詩經大雅板:「懷德惟寧,宗子維城。」孔疏:「宗子,王之適(嫡)子也。……有天下者皆欲福及長世,……城可以禦寇難,故以城喻焉。」句謂周分封宗子爲諸侯。

〔一四〕年將兩句　將,與也,共也。慶,餘慶,指祖先蔭福。兩句謂周代歷年既久,子孫繁衍衆多,有如枝繁葉茂的大樹。

〔一五〕鄭國兩句　史記鄭世家:「鄭桓公友者,周厲王少子而宣王庶弟也。」集解引徐廣曰:「年表云母弟。」

〔一六〕河濟　鄭地二水名。河即黄河。濟爲濟水,源於王屋山,古與黄河并行入海。史記鄭世家:「宣王立二十二年,友初封於鄭……爲(周)司徒一歲,幽王以褒后故,王室治多邪,諸侯或畔之。於是桓公問太史伯曰:『王室多故,予安逃死乎?』太史伯對曰:『獨雒之東土,河、濟之南可居。』……桓公曰:『善。』於是卒言王,東徙其民雒東……竟國之。」今按:鄭桓公初封之鄭在華山下,史稱舊鄭。史記秦本紀:「秦武公十一年,『初縣杜、鄭。」正義引括地志云:「華州鄭縣也。毛詩譜云鄭國者,周畿内之地。宣王封其弟於咸林之地,是爲鄭桓公。」上引史記鄭世家所謂「竟國之」之鄭,集解引韋昭曰:「今河南新鄭也。」

〔一七〕雲雨　指河濟流水。開封,開拓封域。

〔一八〕臯二句　成臯,鄭地名,春秋鄭時名虎牢,後改成臯,在今河南滎陽市汜水鎮西。平臯,漢書地理志上河内郡，縣十八，有平皋縣。顏師古注：「左氏傳曰『晉侯送女於刑丘』，蓋謂此耳。」故城在今河南温縣東。

〔一九〕錫類　謂鄭傳其國祚於子孫。詩經大雅既醉：「孝子不匱，永錫爾類。」鄭箋：「長以與女（汝）之族類。」

〔二〇〕犬牙兩句　謂鄭地與晉楚相接，而立國於齊秦之間。史記鄭世家：鄭桓公問太史伯曰：「周衰，何國興者？」對曰：「齊、秦、晉、楚乎？」犬牙，史記文帝紀：「高帝封王子弟，地犬牙相制。」索隱：「言封子弟境土交接，若犬之牙不正相當而相銜入也。」足，全唐文作「定」，似誤。

〔二一〕鬬蛇　指鄭厲公突與鄭昭公忽的權力鬬爭。厲公居邊邑櫟，後復入即位。史記鄭世家：「初，内蛇與外蛇鬬於鄭南門中，内蛇死。居六年，厲公果復入。」

〔二二〕牽羊　指鄭襄公降楚。史記鄭世家：鄭襄公八年（前五九七），「楚莊王以鄭與晉盟，來伐，圍鄭三月，鄭以城降楚。楚王入自皇門，鄭襄公肉袒掔羊以迎」。

〔二三〕地承負黍　指鄭繻公於負黍敗韓，而領有負黍之地。史記鄭世家：鄭繻公十六年（前四〇七），「鄭伐韓，敗韓兵於負黍」。集解引徐廣曰：「在陽城。」又史記韓世家正義：「負黍在洛州陽城西三十七里也。」

〔二四〕天錫句　指鄭文公得子名蘭。史記鄭世家：文公二十四年（前六四九），「文公之賤妾曰燕姑,夢天與之蘭……以夢告文公,文公幸之,而予之草蘭爲符。遂生子,名曰蘭」。至文公卒,子蘭立,是爲繆公。

〔二五〕邵　説文:「邵,高也。」　而,全唐文作「爲」。

〔二六〕康公　衆説不一。史記鄭世家:繻公二十七年(前三九六),「(鄭相)子陽之黨共弑繻公駘而立幽公弟乙爲君,是爲鄭君」。集解:「徐廣云:一本云『立幽公弟乙陽爲君,是爲康公』。六國年表云立幽公子駘,又以鄭君陽爲鄭康公乙。班固云:『鄭康公乙爲韓所滅。』」按史記六國年表謂康公「無後」。

〔二七〕涯涘兩句　涯涘,同「崖涘」,水岸。莊子秋水:「今爾出於崖涘,觀於大海。」鱉川,生有魚鱉之川,即河流。孟子告子上:「今夫水,搏而躍之,可使過顙;激而行之,可使在山。豈水之性也?其勢則然也。」兩句謂太子壽度量廓大清深有如江河。

〔二八〕珪璋句　珪璋,玉製禮器。特達,特出也。禮記聘義:「珪璋特達,德也。」

〔二九〕龍輅　即龍旂大輅。禮記樂記:「所謂大輅者,天子之車也;龍旂九旒,天子之旌也。」此代指國君,謂太子壽之德與國君等同。

〔三〇〕因以七句　謂鄭爲韓所敗,太子壽出質於晉。史記鄭世家:「(鄭君乙)十一年(前三八五),韓伐鄭,取陽城。」史記韓世家:「(韓哀侯二年,前三七六),滅鄭,因徙都鄭。」史記六國年表同。按:據考證,韓滅鄭在前三七五年。此言「辛亥之歲」,則爲韓共侯五年(前三七〇)。

是時鄭滅已六年，言「辛亥」似誤。又，鄭滅前一年，韓、趙、魏分晉。此言「晉血」，當在韓取陽城之後、分晉之前，韓曾敗鄭，鄭與晉盟，太子壽質於晉，史實未詳。又按此時晉已危在旦夕，史記晉世家言其「獨有絳、曲沃，餘皆入三晉」，似不可能有與鄭會盟事，或質於韓歟？然六國年表明載鄭康公「無後」，疑太子壽事出於訛傳，鄭大量等人蓋傅會其說。蕩岸，「蕩」原作「湯」，據全唐文改。歃盟，「歃」原作「欽」。「欽盟」無義，當是「歃」之訛，今改。歃，飲也。盟，指盟書。禮記曲禮下：「約信曰誓，涖血曰盟。」孔疏：「盟者，殺牲歃血，誓於神也……盟之爲法，先鑿地爲方坎上，割牲牛耳，盛以珠盤；又取血，盛以玉敦。用血爲盟書，成乃歃血而讀書。」

〔三一〕壽城　嘉靖翼城縣志卷一古跡：「息城，在壽城村。……太子壽質晉，晉封諸息城，後遂名壽城。其子張唐有功於秦，秦人尊之，生八子，異居，皆取父名爲號，曰北唐、南唐、東唐、雲唐、南張、北張、東張。今惟三張村猶稱壽城。」後人以爲北唐等村名與張唐八子無關，見光緒翼城縣志卷二八所載侯鶴三張五唐考。蓋事皆出於傅會，不足深究。

〔三二〕天陵　元和郡縣志卷五河南府鞏縣：「天陵山，在縣東南六十里。」

〔三三〕超忽　遼遠貌。王簡棲頭陀寺碑文：「東望平皐，千里超忽。」

〔三四〕埋玉　世説新語傷逝：「庾文康（亮）亡，何揚州（充）臨葬，云：『埋玉樹著土中，使人情何能已已！』」後省作「埋玉」。

〔三五〕生金　指碑。王隱晉書：「永嘉初，陳國項縣賈逵石碑中生金，人鑿取賣，賣已復生，此江東之瑞也。」事又見晉書五行志上，謂賈逵碑「生金可採」。

〔三六〕玉京觀三句　玉京觀，道觀名，其址未詳。鄭大量，無考。合宗，「宗」原作「家」，據全唐文改。

〔三七〕皓素　素朴。孔融衛尉張儉碑銘：「皓素其質，允迪忠貞。」黄庭，此指心中，見益州至真觀主黎君碑注〔一二〇〕。

〔三八〕玄宇　宇宙，指大自然。

〔三九〕以爲兩句　指屈原。揚漢，謂屈原遠遊天漢。尋朽骨，指其思念故鄉。楚辭離騷：「陟陞皇之赫戲兮，忽臨睨夫舊鄉。僕夫悲余馬懷兮，蜷局顧而不行。」

〔四〇〕鶴駕兩句　太平廣記卷一三蘇仙公引神仙傳：「蘇仙公者，桂陽人也。漢文帝時得道。……乃跪白母曰：『某受命當仙，被召有期，儀衛已至，當違色養，即便拜辭。』……言畢便出門，踟躕顧望，聳身入雲，紫雲捧足，羣鶴翱翔，遂昇雲漢而去。……母年百餘歲，一日無疾而終，鄉人共葬之，如世人之禮。葬後，忽見州東北牛脾山紫雲蓋上，有號哭之聲，咸知蘇君之神也。郡守鄉人，皆就山弔慰，但聞哭聲，不見其形。」

〔四一〕豐碑、鹿盧　下棺工具。禮記檀弓下：「公室視豐碑。」鄭玄注：「豐碑，斲大木爲之，形如石碑，於廓前後四角樹之，穿中於間爲鹿盧，下棺以綍繞。」鹿盧，即滑輪，起重裝置。「盧」原作「蘆」，據全唐文改。

〔四二〕馬鬣　墓之封土名。禮記檀弓上：「吾見封之若堂者矣……見若斧者矣，從若斧者焉，馬鬣封之謂也。」鄭玄注：「俗間名。」

〔四三〕青烏　漢代方士，善相冢，著相冢書，世説新語術解劉注、藝文類聚山部等皆引之。此代指所相葬地。因遷葬地在晉都新田，而太子壽「薨於晉」，故稱「舊地」。

〔四四〕絳邑　「絳」原作「降」，據全唐文改。絳邑即晉舊都絳，唐爲曲沃縣治所。新田，邑名，晉曾由故絳遷都於此。元和郡縣志卷一二：「絳州曲沃縣，本晉舊都絳縣地也……後漢加『邑』字。漢絳縣，本春秋晉都新田也，在縣南二里……今號『絳邑故城』。」

〔四五〕表裏山河　左傳僖二十八年：子犯曰：「若其不捷，表裏山河，必無害也。」杜預注：「晉國外河而内山。」

〔四六〕九京　同「九原」，山名。古人疑「京」爲「原」之誤。國語晉語：「趙文子與叔向游於九京。」韋昭注：「京當爲原。」又禮記檀弓下：「是全要領以從先大夫於九京也。」鄭玄注：「晉卿大夫之墓地在九原，京蓋字之誤，當爲原。」送往，指死後歸葬。

〔四七〕二水　指汾水、澮水。左傳成六年：「有汾、澮以流其惡。」杜預注：「汾水出太原，經絳北，西南入河；澮水出平陽絳縣南，西入汾。惡，垢穢。」

〔四八〕財岩兩句　財岩，同「巉巖」，山峻高貌，連綿詞。全唐文作「山巖」。此指姑射山，在汾水之陽。　處子，指姑射山神人，見益州至真觀主黎君碑注〔七〇〕。

〔四九〕奮臣兩句　奮臣，義未詳，據前句當爲連綿字，疑是「翕艴」形近而訛。文選嵇康琴賦：「珍怪琅玕，瑶瑾翕艴。」李善注：「翕艴，盛貌。」李白君子有所思行：「朝野盛文物，衣冠何翕艴。」　衣冠，代指晉卿大夫。　羣仙，指王倪等四位仙人。莊子逍遥遊：「堯治天下之民，平海内之政，往見四子藐姑射之山，汾水之陽，窅然喪其天下矣。」　四子，釋文引司馬彪等謂指王倪、齧缺、被衣、許由。

〔五〇〕窺晉臣兩句　晉臣，指趙衰、趙盾等。　泉路，黄泉之路，謂地下。左傳文七年：「酆舒問於賈季曰：『趙衰、趙盾孰賢？』對曰：『趙衰，冬日之日也；趙盾，夏日之日也。』」杜預注：「冬日可愛，夏日可畏。」據元和郡縣志卷一二，趙盾墓在絳州太平縣，即今山西新絳縣之北。

〔五一〕思漢帝兩句　漢帝，指漢武帝。漢武帝嘗行幸河東，顧視帝京，故及之。　秋風之詠，指漢武帝秋風辭，見上之回注〔七〕。

〔五二〕固可句　易乾卦：「同聲相應，同氣相求……則各從其類也。」同年，謂同時。

〔五三〕景風　淮南子墬形訓謂爲南風，説文謂爲東南風。淮南子天文訓：「清明風至四十五日，景風至。」遷葬時在五月，故云。

〔五四〕清猷　良謀，此指遷葬事。沈約齊故安陸昭王碑文：「清猷浚發。」

〔五五〕金石　此指碑。文選沈約齊故安陸昭王碑文：「乃刊石圖徽，寄情銘頌。」又：「鍾石徒刊。」

李善注引吴越春秋：「樂師謂越王曰：『君王德可以刻之金石。』」
〔五六〕堙滅句　史記伯夷列傳：「名堙滅而不稱，悲夫！」「豈使」至此四句，謂不能辜負太子壽之遺烈及鄭君之美意，言其作碑銘之來由。
〔五七〕日月以居諸　謂歲月流逝。居、諸皆語詞。詩經邶風柏舟：「日居月諸。」
〔五八〕懿族　高貴的家族。説文：「懿，專一而美也。」此指鄭桓公友之族。
〔五九〕高華　指華山，謂鄭初封之地，見本篇注〔一六〕。
〔六〇〕崇芒　崇，原作「篫」，據全唐文改。文選潘岳河陽縣作二首之二：「崇芒鬱嵯峨。」李善注引郭緣生述征記，釋「崇芒」爲「北芒」。北芒山在洛陽。鄭遷洛東新鄭，與北芒山相接，故云。
〔六一〕東西　實指鄭由西遷東（由華山下舊鄭遷新鄭）。橘徙，晏子春秋六雜下：「橘生淮南則爲橘，生於淮北則爲枳。……所以然者何？水土異也。」此喻鄭遷徙。
〔六二〕人物　人與物，指晉國人事遷改，内鬭不已。絳鄉，「鄉」原作「香」，據全唐文改。指晉都故絳及新田（即絳邑故城，見本篇注〔四四〕）。
〔六三〕河曲　黄河之曲，指晉，謂其漸趨衰落。
〔六四〕隱軫　盛貌。揚雄蜀都賦：「方轅齊轂，隱軫幽輵。」全唐文作「凭幹」。按「隱軫」與上句「蕭條」對應，皆連綿字，作「凭幹」似誤。滎，尚書禹貢：「滎波既猪。」孔疏：「滎，滎是澤名。」按滎澤於漢平帝後漸淤（見寰宇記卷九），地在今河南滎陽縣。滎陽，即滎澤之北，代指鄭。

滎，全唐文作「滎」，形訛。

〔六五〕戎馬句　謂戰國時代兵連禍接，牝馬在戰地生駒。老子：「天下無道，戎馬生於郊。」

〔六六〕亂轍　左傳莊十年：曹劌對魯莊公曰：「吾觀其（齊）轍亂，望其旗靡，故逐之。」

〔六七〕郡公　「郡」原作「群」，據全唐文改。郡公當指春秋戰國之際的小諸侯國。據晉書職官志，晉代諸王封國，有大國、小國之分：「又爲郡公制度，如小國王。」此蓋以後代制度比擬爲言。

〔六八〕縱横句　指戰國諸雄合縱連横，戰爭頻仍。

〔六九〕園寢　帝王墓地之廟。後漢書祭祀志下宗廟：「古不墓祭，漢諸陵皆有園寢，承秦所爲也。」句謂諸侯墓地被毁，令人傷心涕淚。

〔七〇〕偪　同「逼」，迫近。偪陽，將落之日。句謂諸侯衰亡，有如夕陽西下，餘霞似血。

〔七一〕家聲句　指鄭爲韓所敗。漢書司馬遷傳報任安書：「李陵既生降，隤其家聲。」注引孟康曰：「家世爲將有名聲，陵降而隤之也。」顔注：「隤，墜也，音頽。」隤，全唐文作「潰」，形訛。

〔七二〕太子壽出質於晉或韓，史皆無載，見本篇前注〔三〇〕。

〔七三〕西光　西落之日，代指鄭。吴均送柳吴興竹亭集詩：「王孫猶未歸，且聽西光匿。」謝，指日落。因太子壽尚在，故云「未謝」。

〔七四〕東府　指韓滅鄭而東徙都鄭。東府即韓朝廷。

〔七五〕城邑　指太子壽封邑。

〔七六〕鄉　周制：萬二千五百家爲鄉。又，商人所居市井亦稱鄉。國語齊語：「市立三鄉。」鄙，周禮天官太宰：「以八則治都鄙。」鄭玄注：「都之所居曰鄙。都鄙，公卿大夫之采邑，王子弟所食邑。」此指鄭太子封邑。

〔七七〕廣陽　廣陽山。元和郡縣志卷五：「澠池縣，本韓地，哀侯東徙（韓由平陽遷都鄭），其地入秦。……廣陽山，亦名澠池山，在縣東北五十五里。」此謂韓雖滅鄭，而韓又失地於秦。

〔七八〕郟　古邑名。元和郡縣志卷六汝州郟城縣：「本春秋時鄭地，後屬楚，又入於晉。七國時，又屬韓。」　按此段失韻，義亦不甚明晰，疑文字有舛訛。

〔七九〕分晉　史記晉世家：「（晉）静公二年（前三七六），魏武侯、韓哀侯、趙敬侯滅晉後而三分其地。」

〔八〇〕露泫兩句　謂其事可哀可痛。謝靈運從斤竹澗越嶺溪行：「巖下雲方合，花上露猶泫。」

〔八一〕靈　當指翔山，有靈泉。嘉靖翼城縣志卷一：「灤水，在縣東南翔山下，又曰靈泉。」

〔八二〕丘　原作「土」，據全唐文改。

〔八三〕礱　磨礪。句謂太子壽墓碑已毁壞不存。

〔八四〕銘摧白楸　謂墓誌銘亦已不存。藝文類聚卷四〇引盛弘之荆州記：「冠軍縣東，有魏征南軍司張詹墓，刻其碑背曰：『白楸之棺，易朽之裳。銅鐵不入，瓦器不藏。嗟矣後人，幸勿我傷。』至元嘉六年（四二九），民饑，始被發，金銀朱漆之器，雕刻爛然。」白楸，楸木所製之棺，言其陋也。

〔八五〕積善　易坤卦：「積善之家，必有餘慶。」

〔八六〕克昌句　詩經周頌雝：「燕及皇天，克昌厥後。」鄭箋：「能昌大其子孫。」　孕，及下句「丹」，原本漫漶，據全唐文補。

〔八七〕丹竈句　王褒靈壇館銘：「鍊石三轉，燒丹七飛。」飛，藥物炮製法，見病梨樹賦注〔一一〕。句謂鄭大量繼承家風而爲道士。

〔八八〕山河　原作「河山」，據全唐文乙。　表裏山河，見本篇前注〔四五〕。

〔八九〕析城王屋　皆晉地山名。　元和郡縣志卷五河南府王屋縣：「王屋山，在縣北十五里……禹貢『底柱析城，至於王屋』是也。　析城山，在縣西北六十里。　峯四面，其形如城，有南門焉，故曰析城。」按王屋山在今山西陽城、垣曲兩縣間，析城山在陽城縣西南。

〔九〇〕汾川　汾水。　元和郡縣志卷一二絳州曲沃縣：「汾水，西南去縣二十二里。」　帝歌，指漢武帝秋風辭，見上之回注〔七〕。

〔九一〕新城　指新田。　左傳成六年：「晉人謀去故絳，諸大夫皆曰：必居郇、瑕氏之地。……（韓獻子）對曰：『不可。　郇、瑕氏土薄水淺，其惡易覯……不如新田。』」遂遷都新田，名「新絳」。

〔九二〕故絳　指晉舊都絳縣，唐爲曲沃縣，見本篇注〔四四〕。　按絳縣在晉孝侯時名翼，景公遷都新田（即新絳），因稱翼爲故絳。地在今山西翼城縣東南。蓋以遷都後晉漸衰落，故發新、舊爲「樹少」、「人多」之嘆。

翼令張懷器去思碑〔一〕

公名懷器，字志成，貝州武城人也〔二〕。天日著族，地掖開疆〔三〕。家承孝友之風，門襲貂蟬之寵〔四〕。黃軒統寓，佐寶光其七賢〔五〕；赤庭握符〔六〕，定封推其三傑〔七〕。故有登仙白日，出花谷而去雲臺〔八〕；盡聖墨池，灑芝英而揮露華〔九〕。照心玄鑒，辨氣龍泉〔一〇〕；博望雄圖，尋源馬頰〔一一〕。龜紐於焉必復〔一二〕，象賢以之無替〔一三〕。曾祖和，濟、深共二州刺史〔一四〕，廬江郡守〔一五〕。人傑地靈〔一六〕，川澂嶽立。朱驂按部，景山之雨逐行軒〔一七〕；絳節宣條〔一八〕，彥伯之風揚別扇〔一九〕。祖釗，隋荆府法曹〔二〇〕，雷澤、河南二縣令〔二一〕。偉度凝深，英規爽烈。翊彤幨於江漢〔二二〕，幽圄長空〔二三〕；綰墨綬於河洛〔二四〕，鳴桴頓静〔二五〕。父壽，唐蒲州司功〔二六〕，陽安縣令〔二七〕，澶州司馬〔二八〕。幽夜奇光，豐年美玉〔二九〕，言成物範，清畏人知〔三〇〕。入晉邑以牽絲〔三一〕，綱維十部；出劍門而遊刃〔三二〕，宰割三巴〔三三〕。舄化飛鳧〔三四〕，秩滿乎千石〔三五〕；履成仙鳥，榮昇於半刺〔三六〕。已顯葩旂之譽〔三七〕，終馳驥足之名〔三八〕。

蘊德地輝，含章天誕。公鳳毛龍種〔三九〕，渾金璞玉〔四〇〕，海鵬南運〔四一〕，天鶴東來。波瀾溢萬頃之陂，矛戟森五兵之府〔四二〕。荀慈明之朗潤，上國無雙〔四三〕；衛叔寶之名流，中朝第一〔四四〕。采居太學，顯建武之聖童〔四五〕；召入府廷，號洛陽之才子〔四六〕。牧謙而樹德〔四七〕，踐言而履行〔四八〕。詳其實也，則太阿百鍊，銛鍔可以斷蛟龍〔四九〕；度其材也，則孤松千丈〔五〇〕，貞枝有以負霜雪。靈臺濬凝，神府露融。仲舉以爲持國之器〔五一〕，長輿所謂保家之主〔五二〕。垂帷不怠，脱聞其三絶〔五三〕；懸帳標奇，式光其二妙〔五四〕。郭林宗之有道，僅接後塵〔五五〕；許玄度之高情〔五六〕，纔舉下列。金弧寫月，碎垂楊於相圃〔五七〕；玉麈生風〔五八〕，振談叢於辯門。文同春海，一萬里之長濤；夢喻秋山，十二樓之危巘〔五九〕。足使王敦掩扇，怯對光芒〔六〇〕；孟昶窺簾，敬稱偉羡〔六一〕。然則巨川括地，發洪源於濫觴；京臺極天，肇宏規於累土〔六二〕。是以平津命社，由賓主而創業〔六三〕；相國收圖，階主吏而開胙〔六四〕。偉哉茂範，同乎前烈。

起家補成均學生〔六五〕，明經擢第〔六六〕。戢翼環林〔六七〕，潛鱗曲沼。升堂覩奥，入室推賢〔六八〕。據德依仁，置三千於度内〔六九〕；排春擯夏，吞八九於胸中〔七〇〕。甲乙登其高第，青紫因其俯拾〔七一〕。俄補麟臺讐校〔七二〕。既陟龍門，遂遊麟渚。尋香芸圃〔七三〕，握槧蓬山。緝孔堂之古文〔七四〕，函商薤之金字〔七五〕。才爲代用，將昇北閣之榮〔七六〕；高以下基，爰就南昌之列〔七七〕。尋轉會稽縣尉〔七八〕。禹穴前臨〔七九〕，秦峯左鎮〔八〇〕。霜筠擢美，與峻節而齊貞〔八一〕；鏡水澂漪〔八二〕，共清心而比潔。秩滿，授岐山縣尉〔八三〕。寶祠宏敞〔八四〕，石柱高標〔八五〕，接天子之離宫〔八六〕，是王畿之劇縣。明主切求賢之義，好爵無尸〔八七〕；中人懷報國之誠，遷鶯有屬〔八八〕。應清白舉及第〔八九〕，授武功縣尉〔九〇〕。黄山阝丩出〔九一〕，黑水平流〔九二〕；天文據東井之躔〔九三〕，地理控西河之境。四方開塞，得百二於秦都〔九四〕；千里封畿，瞻九重於魏闕。丁司馬府君憂，去職。同許孜之號墓〔九五〕，若劉殷之柴頸〔九六〕。風雨降而烈火停，陰陽感而震雷息。望丘吾之樹〔九七〕，幾切崩心；調閔損之絃，方知達禮〔九八〕。服闋，調爲好時縣主簿〔九九〕。橋玄乞部，有望於臺階〔一〇〇〕；仇香考城，見稱其鸞鳳〔一〇一〕。稍遷咸陽縣丞〔一〇二〕。温舒以文學高節，下屈扶風〔一〇三〕；子柔則丈夫雄飛，尚勞京兆〔一〇四〕。屬以明臺畢構，陽館宏開，崇五室之規模，行四時之政令〔一〇五〕。肅禮儀於宗祀，嚴配克隆〔一〇六〕；展旌賁以旁求，明敭不暇〔一〇七〕。應大禮舉〔一〇八〕，及第。孔融之薦禰衡，唯稱一鶚〔一〇九〕；陶丘之舉劉岱，即爲二龍〔一一〇〕。銓衡量其器宇，冰鏡考其風骨。

任以導俗之權，興其出宰之誦，以嗣聖元年授公此邑〔一一一〕。國分韓魏，日臨畢昴〔一一二〕。接虞人脣齒之邦，是漢帝股肱之郡〔一一三〕。霍山珠玉，動光輝而射天〔一一四〕；姑嶺神仙，鑿肌膚而輝電〔一一五〕。趙宣匡其伯道，夏日揚威〔一一六〕；劉徹泛其安波，秋風警肅〔一一七〕。帝堯大舜，先聖之都邑；衛范狐裴，往賢之桑梓〔一一八〕。郛郭巖險，懷奇秀出；地推襟帶，官擇英賢。公印綬來儀，衣冠戾止。中令宰養人之術，叙大君憂國之情。憑科條以振詞翰，察刑章以動容色。寬以濟猛〔一一九〕，簡以馭煩。狡猾畏之若神明，賢良愛之如父母。萑蒲必剪，覺竊盜之魂消〔一二〇〕；奸穢咸誅，見頑兇之膽懼。斷如蓍蔡〔一二一〕，鋭若鋒芒。利器有别於盤根，操刃不傷於美錦〔一二二〕。文史足用，古之東方朔〔一二三〕；人吏不欺，今之西門豹〔一二四〕。澆訛寢息，禮義興行。調風則伏虎潛軀〔一二五〕，張樂則騰鸞舞翼〔一二六〕。李叔平之廉脊，不侵斗米〔一二七〕；范武子之文儒，唯興學校〔一二八〕。蓋誠信者通神明而感天地，仁義者光百行而顯五常。立身行道之所先，居家理國之攸重。自公之臨此邑也，孝義繁滋矣；旌表門閭者，盈乎數四焉。故能棣蕚連輝〔一二九〕，荆篠茂影〔一三〇〕。肩隨交道，類飛鴈之成行；膝下無違，感神魚之并躍〔一三一〕。信乃如泥印璽〔一三二〕，若水從壺。既展惠于推梨〔一三三〕，固懷音於食椹〔一三四〕。深仁化物，其至矣哉！

縣東有翔高泉者，公之奬勸，咸令導引，五鄉之境，同沾此潤。遂得三春桃花，迸出長渠之口；九秋萍葉，平緣廣路之脣。激溜縈紆，分源溉灌。是以奇樹蓊鬱，芳畦靃靡，紫穗飄香，青花吐色。既符崔瑗通溝致甘雨之謡〔一三五〕，有類殷裒開畝洽豐年之頌〔一三六〕。縣北有感德堂者，去縣一十餘里，歷政官寮，公能開舉。然城郭之内，士庶繁多，井泉鹹苦，泥而不食。公憂人是務，濟物爲心。畫計陳謀，蹈溪越澗，旬有二日，克就其功。引靈派於中衢，控濬瀾於上陌。綿歷野馬〔一三七〕，洗蕩氛埃。兢列園亭，宛類辟强之宅〔一三八〕；爭開池沼，渾似安仁之第〔一三九〕。故得舊井甘冽，新田沃饒，止善之利，斯爲盛矣。有澮陰大道者，公之創開也。圻岸何別，積年爲詰屈之途；力役無疲，一旦作康莊之路。爾其平如玉案，直似朱繩，翠柳萬株，青楊一道。足使居人荷惠，逍遥遂啓齒之歡；遊子經過，容與得庇身之樂。善誨善誘，不弊不勞。成不日之深功，合隨時之大義。又以箕叙八政，食乃爲先〔一四〇〕；管陳七寶，粟居其要〔一四一〕。公乘人之利，相地之宜，課其農桑，遵乎平秩。按徐偉之遺事〔一四二〕，探汜勝之前書〔一四三〕，懇闢荒田五百餘頃。春生夏長，甿黎輟饑饉之憂；東作西成，原隰有京坻之望〔一四四〕。故能道之以德，齊之以禮，君子用心，小人盡力〔一四五〕。豚酒相勞，曾孫之徽烈尚存〔一四六〕；牛馬不收，仲伯之良規未泯〔一四七〕。該衆善，備多能，處劇若閑，居難則易〔一四八〕。堆案盈几，望毫端而冰釋；囂務稠人，當電杪而雲散。藝優文武，兼揚一縣之名；政治清平，獨擅三光之表〔一四九〕。太守巡部，唯知班制而行〔一五〇〕；小吏多閑，則以讀書爲事〔一五一〕。陶淵明之雅韻，不虧琴酒；劉永國之高風，何妨著述〔一五二〕。囹圄徒設，寧聞禁閉之憂；鞭朴無施，豈見呼喝之恐。東魯聖人，入界而稱善〔一五三〕；西漢明君，避席而相賀〔一五四〕。

是時也，觀風俗，察政刑，辨薰蕕，明黜陟。朱衣甄擢，賞君山之愛人〔一五五〕；紫渙揚清，喜次孫之增秩〔一五六〕。天授二年，河北道廉察使、右肅政臺侍御史官則表其政術可稱〔一五七〕，清廉無擬。奉勑進階，旌德化也。公雲柯挺秀，天骨含貞。量協公卿，才包王佐。不干時以求進，不詭物以邀名。冰霜爲潔己之資，温裕乃修身之業。三篋邵其敏〔一五八〕，一經助其勤。直中保其元吉，方外恣其沖用〔一五九〕。允所謂人之領袖，器之瑚璉〔一六〇〕，今之尚德，古之遺愛者焉〔一六一〕。長壽年中〔一六二〕，合縣父老等詣闕舉薦。

是知侵日無倦，馬期之化重身親〔一六三〕；期月有成，韓稜之狀聞口説〔一六四〕。公自下車之日，洎留犢之辰〔一六五〕，弦望循環，屢革槐檀之火〔一六六〕；威稜振肅，素移浮競之風。考課連最〔一六七〕，英聲獨遠。豈直小黄官屬，上書頌子貢之恩〔一六八〕；武原士庶，下泣戀徊源之德〔一六九〕，若斯而已矣。

於是鄉黨人豪，州閭物望，奉千齡之京運，鼓腹知歡〔一七〇〕；陶百里之深慈〔一七一〕，虚心願竭。咸以爲幼卿儀檢〔一七二〕，須勒美於丹碑；玄宗德教，可圖徽於金瓦〔一七三〕。所以仰詢詞伯，懇屬文場，思傳皎日之芳謡〔一七四〕，重購凌雲之逸氣〔一七五〕。金聲擲地，共推孫綽之才〔一七六〕；玉樹盈庭，咸許謝安之室〔一七七〕。詹聞詩奉訓〔一七八〕，雄筆見期。王粲公孫，實荷蔡邕之眷〔一七九〕；杜夷高士，深懷宋度之恩〔一八〇〕。依蘭仰德〔一八一〕，維桑敬止〔一八二〕，敢陳無媿之詞〔一八三〕，不讓當仁之美〔一八四〕。披文相質〔一八五〕，寄言筌理，採詠歌而頌焉，知心乎之愛矣。

〔一〕此文現存盧集各本及全唐文皆失載，據嘉靖翼城縣志（上海書店影印天一閣藏明代方志選刊續編本）卷三補，碑題從光緒翼城縣志卷二八所載。文中稱「長壽年中」云云，則本文當作於武則天長壽（六九二——六九四）之後。翼城縣，元和郡縣志卷一二：「本漢絳縣地也，屬河東郡。後魏明帝（據清張駒賢考證，當爲孝文帝）置北絳縣，隋開皇末改爲翼城縣，屬絳州，因縣東古冀城爲名也。武德元年（六一八）於此置滄州，四年（六二一）廢滄州，縣屬絳州。」今屬山西省。　去思碑，亦稱德政碑，舊時地方長官離任後，該地爲表彰其德政所立紀念碑。

〔二〕貝州句　貝，原作「具」，據光緒翼城縣志改。元和郡縣志卷一六「貝州……以郡臨清河水，故號清河。後漢以爲清河國。周武帝建德六年（五七七）平齊，於此置貝州，因邱以爲名。隋大業三年（六〇七），又爲清河郡。隋末陷賊，武德四年（六二一）討平竇建德，復置貝州」。又曰：「東武城縣，本七國時趙邑也……蓋以定襄有武城，故此加『東』字以辨之。」屬清河郡。隋開皇三年（五八三）改屬貝州，皇朝因之。」則「武城」上當脱「東」字。

〔三〕天日兩句　新唐書宰相世系表：「張氏出自姬姓，黄帝少子少昊青陽氏第五子揮爲弓正，始制弓矢，子孫賜姓張氏。周宣王時，有卿士張仲，其後裔仕晉爲大夫。……至三卿分晉，張氏仕韓，韓相張開地生平，凡相五君。」「天日」，當即「昊」字之拆分，謂張氏之族始於少昊。　地掖，指張掖，其地在今甘肅。然張掖實與張氏無關，據説取「斷匈奴之臂，張中國之掖（同「腋」）」義（見乾隆甘肅通志卷四）。或唐前有此一説，待考。

〔四〕貂蟬　冠上飾物，代指官爵。見于時春也慨然有江湖之思寄此贈柳九隴詩注〔一六〕。

〔五〕佐寶句　佐寶，捍衛政權。後漢書袁閎傳：「閎弟忠，忠子秘，「爲郡門下議生。黄巾起，秘從太守趙謙擊之，軍敗，秘與功曹封觀等七人以身扞刃，皆死於陳，謙以得免。詔秘等門閭號曰『七賢』」。李賢注引謝承書，「七賢」中有記室史張仲然，此或即指其人。

〔六〕赤庭　代指劉邦。史記高祖本紀：劉邦於大澤斬蛇，有一老嫗哭曰：「吾子，白帝子也，化爲蛇，當道，今爲赤帝子斬之。」　符，符節，代指權力。同書：「乃論功，與諸列侯剖符行封。」

〔七〕三傑　史記高祖本紀：高祖曰：「夫運籌策帷帳之中，決勝於千里之外，吾不如子房（張良）。鎮國家，撫百姓，給餽饟，不絶糧道，吾不如蕭何。連百萬之軍，戰必勝，攻必取，吾不如韓信。此三者，皆人傑也，吾能用之，此吾所以取天下也。」此偏指張良。新唐書宰相世系表謂「清河東武城張氏本出漢留侯良裔孫司徒歆」。

〔八〕故有兩句　當指玉子。神仙傳卷四：「玉子者，張姓，震南郡人也。少學衆經，周幽王徵之不起。……後入崆峒山合丹，丹成，白日昇天也。」　花谷、雲臺，蓋其修仙之地。同書卷三李八伯載唐公昉「入雲臺山中合丹，丹成，便登仙去」。

〔九〕盡聖兩句　指東漢書法家張芝及其弟昶。後漢書張奂傳：「長子芝，字伯英，最知名。芝及弟昶，字文舒，并善草書，至今稱傳之。」李賢注引王愔文志，謂張芝「尤好草書，學崔、杜之法，家之衣帛，必書而後練。臨池學書，水爲之黑……韋仲將謂之『草聖』也。」明一統志卷二九河南府載陝州有張芝墨池遺蹟。芝英、露華，喻指二人書法極美。

〔一〇〕照心兩句　當指張華。晉書張華傳：「吴平之後，斗牛之間紫氣愈明。華聞豫章人雷焕妙達緯象，乃要焕宿，屏人曰：「可共尋天文，知將來吉凶。」因登樓仰觀。雷焕以爲乃「寶劍之精，上徹於天」，其地在豫章豐城。張華「即補焕爲豐城令。焕到縣，掘獄屋基，入地四丈餘，得一石函，光氣非常，中有雙劍，并刻題，一曰龍泉，一曰太阿」（按：「泉」當作「淵」，避唐高祖諱）。 玄鑒，謂張華識察精深。

〔一一〕博望兩句 指張騫。漢書張騫傳：「騫以校尉從大將軍（李廣利）擊匈奴，知水草處，軍得以不乏，乃封騫爲博望侯。」後「漢使窮河源，其山多玉石」。 馬頰，此指黄河。爾雅釋水：「太史、馬頰。」郭璞注：「河勢上廣下狹，狀如馬頰。」按馬頰河爲古代九河之一，見尚書禹貢，久已湮廢。

〔一二〕龜紐 代指官爵，見失羣鴈詩注〔二四〕。 於焉，指唐代。

〔一三〕象賢 尚書微子之命：「殷王元子，惟稽古，崇德象賢。」後指子孫優秀，世代相承。

〔一四〕曾祖句 張和，事迹無考。 濟，齊州。元和郡縣志卷一〇齊州：「春秋及戰國時屬齊國，秦并天下爲齊郡。漢分齊郡立濟南國，今州即濟南國之歷城縣理（治）也。」 深，元和郡縣志卷一七：深州，「七國時爲趙地。秦爲鉅鹿郡地。漢爲饒陽縣地，屬涿郡。隋開皇十六年（五九六），於饒陽置深州，以州西故深城爲名。大業二年（六〇六）廢深州。武德元年（六一八），討平竇建德，四年（六二一）復置，貞觀十七年（六四三）又廢，先天元年（七一二）於今理（治）重置」。 共，光緒翼城縣志作「貢」，誤。

〔一五〕盧江郡　指盧州。舊唐書地理志三：「隋盧江郡，武德三年（六二〇）改爲盧州，領合肥、盧江、慎三縣。」

〔一六〕人傑句　王勃秋日登洪府滕王閣餞别序：「人傑地靈，徐孺下陳蕃之榻。」

〔一七〕朱驂兩句　朱驂，紅色車轅，駕馬三匹。詩經采菽：「載驂載駟，君子所届。」藝文類聚卷五〇刺史引謝承後漢書：「百里嵩（字景山）爲徐州刺史，州境遭旱，嵩行部，傳車所經，甘雨輒注。東海金鄉、祝其兩縣，僻在山間，嵩傳駟不往，二縣獨不雨。老父干請，嵩曲路到二縣，入界即雨。」

〔一八〕條　原作「蓧」，據光緒翼城縣志改。　宣條，宣佈教條。教條指朝廷政令科條。

〔一九〕彦伯句　晉書袁宏傳：袁宏字彦伯，有逸才，文章絶美。「（謝）安爲揚州刺史，宏自吏部郎出爲東陽郡，乃祖道於冶亭。時賢皆集，安欲以卒迫試之，臨别執其手，顧就左右取一扇而授之曰：『聊以贈行。』宏應聲答曰：『輒當奉揚仁風，慰彼黎庶。』時人嘆其率而能要焉」。

〔二〇〕荆府　即荆州大都督府。舊唐書地理志二：「荆州江陵府，隋爲南郡。武德初蕭銑所據，四年（六二一）平銑，改爲荆州。……龍朔二年（六六二），昇爲大都督。」　法曹，即法曹參軍事。據隋書地理志下，隋開皇初廢西魏所置荆州總管府，七年（五八七）并梁，又置江陵總管，二十年（六〇〇）改爲荆州總管。大業初廢，置南郡。張釗任荆府法曹，不詳在何時。

〔二一〕雷澤　元和郡縣志卷一一：濮州雷澤縣，「本漢成陽縣……屬濟陰郡。隋開皇六年（五八六），於此置雷澤縣，因縣北雷夏澤爲名也，屬濮州。」河南，同書卷五：河南府河南縣，「本漢舊縣……隋仁壽四年（六〇四），遷都，移縣於東都城内寬政坊，即今縣是也」。

〔二二〕翊彤幨句　翊，通「翼」，輔佐。幨，帳幕。翊彤幨，謂佐幕爲法曹。江漢，長江、漢水，此代指荆州。

〔二三〕囹　原作「圖」，據光緒翼城縣志改。幽囹，指監獄。

〔二四〕墨綬　代指縣令，見失羣鴈詩序注〔四〕。河洛，黄河、洛水，此代指雷澤、河南二縣。

〔二五〕鳴桴句　謂盜賊銷聲匿迹，不用鳴鼓示警。桴即鼓槌，同「枹」。漢書張敞傳：「由是桴鼓稀鳴，市無偷盜。」

〔二六〕蒲州　元和郡縣志卷一二河中府：後魏太武帝置雍州，延和元年（四三二）改爲秦州，周明帝改爲蒲州，因蒲坂爲名。隋大業三年（六〇七）罷州，置河東郡。唐武德元年（六一八）罷郡，置蒲州。乾元三年（七六〇），改爲河中府。司功，即司功參軍事。舊唐書職官志三：上州（蒲爲上州）司功一人，從七品下。

〔二七〕陽安縣　元和郡縣志卷三一：簡州陽安縣，「本漢牛鞞縣也。後魏恭帝二年（五五五），於此置陽安縣，屬武康郡。隋開皇三年（五八三）罷郡，縣屬益州。武德三年（六二〇）置簡州，縣又來屬」。按：即今四川簡陽。

〔二八〕潼州　元和郡縣志卷一六潼州：「本漢頓丘縣地，武德四年（六二一）分魏州之頓丘、觀城二縣，於今理（頓丘）置澶州，因澶水爲名。」司馬，舊唐書職官志三：上州（澶州爲上州）司馬一人，從五品下。

〔二九〕幽夜兩句　謂其美如珠玉。幽夜奇光，指夜光珠，見五悲悲才難注〔四〇〕。豐，原作「風」，據光緒翼城縣志改。世説新語賞譽：「世稱『庾文康爲豐年玉』。」劉孝標注：「謂亮有廊廟之器。」

〔三〇〕清畏句　藝文類聚卷五〇引晉陽秋：「晉武帝問（胡）威曰：『卿孰與卿父清？』威曰：『臣不如也。』帝曰：『何以爲不如？』威曰：『臣父清，畏人知之；臣清，畏人不知之。』」

〔三一〕晉邑　指蒲州。　牽絲，文選謝靈運初去郡：「牽絲及元興。」李善注：「牽絲，初仕。」

〔三二〕遊刃　莊子養生主：「彼節者有閒，而刀刃者無厚；以無厚入有間，恢恢乎其於遊刃必有餘地矣。」

〔三三〕三巴　華陽國志一巴：「（劉）璋乃改永寧爲巴郡，以固陵爲巴東，徙（龐）羲爲巴西太守，是爲三巴。」此代指陽安縣。　宰割，謂治理也。

〔三四〕「鳥化」　及下文「履成」句，用王喬事，見于時春也慨然有江湖之思寄此贈柳九隴詩注〔一九〕。

〔三五〕千石　漢代丞相長史、大司馬長史等皆俸千石，見通典職官一七、一八。

〔三六〕半刺　北堂書鈔卷七三引庾亮集答郭豫書曰：「别駕舊與刺史别乘同流，宣王化於萬里者，其任居刺史之半。」此指其任州司功、司馬，亦如半刺史。

〔三七〕葩　光緒翼城縣志作「尢」。葩、尢皆未安，疑并訛誤。

〔三八〕終馳句　三國志蜀龐統傳：龐統字士元，襄陽人也。「先主領荆州，統以從事守耒陽令，在縣不治，免官。吴將魯肅遺先主書曰：『龐士元非百里才也，使處治中、別駕之任，始當展其驥足耳。』」

〔三九〕鳳毛句　世説新語容止：「王敬倫（劭）風姿似父（王導）……桓公（温）望之曰：『大奴固自有鳳毛。』」北史隋房陵王勇傳：「天生龍種，所以因雲而出。」

〔四〇〕渾金句　晉書王戎傳：「嘗目山濤如璞玉渾金。」

〔四一〕海鵬句　見送梓州高參軍還京詩注〔五〕。

〔四二〕矛戟句　晉書裴楷傳：楷有知人之鑒，嘗目鍾會「如觀武庫森森，但見矛戟在前」。

〔四三〕荀慈明兩句　後漢書荀爽傳：「爽字慈明，一名諝。幼而好學……潁川爲之語曰：『荀氏八龍，慈明無雙。』」

〔四四〕衛叔寶兩句　晉書衛玠傳：玠字叔寶，風神秀異，「于時中興名士，唯王承及玠爲當時第一云」。

〔四五〕采居兩句　後漢書任延傳：「任延字長孫，南陽宛人也。年十二，爲諸生，學於長安，明詩、易、春秋，顯名太學，學中號爲『任聖童』。」按「建武」爲東漢光武帝年號，任延入太學在西漢末，仕顯於建武間。又東漢初張堪，早年受業長安，亦有「聖童」之號，見後漢書本傳。

〔四六〕洛陽才子　指賈誼，見樂府雜詩序注〔九四〕。

〔四七〕牧謙句　周易謙卦象曰：「謙謙君子，卑以自牧也。」王弼注：「牧，養也。」孔穎達疏：「謙謙君子之義，恒以謙卑自養其德也。」

〔四八〕踐言句　禮記曲禮上：「修身踐言，謂之善行。」鄭玄注：「踐，履也。言履而行之。」

〔四九〕則太阿兩句　太阿，寶劍名，見五悲悲才難注〔三九〕。練，同「煉」。銛鍔，鋒刃。

〔五〇〕孤松千丈　世説新語賞譽：「庾子嵩（顗）目和嶠（王觀國學林卷三以爲是「温嶠」之誤）森森如千丈松。」

〔五一〕仲舉句　世説新語賞譽：「陳仲舉嘗嘆曰：『若周子居（乘）者，真治國之器。』」仲舉，後漢陳蕃字。持，當作「治」，避唐高宗諱。

〔五二〕長輿句　按晉書和嶠傳，嶠字長輿，然未見其稱人爲「保家之主」。而孔融與韋端書：「昨日仲將（端子韋誕字）復來，懿性真實，文敏篤誠，保家之主也。」未詳是否作者誤記。

〔五三〕垂帷兩句　謂特喜讀書。史記孔子世家：「讀易，韋編三絕。」

〔五四〕式光句　晉書衛瓘傳：「瓘學問深博，明習文藝，與尚書郎敦煌索靖俱善草書，時人號爲『一臺二妙』。漢末張芝亦善草書，論者謂瓘得伯英筋，靖得伯英肉。」

〔五五〕郭林宗兩句　郭泰字林宗，見詠史四首之二各注。郭泰嘗舉有道，見蔡邕郭泰碑。後，原作「泛」，據光緒翼城縣志改。

〔五六〕許玄度句　世説新語言語劉孝標注引續晉陽秋：「許詢字玄度，高陽人，魏中領軍允玄孫。總角秀惠，衆稱神童。」又品藻：「孫興公（綽）、許玄度皆一時名流，或重許高情，則鄙孫穢行。」

〔五七〕金弧兩句　金弧寫月，謂張弓如滿月。禮記射義：「孔子射於矍相之圃，蓋觀者如堵牆。」鄭注：「矍相，地名也。」按「碎垂楊」，指射穿楊柳葉。戰國策西周：「楚有養由基者，善射，去柳葉者百步而射之，百發百中。」

〔五八〕麈　原作「塵」，據文意改。玉麈，晉代清談家所執。生風，謂極善言辯。

〔五九〕十二樓句　漢書郊祀志下注引應劭曰：「昆侖玄圃五城十二樓，仙人之所常居。」

〔六〇〕足使兩句　世説新語品藻：「王大將軍（敦）在西朝時，見周侯（顗）輒扇障面不得住。」劉注引沈約晉書：「周顗，王敦素憚之，見輒面熱，雖復臘月，亦扇面不休，其憚如此。」

〔六一〕孟昶兩句　世説新語企羨：「孟昶未達時，家在京口，嘗見王恭乘高輿，被鶴氅裘。於時微雪，昶於籬間窺之，嘆曰：『此真神仙中人！』」劉注引晉安帝紀：「昶字彦達，平昌人……少爲王恭所知。豫義旗之勳，遷丹陽尹。盧循既下，昶慮事不濟，仰藥而死。」

〔六二〕然則四句　濫觴，喻水極少，只能浮起酒杯。荀子子道：「昔者江出於岷山，其始出也，其源可以濫觴。」　京臺，高臺。　四句謂張懷器與父祖一脈相承，淵源有自，有如大川、高臺，乃由濫觴，累土而來。

〔六三〕是以兩句　漢書公孫弘傳：武帝時，弘以賢良文學入對爲第一，元朔中爲丞相，封平津侯。因對答時位分賓主，故稱由對答創業，意謂張懷器以科舉起家。

〔六四〕相國兩句　史記蕭相國世家：「蕭相國何者，沛豐人也。以文無害爲沛主吏掾。」隨劉邦起義，「至咸陽，諸將皆爭走金帛財物之府分之，何獨先入收秦丞相御史律令圖書藏之。沛公爲漢王，以何爲丞相」。索隱：「主吏，功曹也。」開胙，「胙」通「阼」，即臺階。謂開闢通向丞相府之路。

〔六五〕成均　古之大學，見周禮春官宗伯。唐代大學爲國子監，武后光宅元年（六八四）改稱成均，中宗神龍時復舊名，見舊唐書職官志三。

〔六六〕明經　唐取士科目之一。新唐書選舉志：「明經先帖文，然後口試。經問大義十條，答時務策三道，亦爲四等……策通二者及第。」

〔六七〕環林，及下句「曲沼」，皆代指太學（成均）。陳書沈不害傳：「故東膠西序，事隆乎三代；環林璧水，業盛於兩京。」

〔六八〕升堂兩句　論語先進：「子曰：由（仲由，字子路）也升堂矣，未入於室也。」孔融薦禰衡表：「初涉藝文，升堂覩奥，目所一見，輒誦於口。」兩句謂其才高學優，爲人推許。

〔六九〕聚德二句　論語述而：「子曰：志於道，據於德，依於仁，游於藝。」據於德，何晏集解：「據，杖也。德有成形，故可據。」集解又曰：依於仁，「依，倚也。仁者功施於仁，故可依也。」史記孔子世家：「孔子以詩書禮樂教，弟子蓋三千焉。」

〔七〇〕吞八九句　見雙槿樹賦注〔五六〕。

〔七一〕青紫句　漢書夏侯勝傳：「經術茍明，其取青紫如俛拾地芥耳。」顔師古注：「地芥謂草芥之横在地上者。俛而拾之，言其易而必得也。青紫，卿大夫之服也。俛即俯字也。」

〔七二〕俄補句　舊唐書職官志二：秘書省，「龍朔改爲蘭臺，光宅改爲麟臺，神龍復爲秘書省。」校書郎八人，正九品上。

〔七三〕尋香句　圃，原爲「豪」，據光緒冀城縣志改。芸圃，指芸香。芸香及下句「蓬山」，皆指秘書省，見雙槿樹賦注〔四〕、〔六〕。

〔七四〕緝孔堂句　見駙馬都尉喬君集序注〔二一〕。

〔七五〕函商薤句　初學記卷二一引王愔文字志：「倒薤書者，小篆體也。垂支濃直，若薤葉也。……蕭子良以爲仙人務光所作。」傳説務光爲商人，故稱「商薤」。

〔七六〕北閣　北門，指翰林院。翰林院學士常從皇宫北門出入，故高宗時又稱爲北門學士。見舊唐書劉禕之傳。

〔七七〕南昌　疑張懷器曾因故由秘書省貶官到南昌（唐代爲洪州），事已不可考。

〔七八〕會稽縣　唐屬越州。元和郡縣志卷二六：「山陰，越之前故靈文園也。秦立以爲會稽山陰。

漢初爲都尉。隋平陳，改山陰爲會稽縣，皇朝因之。」

〔七九〕禹穴　傳説在會稽山，見釋疾文粤若注〔二九〕。

〔八〇〕秦峯　指會稽山之峯。史記秦始皇本紀：「三十七年（前二一〇）十月癸丑，始皇出游。……上會稽，祭大禹，望於南海，而立石刻頌秦德。」

〔八一〕霜筠二句　筠，竹子。晉戴凱之竹譜：「箭竹，高者不過一丈，節間三尺，堅勁中矢，江南諸山皆有之，會稽所生最精好。故爾雅云：『東南之美者，有會稽之竹箭焉。』」峻節，以竹節喻指張懷器氣節高尚。

〔八二〕鏡水　指鏡湖。元和郡縣志卷二六：「鏡湖，後漢永和五年（一四〇）太守馬臻創立，在會稽、山陰兩縣界築塘蓄水……隄塘周回三百一十里，溉田九千頃。」

〔八三〕岐山縣　元和郡縣志卷二鳳翔府：「岐山縣，本漢雍縣之地，周武帝天和四年（五六九），割涇州鶉觚縣之南界置三龍縣，隋開皇十六年（五九六）移三龍縣於岐山南十里，改爲岐山縣。貞觀八年（六三四）移於今理（治）。」

〔八四〕寶祠　指陳寶祠，見贈許左丞從駕萬年宫詩注〔一二〕。

〔八五〕石柱句　石柱指立於渭橋南北之界柱，見病梨樹賦注〔五九〕。

〔八六〕離宫　當指九成宫，在麟遊縣，參見贈許左丞從駕萬年宫詩注〔一〕。

〔八七〕明主二句　求，原闕，據光緒翼城縣志補。周易中孚：「九二，鳴鶴在陰，其子和之。我有好爵，吾與爾靡之。」王弼注：「不私權利，唯德是與，誠之至也。」無尸，爾雅釋詁：尸，「主也」。

〔八八〕遷鶯　喻指官職陞遷，見五悲悲今日注〔五六〕。

〔八九〕清白　唐制科名，不詳設於何年。第，原闕，據光緒翼城縣志補。

〔九〇〕武功縣　元和郡縣志卷二京兆：「武功縣，漢舊縣。……武德三年（六二〇），分雍州之武功、好畤、盩厔、扶風之郿四縣，於今縣理（治）置稷州，因后稷所封爲名。貞觀元年（六二七）廢州，以縣屬京兆。」

〔九一〕黄山　在今陝西興平北，見晚渡渭橋寄示京邑游好詩注〔六〕。玉篇：「阞，峻也。」

〔九二〕黑水，及下文「西河」，皆古代雍州河流。黑水衆説不一，西河即黄河上游南北流向的一段。尚書禹貢：「黑水西河惟雍州。」

〔九三〕東井之躔　漢書高帝紀：「元年（前二〇六）冬十月，五星聚於東井。」注引應劭曰：「東井，秦之分野。」

〔九四〕得百句　史記高祖本紀：「秦，形勝之國，帶河山之險，縣隔千里，持戟百萬，秦得百二焉。」集解引蘇林謂「百中之二」。索隱引虞喜云：「百二者，得百之二。言諸侯持戟百萬，秦地險固，一倍於天下，故云得百二焉，言倍之也。蓋言秦兵當二百萬也。」後注於義似長。

〔九五〕同許孜句　晉書許孜傳：「許孜字季義，東陽吴寧人也。……二親没，柴毁骨立，杖而能起，建墓於縣之東山，躬自負土，不受鄉人之助。……每一悲號，鳥獸翔集。」

〔九六〕若劉殷句　晉書劉殷傳：「劉殷字長盛，新興人也。……殷七歲喪父，哀毀過禮，服喪三年，未曾見齒。……（曾祖母）王氏卒，殷夫婦毀瘠，幾至滅性。」

〔九七〕丘吾之樹　孔子家語卷二致思：孔子適齊，中路聞哭者，追而問之，自稱丘吾子，謂有「三失」：「樹欲静而風不停，子欲養而親不待，往而不來者年也，不可再見者親也，請從此辭，遂投水而死。」

〔九八〕調閔損兩句　藝文類聚卷三四引孔子家語品藝篇：「閔子騫（名損）三年喪畢，見於孔子，與之琴，使之弦，切切而悲。孔子曰：『君子也，哀未盡，能斷之以禮。』」

〔九九〕好時縣　元和郡縣志卷二京兆：「好時縣，本漢舊縣，在今縣理（治）東南十三里故城是也。……後漢省。武德二年（六一九）分醴泉縣置，因漢舊名，屬雍州。……（貞觀）二十一年（六四七）於廢上宜縣置好時縣，今縣理（治）是也。」

〔一〇〇〕橋玄兩句　後漢書橋玄傳：「橋玄字公祖，梁國睢陽人也。……玄少爲縣功曹，時豫州刺史周景行部到梁國，玄謁景，因伏地言陳相羊昌罪惡，乞爲部陳從事，窮案其姦。景壯玄意，署而遣之。玄到，悉收昌賓客，具考臧罪。」「乞部」原爲「左部」，據此當爲「乞部」之訛，因改。

〔一〇一〕仇香兩句　後漢書仇覽傳「仇覽字季智，一名香，陳留考城人也。」選補蒲亭長，教化陳元成孝子。「時考城令河内王渙，政尚嚴猛，聞覽以德化人，署爲主簿。謂覽曰：『主簿聞陳元之過，不罪而化之，得無少鷹鸇之志邪？』」覽曰：『以爲鷹鸇，不若鸞鳳。』渙謝遣曰：『枳棘非鸞鳳所棲……以一月奉爲資，勉卒景行。』」

〔一〇二〕咸陽縣　元和郡縣志卷一京兆府：「咸陽縣，本秦舊縣也……在今縣東二十二里，漢渭城縣亦理（治）於此，苻堅時改爲咸陽郡。後魏又移咸陽縣於涇水北，今咸陽縣理（治）是也。」

〔一〇三〕温舒兩句　漢書路温舒傳：「内史舉温舒文學高第，遷右扶風丞。」右扶風，地在今陝西長安縣西。又唐貞觀八年（六三四）改湋川縣爲扶風縣，今屬陝西，見元和郡縣志卷二。

〔一〇四〕子柔兩句　後漢書趙温傳：「温字子柔，初爲京兆丞，嘆曰：『大丈夫當雄飛，安能雌伏！』遂棄官去。」後官至三公。　子柔，原作「子桑」，今據改。

〔一〇五〕屬以四句　指武后建成明堂。舊唐書則天皇后紀：垂拱四年（六八八）春二月，「毁乾元殿，就其地造明堂」。十二月，明堂成。永昌元年（六八九）春正月，「神皇（武后）親享明堂，大赦天下，改元，大酺七日」。所述明堂制度，參見中和樂九章歌明堂注〔一〕、〔七〕。

〔一〇六〕肅禮儀兩句　當指永昌元年二月武后尊其考爲周忠孝太皇，并立崇先府事，見新唐書則天紀。

〔一〇七〕展旌賁兩句　旌賁，表彰。據新唐書則天皇后紀，武后在尊考之後，又追謚妣楊氏爲周忠孝太后；太原郡王曰周安成王，妃趙氏爲王妃，等等。此當即指其事。

〔一〇八〕應大禮舉　指應明堂大禮科。清徐松登科記考卷三曰：「邵説趙叡沖神道碑云：『天后時，應明堂大禮科。上異其對，授陝州陝縣尉。』按武后享明堂在是年（永昌元年）。」該書張懷器失載。

〔一九〕孔融兩句　後漢書禰衡傳載孔融薦疏，有「鷙鳥累伯，不如一鶚」之句。鶚，鳥名，性凶猛，捕食魚類，俗稱魚鷹。

〔二〇〕陶丘兩句　後漢書劉寵傳：寵弟方，有二子：「岱字公山，繇字正禮。兄弟齊名稱。」李賢注引吴志：「平原陶丘洪薦繇，欲令舉茂才。刺史曰：『前年舉公山，奈何復舉正禮？』洪曰：『若使君用公山於前，擢正禮於後，所謂御二龍於長塗，騁騏驥於千里，不亦可乎？』」

〔二一〕「興其」二句　出宰之誦，當指孔子語録。論語陽貨：「子之武城，聞弦歌之聲，夫子莞爾而笑曰：『割鷄焉用牛刀！』」嗣聖，唐中宗李顯年號，嗣聖元年爲公元六八四年。按上文叙事已至永昌元年，後文謂天授二年河北道廉察使「表其政術可稱」云云，則授翼城縣令不應在嗣聖時。又按永昌十一月改元載初，載初九月改國號爲周，改元天授。據前後文意，張懷器授翼城令當在應明堂大禮舉及第之後不久，「嗣聖」疑是「永昌」傳寫之誤。

〔二二〕國分兩句　翼城縣古屬晉國，周安王二十六年（前三七六）爲韓、魏、趙三家所分，故云。畢昴，史記天官書正義引星經：「胃、昴，趙之分野，冀州；畢、觜、参，魏之分野，益州。」則「日」疑「星」之誤。

〔二三〕接虞人兩句　史記晉世家：「晉唐叔虞者，周武王子而成王弟。初，武王與叔虞母會時，夢天謂武王曰：『余命女生子，名虞，余與之唐。』及生子，文在其手曰『虞』，故遂因命之曰虞。」　唇齒之邦，左傳僖五年：「晉侯復假道於虞以伐虢。宮之奇諫曰：『虢，虞之表也；虢亡，虞必從之。……』諺所謂『輔車相依，唇亡齒寒』者，其虞虢之謂也。」　股肱之郡，史記季布列傳：「季布爲河東守，孝文時，人有言其賢者，孝文召，欲以爲御史大夫。復有言其勇，使酒難近。至，留邸一月，見罷。」季布因進奏，「上默然慚，良久曰：『河東吾股肱郡，故特召君耳。』」

〔一四〕霍山兩句　爾雅釋地：「西方之美者，有霍山之多珠玉焉。」山在今山西洪洞縣。

〔一五〕姑嶺兩句　姑嶺，即姑射山，用莊子逍遥遊事，見益州至真觀主黎君碑注〔七〇〕。　肌，原作「飢」，據莊子改。

〔一六〕趙宣兩句　趙宣，即趙盾。左傳文公七年：賈季謂「趙盾，夏日之日也」。杜預注：「夏日可畏。」按趙盾於晉襄公末年任國政，又立靈公，專國。卒謚宣子。

〔一七〕劉徹兩句　劉徹即漢武帝。事見上之回注〔七〕。

〔一八〕帝堯四句　藝文類聚卷一一引帝王世紀：「帝堯陶唐氏，祁姓也……年十五而佐帝摯，受封於唐。」元和郡縣志卷一二絳州翼城縣：「故唐城，在縣西二十里，堯裔子所封也。」又史記五帝本紀謂「舜耕歷山」，歷山所在，衆説紛紜。嘉靖翼城縣志卷二三載舜王坪，注：「即歷山，舜所耕處」。蓋當地傳説如此。　衛范狐裘，所指未詳，據下句「往賢之桑梓」，當指翼城地區四位古賢人。

〔一九〕寬以句　左傳昭二十年引孔子曰：「寬以濟猛，猛以濟寬，政是以和。」

〔二〇〕萑蒲二句　左傳昭二十年：「大叔爲政，不忍猛而寬。鄭國多盜，取人于萑苻之澤，大叔……興徒兵以攻萑苻之盜，盡殺之。盜少止。」萑，萑苻澤，在鄭國。蒲，草名，指盜賊。

〔二一〕蓍蔡　楚辭王褒九懷「蓍蔡兮踊躍」注：「蓍，筮也；蔡，大龜也。」

〔二二〕利器兩句　北堂書鈔卷七八引續漢書：「虞詡爲朝歌令，賊攻殺長吏，詡曰：『難者不避，易者不從。不遇盤根錯節，何以別利器乎！』」　左傳襄公三十一年：子皮欲使尹何爲邑，子産曰：「不可。人之愛人，求利之也。今吾子愛人則以政，猶未能操刀而使割也，其傷實多。……子有美錦，不使人學製焉；大官大邑，身之所庇也，而使學者製焉，其爲美錦，不亦多乎？」此反用其意。

〔二三〕文史兩句　漢書東方朔傳：「武帝初即位，徵天下舉方正賢良文學材力之士，朔上書曰：「臣朔少失父母，長養兄嫂。年十三學書，三冬文史足用。」

〔二四〕人吏兩句　史記滑稽列傳：「西門豹治鄴，民不敢欺。」

〔二五〕調風句　北堂書鈔卷七八引續漢書：「劉平爲全椒長，先是，縣多虎爲害，平到，政術治民，虎皆南渡江去。」按：劉平事跡，詳見後漢書本傳。

〔二六〕張樂句　太平御覽卷二六七引東觀漢記：「王阜字世公，爲重泉令，吏民向化，鸞鳥集止學宮。」皐使校官掾長涉疊爲張雅樂,擊磬,烏舉足垂翼,應聲而舞。」

〔二七〕李叔平兩句　三國志吴三嗣主傳裴注引襄陽記:李衡字叔平,嘗爲丹陽太守,不治家産,臨死遺其子「千頭木奴(甘橘)」。「不侵斗米」,謂不讓後人侵食官廩。　脊,疑「瘠」之訛。瘠,貧也。

〔二八〕范武子兩句　晉書范汪傳附范甯傳:甯字武子,「始解褐爲餘杭令,在縣興學校,養生徒……朞年之後,風化大行。自中興以來,崇學敦教,未有如甯者也。」

〔二九〕故能句　謂兄弟和睦。詩經小雅常棣:「常棣之華,鄂不韡韡。凡今之人,莫如兄弟。……兄弟既翕,和樂且湛。」萼,古本作「鄂」,見十三經注疏本阮元校。

〔三〇〕荆篠句　謂不睦者亦翻然悔悟。太平御覽卷四二一引續齊諧記:「田真兄弟三人,家巨富而殊不睦。忽共議分財,金銀珍物各以斛量,田業生貲平均如一。唯堂前一株紫荆樹,花葉美茂,共議欲破爲三,人各一分。待明就截之,爾夕樹即枯死。……(真)大驚,謂語弟曰:『樹本同株,聞當分析,所以憔悴。是人不如樹也。』因悲不自勝,便不復解樹,樹應聲遂更青翠,華色繁美。兄弟相感,更合財産,遂成純孝之門。真以漢成帝時爲太中大夫。」

〔三一〕膝下兩句　晉書王延傳:延九年喪母,繼母卜氏遇之無道。「卜氏嘗盛冬思生魚,敕延求而不獲,扶之流血。延尋汾叩凌而哭,忽有一魚長五尺,踊出水上,延取以進母。卜氏食之,積日不盡,於是心悟,撫延如己生」。

〔二二〕印　原作「而」，據光緒翼城縣志改。　如泥印璽，猶言如印印泥，謂相契合也。

〔二三〕既展惠句　後漢書孔融傳李賢注引融家傳：「兄弟七人，融第六，幼有自然之性。年四歲時，每與諸兄共食梨，融輒引小者。大人問其故，答曰：『我小兒，法當取小者。』由是宗族奇之。」

〔二四〕固懷音句　詩經泮水：「翩彼飛鴞，集於泮林。食我桑黮，懷我好音。」毛傳：「鴞，惡聲之鳥也。黮，桑實也。」鄭箋云：「懷，歸也。言鴞恒惡鳴，今來止於泮水之木上，食其桑黮。爲此之故，故改其鳴，歸就我以善音。喻人感於恩則化也。」黮，通「椹」。

〔二五〕既符句　太平御覽卷二六八引崔氏家傳：「崔瑗爲汲令，乃爲開溝造稻田，薄鹵之地，更爲沃壤。民賴其利，長老歌之曰：『天降神明君，錫我慈仁父。臨民布德澤，恩惠施以序。穿溝廣溉灌，決渠作甘雨。』」

〔二六〕有類句　北堂書鈔卷七八引殷氏世傳：「裒爲滎陽令，先時多霔雨，乃穿渠入河，疏導原隰，民爲善頌。」按太平御覽卷七五引文字稍異，末稱「用致豐年，民賴其利，號曰『殷溝』而頌之」。

〔二七〕野馬　莊子逍遥遊：「野馬也，塵埃也，生物之以息相吹也。」郭象注：「野馬者，遊氣也。」

〔二八〕辟强之宅　晉書王獻之傳：「嘗經吴郡，聞顧辟彊有名園，先不相識，乘平肩輿徑入。」彊，通「强」。按世説新語簡傲作「彊」，劉孝標注引顧氏譜曰：「辟彊，吴郡人，歷郡功曹、平北參軍。」

〔三九〕安仁之第　晉書潘岳傳：岳字安仁，「既仕宦不達，乃作閑居賦」，略曰：「爰定我居，築室穿池，長楊映沼，芳枳樹籬。」

〔四〇〕又以兩句　尚書洪範：「武王勝殷，殺受，立武庚，以箕子歸，作洪範。」「八政：一曰食，二曰貨，三曰祀，四曰司空，五曰司徒，六曰司寇，七曰賓，八曰師。」

〔四一〕管陳兩句　管子輕重篇屢言貴粟，然今本管子有闕佚，所陳「七寶」未見。

〔四二〕按徐偉句　北堂書鈔卷七八引長沙耆舊傳贊云：「徐韋（按太平御覽卷四二六引此人，「韋」作「偉」）除都梁長，至縣相地形勢，起田千有餘頃也。」

〔四三〕探氾勝句　氾勝，亦稱氾勝之，漢成帝時人。漢書藝文志農家著録氾勝之十八篇。原本久佚，現存輯本，内容爲記載、總結黄河流域農業生産技術。

〔四四〕東作兩句　尚書堯典：「寅賓出日，平秩東作。」「寅淺納日，平秩西成。」僞孔傳：「歲起於東，而始就耕，謂之東作。」「秋，西方，萬物成。」　京坻，形容糧倉之高。詩經小雅甫田：「曾孫之庾，如坻如京。」毛傳：「京，高丘也。」鄭箋：「坻，水中之高地也。」

〔四五〕故能四句　論語：「子曰：道之以政，齊之以刑，民免而無耻。道之以德，齊之以禮，有耻且格。」又左傳襄九年：「君子勞心，小人勞力，先王之制也。」

〔四六〕曾　原作「行」，據光緒翼城縣志改。曾孫，上引詩經小雅甫田鄭箋：「曾孫，謂成王也。」

〔四七〕牛馬兩句　太平御覽卷二六八引益部耆舊傳：「羅衡字仲伯，爲萬年令，誅鋤姦黨，縣界肅然，民夜不閉門，繫牛馬於道旁，曰：『以屬羅公。』」按「仲伯」原作「伯仲」，據乙。

〔四八〕居難句　陸機演連珠：「臣聞應物有方，居難則易。」又裴子野司空安成康王行狀：「位煩以簡，居難則易。」

〔四九〕三光　史記天官書：「衡，太微，三光之廷。」索隱引宋均曰：「三光，日、月、五星也。」此代指皇帝及朝廷。曹植求通親親表：「臣竊自比葵藿，若降天地之施、垂三光之明者，實在陛下。」

〔五〇〕太守兩句　後漢書劉平傳：「拜全椒長。政有恩惠，百姓懷感，人或增貲就賦，或減年從役。刺史、太守行部，獄無繫囚，人自以得所，不知所問，唯班詔書而去。」

〔五一〕小吏兩句　袁宏後漢紀卷一四：「王焕爲洛陽令，治有異迹。……書佐小吏無事，皆令讀孝經。」

〔五二〕劉永國兩句　太平御覽卷二六七引華嶠後漢書：「劉永國字叔儒，爲東城令，民聞其名，枉者更直，濁者强清，肅然無事，唯以著述爲務。」

〔五三〕東魯兩句　孔子家語卷三辨政：「子路治蒲三年，孔子過之，入其境，曰：『善哉由也！恭敬以信矣。』入其邑，曰：『善哉由也！忠信而寬矣。』至庭，曰：『善哉由也，明察以斷矣。』」

〔五四〕西漢兩句　所指未詳。任廣書叙指南卷七：「避席曰去某所。」

〔一五五〕君山　其人未詳。按東漢桓譚字君山，以及其他名或字爲「君山」者，史皆未載其因「愛人」而被甄擢事。

〔一五六〕紫涣兩句　紫涣，指詔書。後漢書祭遵傳附祭肜傳：「肜字次孫，遷襄賁令。「時天下郡國尚未悉平，襄賁盜賊白日公行。肜至，誅破姦滑，殄其支黨，數年，襄賁政清。璽書勉勵，增秩一等，賜縑百匹」。

〔一五七〕天授二句　天授二年，即公元六九一年。河北道，唐分天下爲十道，今河南黄河以北，及河北、山東，爲唐之河北道。參新唐書地理志一。廉察使，即觀察使，唐於每道置其官，位次於節度使。舊唐書職官志三「御史臺」原注：「光宅元年（六八四）分臺爲左右，號曰左右肅政臺，左臺專知京百司，右臺按察諸州。神龍復爲左右御史臺。」又：「侍御史四員（注：從六品下），掌糾舉百寮，推鞫獄訟。」

〔一五八〕三篋句　漢書張安世傳：「上（武帝）行幸河東，嘗亡書三篋，詔問莫能知，唯安世識之，具作其事。後購求得書，以相校無所遺失。」此言其記讀之多。

〔一五九〕直中兩句　周易訟卦：「訟，元吉。」王弼注：「用其中正，以斷枉直，中則不過，正則不邪……故訟，元吉。」元吉，大吉也。又坤卦象曰「方以直」，謂内直外方也。

〔一六〇〕器之句　論語公冶長：「子貢問曰：『賜也何如？』子曰：『女器也。』曰：『何器也？』曰：『瑚璉也。』」集解引包曰：「瑚璉，黍稷之器。夏曰瑚，殷曰璉，周曰簠簋，宗廟之器貴者。」

〔一六一〕古之句　左傳昭二十年：「及子産卒，仲尼聞之，出涕曰：『古之遺愛也。』」杜預注：「子産見愛，有古人之遺風。」

〔一六二〕長壽　武后年號，凡三年（六九二——六九四）。

〔一六三〕是知兩句　韓詩外傳卷二第二十四章：「子賤治單父，彈鳴琴，身不下堂，而單父治。巫馬期以星出，以星入，日夜不處，以身親之，而單父亦治。巫馬期問於子賤。子賤曰：『我任人，子任力。任人者佚，任力者勞。』」按宓不齊字子賤，巫馬施字子期，皆孔子弟子。

〔一六四〕期月兩句　太平御覽卷二六七引東觀漢記：「韓稜字伯師，潁川人也。爲下邳令，視事未朞，吏民愛慕。時鄰縣皆雹傷稼，唯下邳界獨無。」按後漢書作「韓棱」，有傳，「口説」事未詳。

〔一六五〕留犢　謂去官。三國志魏常林傳裴注引魏略：時苗字德育，少清白。出爲壽春令，「車黄牸牛，布被囊。居官歲餘，牛生一犢。及其去，留其犢，謂主簿曰：『令來時本無此犢，犢是淮南所生有也。』」

〔一六六〕弦望兩句　弦，月半圓。陰曆初七、八，月缺上半，稱上弦；至二十二、二十三日，月缺下半，稱下弦。望，每月十五日。漢書律曆志上：「朔晦月見，弦望滿虧。」則弦望指一個月。槐壇之火，周禮夏官：司爟「掌行火之政令，四時變國火」。鄭注：「春取榆柳之火，夏取棗杏之火，季夏取桑柘之火，秋取柞楢之火，冬取槐檀之火。」則「革火」指一年。兩句謂歲月屢更，多歷年所。

〔一六七〕考課連最　謂政績考核連續爲上等。杜佑通典卷一五：「大唐考課之法，有德義、清慎、公平、恪勤各一善，自近侍至於鎮防，并據職事目爲之最，凡二十七焉。一最以上有四善，爲上上。一最以上有三善，或無最而有四善，爲上中。一最以上有二善，或無最而有三善，爲上下。」

〔一六八〕豈直兩句　漢書京房傳：「焦延壽字贛。「贛貧賤，以好學得幸梁王，王共其資用，令極意學。既成，爲郡吏，察舉補小黄令。以候司先知姦邪，盜賊不得發。愛養吏民，化行縣中。舉最當遷，三老官屬上書願留贛，有詔許增秩留。」顔注：「贛音貢。」則此稱「子貢」，蓋誤。小黄縣，故城在今河南陳留縣東北。

〔一六九〕武原兩句　武原，縣名，漢置，隋改良城縣，唐省。故城在今江蘇邳縣西北。徊源，據上句當爲人名或字號。徊，疑是「汜」之形訛。汜源西晉人，山濤嘗以啓事舉薦爲太子舍人，稱其人「見稱有德，素久沈滯」云云。然該啓事今僅存斷句，見藝文類聚卷四九，故武原事不詳，姑説以待考。

〔一七〇〕奉千齡兩句　京運，京，大。鼓腹，吃飽飯。莊子馬蹄：「夫赫胥氏之時，民居不知所爲，行不知所之，含哺而熙，鼓腹而遊。」

〔一七一〕陶百里句　陶，陶鑄、治理。百里，指一縣之地，見失羣鴈注〔三〕。又世説新語言語：「李弘度（充）常嘆不被遇，殷揚州（浩）知其家貧，問：『君能屈志百里不？』李答曰：『北門之嘆，久已上聞；窮猿奔林，豈暇擇木？』遂授剡縣。」

〔一二〕咸以爲兩句　幼卿，炔欽字。炔欽，齊人，西漢末學問家許商門人，號文學，王莽時爲博士。哀帝即位，大司空師丹等上書反對尊稱定陶共王后爲「皇太后」，觸怒皇帝，下廷尉劾其大不敬，被免爲庶人。炔欽上書爲之辯護，被貶秩二等。平帝即位，師丹賜爵關内侯，封義陽侯。事跡詳見漢書卷八六師丹傳、卷八八周堪傳。儀檢，儀制禮法。此指師丹、炔欽等不顧患難，依禮法維護尊卑之制，故以爲炔欽之功亦應書之碑版。丹碑，用朱筆書寫之碑，表示莊重。

〔一三〕玄宗兩句　玄，原作「元」，據下句當指鄭玄，則「元」蓋以諱改，兹恢復爲「玄」。「玄宗德教」，謂鄭玄以德教化。圖徽，見前益州長史胡樹禮爲亡女造畫讚注〔六〕，此指鐫刻。金瓦，瓦之美稱。晉書戴逵傳：「戴逵，字安道，譙國人也。少博學好談論，善屬文。……總角時，以雞卵汁溲白瓦屑，作鄭玄碑，又爲文自鐫之，詞麗器妙，時人莫不驚嘆。」此代指碑石。以上四句，以炔欽、鄭玄喻指張懷器。

〔一四〕皎日芳謡　謂其事迹可流傳於詩歌。蓋取詩經王風大車「豈不爾思」、「有如皦日」語意。

〔一五〕重購句　漢書司馬相如傳：「相如既奏大人賦，天子大悦，飄飄有凌雲遊天地之間意。」

〔一六〕金聲兩句　見對蜀父老問注〔一四一〕。

〔一七〕玉樹兩句　世説新語言語：「謝太傅（安）問諸子侄：『子弟亦何預人事，而正欲使其佳？』

諸人莫有言者。車騎（謝玄）答曰：『譬如芝蘭玉樹，欲使其生於階庭耳。』」

〔一七八〕詹聞句　詹，詩經魯頌閟宮：「魯邦所詹。」毛傳：「詹，至也。」呂氏春秋卷五適音：「（音）太小則志嫌，以嫌聽小則耳不充，不充則不詹，不詹則窕。」高誘注：「詹，足也。詹讀如澹然無爲之澹。」　聞詩，見釋疾文粵若注〔二一六〕。

〔一七九〕王粲兩句　「粲」原作「燦」，據光緒翼城縣志改。三國志魏王粲傳：「粲徙長安，左中郎將蔡邕見而奇之。時邕才學顯著，貴重朝廷，常車騎填巷，賓客盈坐。聞粲在門，倒屣迎之。粲至，年既幼弱，容狀短小，一座盡驚。邕曰：『此王公孫也，有異才，吾不如也。吾家書籍文章，盡當與之。』」

〔一八〇〕杜夷兩句　杜夷，當即杜伯夷，北堂書鈔卷九八講談引謝承後漢書：「豫章宋度拜零陵令，縣民杜伯夷清高不仕，度數就與高談，致棗一（按二字宋吳淑事類賦注引作「設棗栗而已」），伯夷感德詣縣，縣署功曹。」

〔一八一〕依　原作「逝」，據光緒翼城縣志改。

〔一八二〕維桑句　即「桑梓」，見楊明府過訪詩序注〔一〇〕。此指翼城百姓的鄉情。

〔一八三〕敢陳句　後漢書郭太（泰）傳：「（卒），同志者乃共刻石立碑，蔡邕爲文。既而謂涿郡盧植曰：『吾爲碑銘多矣，皆有慚德，唯郭有道無愧耳。』」

〔一八四〕不讓句　論語衛靈公：「當仁不讓於師。」

〔一六五〕披文句　文選陸機文賦：「碑披文以相質。」李善注：「碑以叙德，故文質相半。」

論

三國論〔一〕

論曰：漢自順、桓之間〔二〕，國統屢絶〔三〕，姦回竊位〔四〕，閹宦滿朝〔五〕。士之蹈忠義、履冰霜者〔六〕，居顯列則陷犯忤之誅〔七〕，伏閭巷則嬰黨錮之戮〔八〕。當是時也，天下之君子掃地將盡〔九〕，雖九伊、周〔一〇〕，十稷、契〔一一〕，不能振已絶之綱，舉土崩之勢明矣。熹平中，大黄星見楚、宋之分，遼東殷馗曰：「其有真人起於譙、沛之間。」以知曹孟德不爲人下，事之明驗也〔一二〕。先時，秦帝東遊，亦云金陵當有王者興〔一三〕；董扶求出，又曰益州有天子氣〔一四〕。從茲而言，則長江、劍閣作吴、蜀之限〔一五〕，天道、人謀有三分之兆，其來尚矣。然廢興有際，崇替遞來，每攬其書〔一六〕，曷能不臨卷而永懷〔一七〕，撫事而伊鬱也〔一八〕。嘗試論之曰：

向使何進納公業之言，而不追董卓〔一九〕；傕、汜棄文和之策，而不報王允〔二〇〕，則東京焚如之禍〔二一〕，關右亂麻之屍〔二二〕，何由而興哉！至使乘輿蒙塵於河上，天子露宿於曹陽〔二三〕，百官餓死於牆壁〔二四〕，六宫流離於道路〔二五〕，蓋由何公之不明，賈詡之言過也。於是劉岱、喬瑁、張超、孔伷之徒，舉義兵而天下響應〔二六〕，英雄者騁其驍悍，運其謀能，海内囂然，於兹大亂矣。袁本初據四州之地，南向爭衡〔二七〕；劉景升擁十萬之師，坐觀成敗〔二八〕。區區公路，欲居列郡之尊〔二九〕；瑣瑣伯珪，謂保易京之業〔三〇〕。瓚既窘斃，術亦憂終。譚、尚離心〔三一〕，琮、琦失守〔三二〕。其故何哉？有大賢而不能用，覩長策而不能施，便謂力濟九區，智周萬物〔三三〕，天下可指麾而定〔三四〕，宇宙可大呼而致也。嗚呼，悲夫！

余觀三國之君〔三五〕，咸能推誠樂士，忍垢藏疾〔三六〕，從善如不及〔三七〕，聞諫如轉規〔三八〕。其割裂山河〔三九〕，鼎足而王，宜哉！孫仲謀承父兄之餘事〔四〇〕，委瑜、肅之良圖〔四一〕，泣周泰之痍〔四二〕，請呂蒙之命〔四三〕。惜休穆之才，不加其罪〔四四〕；賢子布之諫，而造其門〔四五〕。用能南開交阯，驅五嶺之卒〔四六〕；東界海隅，兼百越之衆〔四七〕。地方五千里，帶甲數十萬〔四八〕。若令登不早卒〔四九〕，休以永年〔五〇〕，神器不移於暴酷〔五一〕，則彭蠡、衡陽〔五二〕，未可圖也。

以先主之寬仁得衆〔五三〕，張飛、關羽萬人之敵〔五四〕，諸葛孔明管、樂之儔〔五五〕，左提右挈〔五六〕，以取天下，庶幾有濟矣。然而喪師失律〔五七〕，敗不旋踵，奔波謙、瓚之間〔五八〕，羈旅袁、曹之手〔五九〕，豈拙於用武，將遇非常敵乎？初，備之南也，樊、鄧之士，其從如雲，比到當陽，衆十萬餘，操以五千之卒及長坂，縱兵大擊，廓然霧散，脱身奔走〔六〇〕。方欲遠竄，用魯肅之謀〔六一〕，然投身夏口〔六二〕。于時諸葛適在軍中。向令幃幄有謀，軍容宿練，包左車之計〔六三〕，運田單之奇〔六四〕，操懸軍數千，夜行三百，輜重不相繼，聲援不相聞，可不一戰而擒也？坐以十萬之衆，而無一矢之備〔六五〕，何異區犬羊之羣〔六六〕，餌豺虎之口！故知應變將略，非武侯所長〔六七〕，斯言近矣。周瑜方嚴兵取蜀，會物故於巴丘〔六八〕。若其人尚存，恐玉壘、銅梁〔六九〕，非劉氏有也。然備數困敗，而意不折，終能大啓西土者〔七〇〕，其惟雅度最優乎〔七一〕？武侯既歿，劉禪舉而棄之〔七二〕。覩譙周之儒詞〔七三〕，甘忿憤而忘食；聞姜維之立事，又慷慨而言憙〔七四〕。惜其功垂成而智不濟〔七五〕，豈伊時喪，抑亦人亡〔七六〕。乃知德之不修，棧道、靈關，不足恃也〔七七〕。

魏武用兵，髣髴孫吳，臨敵制奇，鮮有喪敗〔七八〕。故能東擒狡布〔七九〕，北走强袁〔八〇〕,破黄巾於壽張〔八一〕,斬眭固於射犬〔八二〕。援戈北指,蹋頓懸顱〔八三〕;擁旆南臨,劉綜束手〔八四〕。振威烈而清中夏〔八五〕,挾天子以令諸侯〔八六〕,信超然之雄傑矣〔八七〕。而弊於褊刻,失於猜詐〔八八〕,孔融、荀彧,終罹其災〔八九〕;孝先、季珪,卒不能免〔九〇〕。愚知操之不懷柔巴蜀〔九一〕,砥定東南〔九二〕,必然之理也。文帝富於春秋〔九三〕,光膺禪讓〔九四〕,臨朝恭儉,博覽墳籍〔九五〕,文質彬彬,庶幾君子者矣〔九六〕。不能恢崇萬代之業,利建七百之基〔九七〕,骨肉齊於匹夫〔九八〕,衡樞委乎他姓〔九九〕。遠求珠翠〔一〇〇〕,廢禮諒闇之中〔一〇一〕;近抱辛毗,取笑婦人之口〔一〇二〕。明帝嗣位〔一〇三〕,繼以奢淫,征夫困於兵革,人力殫於臺榭〔一〇四〕。高貴鄉公〔一〇五〕,明決有餘而深沉不足〔一〇六〕。其雄才大略,經緯遠圖,求之數君,并無取焉。山陽公之墳土未乾〔一〇七〕,陳留王之賓館已啓〔一〇八〕。天之報施,何其速哉!故粗而論之,式備勸戒,俾夫來者,有以疾諸者焉。

〔一〕底本無此文,據英華卷七五五補。英華此文未署作者名,次於王勃平臺秘略論之後,故王子安集卷一〇、全唐文卷一八二收爲王勃文。中華書局影印本文苑英華新編目録據别本正爲盧文,今從之。

〔二〕順、桓之間　指東漢順帝劉保、桓帝劉志,中經冲帝、質帝,共四十餘年。

〔三〕國統屢絶　指皇帝無嗣。三國志魏文帝紀裴松之注引獻帝傳:「今漢室衰,自安、和、冲、質以來，國統屢絶。」

〔四〕姦回　當指以梁冀爲代表的外戚集團。梁冀在順、桓間專權二十餘年，曾毒殺質帝。詳後漢書梁冀傳。

〔五〕閹宦句　後漢書宦者列傳：「宦官「自明帝以後，委用漸大……其後孫程定立順之功，曹騰參建桓之策，續以五侯合謀，梁冀受鉞……若夫高冠長劍，紆朱懷金者，布滿宫闈」。

〔六〕履冰霜　易坤卦：「履霜堅冰至。」孔疏：「所以防漸慮微，慎終於始也。」此指氣節高尚，嚴於自律。

〔七〕顯列　謂要職。　犯忤，指得罪權要。如後漢書梁冀傳稱冀「復立桓帝，而枉害（太尉）李固及前太尉杜喬」等皆是。又宦者列傳曰：「雖忠良懷憤，時或奮發，而言出禍從，旋見孥戮。」

〔八〕黨錮之戮　見五悲悲才難注〔九七〕。

〔九〕掃地　漢書揚雄傳載羽獵賦：「軍驚師駭，刮野掃地。」顔注：「言殺獲皆盡，無遺餘也。」

〔一〇〕伊　伊尹，商湯臣，名摯，佐湯伐夏桀。　周，周公姬旦，輔周成王。

〔一一〕稷　傳説爲周祖先，舜時農官。　契，商祖先，舜時爲司徒。

〔一二〕熹平數句　熹，原作「嘉」。　三國志魏武帝紀：「初，桓帝時有黄星見於楚、宋之分，遼東殷馗善天文，言後五十歲當有真人起於梁、沛之間，其鋒不可當。至是凡五十年，而公（曹操，字孟德）破紹，天下莫敵矣。」又文帝紀：「初，漢熹平五年（一七六），黄龍見譙，光禄大夫橋玄問太史令單颺：『此何祥也？』颺曰：『其國後當有王者興。……』」殷馗事在桓帝時，無「嘉平」年號，熹平乃靈帝年號。「嘉」當是「熹」之訛，作者誤混爲一。全唐文作「熹」，是，今據改。

〔一三〕秦帝兩句　秦帝，指秦始皇。藝文類聚卷一〇符命引孫盛晉陽秋曰：「秦始皇時，望氣者言，五百年後，金陵之地有天子氣。於是改金陵曰秣陵，塹北山以絶其勢，秦政東遊以猒之。」

〔一四〕董扶兩句　後漢書董扶傳：靈帝時，「扶私謂太常劉焉曰：『京師將亂，益州分野有天子氣。』……後劉備稱天子於蜀，皆如扶言」。

〔一五〕則長江句　謂魏、吴、蜀三國以長江、劍閣爲界。藝文類聚卷一三帝王部引吴録：「魏文帝至廣陵，臨江觀兵，見波濤洶湧，嘆曰：『此固天之所以隔南北也！』遂歸。」

〔一六〕其書　此指記載漢末、三國之事的史書。　覽，原作「攬」，據全唐文改。

〔一七〕永懷　詩經周南卷耳：「維以不永懷。」毛傳：「永，長也。」鄭玄箋「永懷」爲「長憂思也」。

〔一八〕伊鬱　氣不舒貌。班彪北征賦：「永伊鬱其誰愬。」

〔一九〕向使兩句　向使，原作「向之」，於「之」下注：「疑。」全唐文作「向使」，是，今據改。　後漢書何進傳：漢少帝昭寧元年（一八九）八月，何皇后異母兄何進謀誅宦官，欲召并州牧董卓爲助。又鄭太傳：鄭太字公業，何進徵爲侍御史，説何進不能召董卓。何進不用其言，終致敗亡，詳見詠史四首之三注〔四〕。

〔二〇〕傕汜兩句　傕，原作「催」。三國志魏賈詡傳：「賈詡字文和，武威姑臧人也。」董卓挾持獻帝遷都長安，爲王允所殺。董卓之校尉李傕、郭汜等時在外，衆無所依，欲解散歸鄉。賈詡說之曰：「不如率衆而西，所在收兵，以攻長安，爲董卓報仇。」李傕等以爲然，乃西攻長安。則「催」當是「傕」之訛。下文「賈詡之言過也」句，「詡」原作「翊」，亦訛。兩字全唐文分別作「傕」、「詡」，是，今據改。

〔二一〕東京　即洛陽。焚如，易離卦：「突如其來如，焚如，死如，棄如。」孔疏：「焚如者，逼近至尊，履非其位，欲進其盛以焚炎其上，故云焚如也。」按此謂焚燒。三國志魏董卓傳裴注引華嶠漢書：「董卓挾持獻帝西遷長安，「卓部兵燒洛陽城外面百里。又自將兵燒南北宫及宗廟、府庫、民家，城内掃地殄盡。」

〔二二〕關右　指長安。句謂李傕、郭汜在長安大肆屠殺，見詠史四首其三注〔六〕。

〔二三〕至使兩句　三國志魏董卓傳：「（李）傕將楊奉與傕軍吏宋果等謀殺傕，事泄，遂將兵叛傕。傕衆叛，稍衰弱。張濟自陝和解之，天子乃得出，至新豐、霸陵間。郭汜復欲脅天子還都郿。天子奔（楊）奉營，奉擊汜破之。汜走南山，奉及將軍董承以天子還洛陽。傕、汜悔遣天子，復相與和，追及天子於弘農之曹陽。……天子走陝，北渡河。」按元和郡縣志卷六陝州陝縣：「曹陽墟，俗名七里澗，在縣西南七里。獻帝東遷，李傕、郭汜追戰於弘農東澗，天子遂露次於曹陽之墟,謂此地也。」

〔二四〕百官句 三國志魏董卓傳:楊奉等擁獻帝回洛陽,「宫室燒盡,街陌荒蕪,百官披荆棘,依丘牆間。州郡各擁兵自衛,莫有至者。饑窮稍盛,尚書郎以下,自出樵採,或饑死牆壁間」。

〔二五〕六宫句 三國志魏董卓傳:獻帝在曹陽時,「失輜重,步行,唯皇后、貴人從」。又曰:李傕、郭汜追獻帝於曹陽,楊奉兵敗,「傕等縱兵殺公卿百官,略宫人入弘農」。其後,獻帝遣太僕韓融至弘農,「與傕、汜等連和,還所略宫人公卿百官」。

〔二六〕於是兩句 三國志魏董卓傳:董卓在洛陽時,「信任尚書周毖、城門校尉伍瓊等,用其所舉韓馥、劉岱、孔伷、張咨、張邈等出宰州郡」。至馥等至官,皆合兵將以討卓」。張超,似當作「張邈」。

〔二七〕袁本初兩句 三國志魏袁紹傳:紹字本初,爲渤海太守,「會太祖(曹操)迎天子都許,牧河南地,關中皆附。紹悔,欲令太祖徙天子都鄄城以自密近,太祖拒之」。於是袁紹出長子譚爲青州,中子熙爲幽州,甥高幹爲并州,「簡精卒十萬,騎萬匹,將攻許」。

〔二八〕劉景升兩句 三國志魏劉表傳:表字景升。靈帝崩,表代王叡爲荆州刺史,後又「攻并懌,南收零、桂,北據漢川,地方數千里,帶甲十餘萬」。太祖與袁紹方相持於官渡,紹遣人求助,表許之而不至,亦不佐太祖,欲保江漢間,觀天下變」。

〔二九〕區區兩句 三國志魏袁術傳:袁術字公路,據揚州,於興平二年(一九五)冬僭號稱帝,荒侈滋甚，「前爲吕布所破，後爲太祖所敗，奔其部曲雷薄、陳蘭於灊山，復爲所拒，憂懼不知所出。將歸帝號於紹，欲至青州從袁譚，發病道死」。

〔三〇〕瑣瑣兩句　三國志魏公孫瓚傳：「公孫瓚字伯珪，遼西令支人也。」公孫瓚據薊，軍數敗，「乃走還易京固守。爲圍塹十重，於塹裏築京，皆高五六丈，爲樓其上；中塹爲京，特高十丈，自居焉，積穀三百萬斛。」後爲袁紹所破，自殺。易京，即漢易縣，公孫瓚所改。地在今河北雄縣西北。

〔三一〕譚、尚　袁譚、袁尚，袁紹子。三國志魏袁紹傳：袁紹死後，「衆以譚長，欲立之，（審）配等恐譚立而（辛）評等爲己害，緣紹素意，乃奉尚代紹位。譚至，不得立，自號車騎將軍。由是譚、尚有隙」。

〔三二〕琮、琦　劉琮、劉琦，劉表子。三國志魏劉表傳：劉表病死，「衆遂奉琮爲嗣。琦與琮遂爲讎隙」。後曹操軍至襄陽，劉琮舉州降。又三國志蜀先主傳：「先主（劉備）表琦爲荆州刺史，又南征四郡……琦病死，羣下推先主爲荆州牧，治公安。」

〔三三〕便謂二句　九區，文選顔延之赭白馬賦：「曁明命之初基，罄九區而率順。」李善注：「九區，九服也。……劉騊駼郡太守箴曰：『大漢遵周，化洽九區。』」劉良注：「九區，九州也。」泛指全國。易繫辭上：「知周乎萬物而道濟天下。」

〔三四〕天下句　三國志魏公孫瓚傳：瓚曰：「昔謂天下事可指麾而定，今日視之，非我所決，不如休兵，力田畜穀。」

〔三五〕三國之君　指吳、蜀、魏主孫權、劉備、曹操。

〔三六〕咸能兩句　忍垢藏疾，莊子讓王：湯問瞀光「伊尹何如」，瞀光謂其能「强力忍垢」。疏曰：「忍，耐也；垢，耻辱也。」左傳宣公十五年：「川澤納污，山藪藏疾。」杜預注：「山之有林藪，毒害者居之。」此謂能忍辱負重，不計舊惡。按三國志吳吳主傳：「孫權屈身忍辱，任才尚計。」蜀志先主傳：「先主之弘毅寬厚，知人待士，蓋有高祖之風，英雄之氣焉。」魏志武帝紀：「太祖運籌演謀……官方授材，各因其器，矯情任算，不念舊惡。」

〔三七〕從善句　左傳成八年：「君子曰：從善如流，宜哉！」又漢書梅福傳：「昔高祖納善若不及。」顔注：「不及，恐失之也。」

〔三八〕聞諫句　漢書梅福傳：「昔高祖……從諫若轉圜。」顔注：「轉圜，言其順也。」又後漢書馬援傳：「謀如涌泉，勢如轉規。」

〔三九〕割裂山河　賈誼過秦論：「（秦）因利乘便，宰割天下，分裂河山。」

〔四〇〕孫仲謀　孫權字仲謀。父孫堅，兄孫策。三國志吳吳主傳：建安五年（二〇〇），「策薨，以事授權」。

〔四一〕瑜肅　指周瑜、魯肅。三國志吳周瑜傳：孫權以兄事瑜。曹操南進，周瑜主戰，於赤壁成功，拜偏將軍。又魯肅傳：肅爲孫權謀士，曾勸權鼎足江東。周瑜死，代瑜領兵，拜漢昌太守、偏將軍。

〔四二〕周泰　三國志吴周泰傳：孫權住宣城，山賊卒至，泰投身衛權，「身被十二創，良久乃蘇」。裴注引江表傳曰：「權把其臂，因流涕交連，字之曰：『幼平（周泰字），卿爲孤兄弟戰如熊虎，不惜軀命，被創數十，膚如刻畫，孤亦何心不待卿以骨肉之恩，委卿以兵馬之重乎！』」「泰」原作「秦」，乃形訛。全唐文作「泰」，是，今據改。

〔四三〕請吕蒙句　三國志吴吕蒙傳：「以蒙爲南郡太守……會蒙疾發，權時在公安，迎置内殿，所以治護者萬方。……後更增篤，權自臨視，命道士於星辰下爲之請命。」

〔四四〕惜休穆兩句　三國志吴朱桓傳：桓字休穆，黄龍元年（二二九），拜前將軍，領青州牧，假節。嘉禾六年（二三七），因與偏將軍胡綜不合，發怒恚恨，「乃使人呼綜。綜至軍門，桓出迎之，顧謂左右曰：『我縱手，汝等各自去。』有一人旁出，語綜使還。桓出，不見綜，知左右所爲，因斫殺之。桓佐軍進諫，刺殺佐軍，遂託狂發，詣建業治病。權惜其功能，故不罪」。「惜」下原有「求」字，英華校：「一無求字。」按無「求」字是，全唐文亦無「求」字，今删。

〔四五〕賢子布兩句　三國志吴張昭傳：昭字子布，嘗諫孫權派張彌、許晏至遼東拜公孫淵爲燕王，孫權不從。「昭忿言之不用，稱疾不朝。權恨之，土塞其門，昭又於内以土封之。（公孫）淵果殺彌、晏，權數謝昭，昭固不起，權因出過其門呼昭，昭辭疾篤。權燒其門，欲以恐之，昭更閉户。權使人滅火，住門良久，昭諸子共扶昭起，權載以還宫，深自克責」。

〔四六〕用能兩句　謂孫權因待人以誠，故能興盛而廣開疆土。交趾，漢郡名，五嶺以南之地。漢書張耳傳：「南有五領之戍。」注引服虔曰：「山領有五，因以爲名。交趾、合浦界有此領。」

〔四七〕東界兩句　海隅，沿海之地。百越，指東南一帶，爲越後裔所居。陸機辨亡論謂孫權時吴國「北裂淮漢之涘，東包百越之地，南括羣蠻之表」。又曰：「吴制荆揚而奄有交廣……東負滄海，西阻險塞。」

〔四八〕地方兩句　陸機辨亡論：「（吴）地方幾萬里，帶甲將百萬。」

〔四九〕登　指孫登，孫權長子，嘗立爲皇太子，赤烏四年（二四一）五月卒。

〔五〇〕休　指孫休。三國志吴三嗣主傳：孫休字子烈，孫權第六子。太平三年（二五八），孫綝廢孫亮，迎孫休即位，永安七年（二六四）薨，時年三十。

〔五一〕暴酷　指孫晧。三國志吴三嗣主傳：「孫晧字元宗，權孫，和子也。」孫休死，丞相濮陽興、左將軍張布迎立孫晧爲皇帝。「晧既得志，粗暴驕盈，多忌諱，好酒色，大小失望」。天紀四年（二八〇），孫晧降晉，吴於是滅亡。

〔五二〕彭蠡　史記夏本紀：「彭蠡既都。」正義引括地志：「彭蠡湖在今江州潯陽縣東南五十二里。」按即今鄱陽湖。衡陽，郡名，吴置，故治湘鄉。此泛指吴地。三國志吴吴主傳裴注：「設使亮保國祚，休不早死，則晧不得立。晧不得立，則吴不亡矣。」

〔五三〕先主句　三國志蜀先主傳裴注引魏書曰：「備外禦寇難，内豐財施，士之下者，必與同席而坐，同簋而食，無所簡擇，衆多歸焉。」

〔五四〕張飛句　三國志蜀關張傳：「關羽、張飛皆稱萬人之敵，爲世虎臣。」

〔五五〕諸葛孔明句　管，指管仲，齊桓公相。樂，指樂毅，燕昭王將。三國志蜀諸葛亮傳：「諸葛亮字孔明，琅邪陽都人也。……亮躬畊隴畝，好爲梁父吟，身長八尺，每自比於管仲、樂毅。」

〔五六〕左提右挈　史記張耳陳餘列傳：「況以兩賢王左提右挈，而責殺王之罪，滅燕易矣。」

〔五七〕失律　指行軍失利。易師卦：「師出以律。失律，凶也。」孔疏：「律，法也。」

〔五八〕奔波句　三國志蜀先主傳：漢靈帝末，劉備「爲賊（黄巾軍）所破，往奔中郎將公孫瓚，瓚表爲别部司馬，使與青州刺史田楷以拒冀州牧袁紹」。「曹公征徐州，徐州牧陶謙遣使告急於田楷，楷與先主俱救之。……謙以丹陽兵四千益先主，先主遂去楷歸謙。謙表先主爲豫州刺史，屯小沛。」

〔五九〕羈旅句　三國志蜀先主傳：建安元年（一九六），先主拒袁術，相持經月，後還小沛。「吕布惡之，自出兵攻先主，先主敗走，歸曹公。曹公厚遇之，以爲豫州牧」。後董承與劉備受獻帝密詔誅曹操，「會見使，未發。事覺，承等皆伏誅」。建安五年（二〇〇），「曹公東征先主，先主敗績。曹公盡收其衆，虜先主妻子，并擒關羽以歸。先主走青州。青州刺史袁譚，先主故茂才也，將步騎迎先主，先主隨譚到平原，譚馳使白紹，紹遣將道路奉迎」。

〔六〇〕備之南也數句　三國志魏武帝紀：建安十三年（二〇八）九月，曹操征劉表，劉備走夏口。

蜀志先主傳：「先主屯樊，不知曹公卒至，至宛乃聞之，遂將其衆去……（劉）綜左右及荆州人多歸先主。比到當陽，衆十餘萬，輜重數千兩，日行十餘里。」「曹公將精騎五千急追之，一日一夜行之百餘里，及於當陽之長坂，先主棄妻子，與諸葛亮、張飛、趙雲等數十騎走，曹公大獲其人衆輜重。」

〔六一〕方欲兩句　遠竄，指劉備當陽敗後欲投奔蒼梧太守。魯肅之謀，謂與孫權結盟。蜀志先主傳裴注引江表傳：「孫權遣（魯）肅弔劉表二子，并令與備相結。肅未至，曹公已濟漢津。肅故進前，與（劉）備相遇於當陽。因宣權旨，論天下事勢，致殷勤之意。……且問備曰：『豫州今欲何至？』備曰：『與蒼梧太守（吴臣）〔吴巨〕有舊，欲往投之。』肅曰：『孫討虜（指孫權）聰明仁惠，敬賢禮士……今爲君計，莫若遣腹心使自結於東，崇連和之好，共濟世業……』備大喜，進住鄂縣，即遣諸葛亮隨肅詣孫權，結同盟誓。」

〔六二〕然投身句　三國志蜀先主傳：當陽敗後，「先主斜趨漢津，適與（關）羽船會，得濟沔，遇（劉）表長子江夏太守琦衆萬餘人，與俱到夏口。先主遣諸葛亮自結於孫權」。

〔六三〕左車　指李左車，秦漢之際謀士。左車之計，此指斷絶曹操輜重。史記淮陰侯列傳：韓信與張耳攻趙，廣武君李左車説成安君陳餘，謂韓信去國遠鬭，宜「從間道絶其輜重」。陳餘不聽，後兵敗被殺。吴質在元城與魏太子書：「皆懷慷慨之節，包左車之計。」

〔六四〕田單之奇　此指設奇計與曹操決鬭。史記田單列傳：燕破齊，田單用反間計使樂毅去燕歸趙，又以妻妾編於行伍之間，夜縱牛擊敗燕軍，收復齊七十餘城，迎齊襄王於莒。太史公曰：「兵以正合，以奇勝。善之者，出奇無窮。」

〔六五〕而無句　三國志蜀先主傳：劉備到當陽，衆十餘萬，「或謂先主曰：『宜速行保江陵，今雖擁大衆，被甲者少，若曹公兵至，何以拒之？』先主曰：『夫濟大事必以人爲本，今人歸吾，吾何忍去之！』」

〔六六〕區　通「驅」。

〔六七〕故知兩句　三國志蜀諸葛亮傳：「然亮於治戎爲長，奇謀爲短；理民之幹，優於將略。」又評曰：「然連年動衆，未能成功，蓋應變將略，非其所長歟！」

〔六八〕周瑜兩句　三國志吴周瑜傳：赤壁戰後，劉備以左將軍領荆州牧，「治公安。時劉璋爲益州牧」。「瑜乃詣京見權曰：『今曹操新折衂，方憂在腹心，未能與將軍連兵相事也。乞與奮威俱進取蜀，得蜀而并張魯，因留奮威固守其地，好與馬超結援。瑜還與將軍據襄陽以蹙操，北方可圖也。』權許之。瑜還江陵，爲行裝，而道於巴丘病卒，時年三十六。」巴丘，裴松之案：「瑜欲取蜀，還江陵治嚴，所卒之處，應在今之巴陵，與前所領巴丘（按又名巴陵天岳，在今湖南岳陽縣湘水右岸），名同處異也。」

〔六九〕玉壘、銅梁　蜀山名，此代指蜀。「玉壘」見益州至真觀主黎君碑注〔三五三〕。文選蜀都賦：「外負銅梁於宕渠。」劉注：「銅梁，山名，在巴東。」按今重慶合川南有銅梁山，又銅梁縣西北亦有銅梁山，稱小銅梁山，參清一統志卷三八七。

〔七〇〕西土　指蜀。三國志蜀先主傳：建安十六年（二一一），益州牧劉璋迎劉備入蜀；十九年（二一四）夏，劉備圍成都，劉璋出降，「先主復領益州牧」。後於蜀中稱帝。

〔七一〕雅度　三國志蜀先主傳裴注引習鑿齒曰：「先主雖顛沛險難而信義愈明，勢逼事危而言不失道。追景升之顧，則情感三年；戀赴義之士，則甘與同敗。觀其所以結物情者，豈徒投醪撫寒、含蓼問疾而已哉！其終濟大業，不亦宜乎！」

〔七二〕劉禪句　據三國志蜀後主傳，後主於景耀六年（二六三）降魏，并舉家東遷洛陽。

〔七三〕懦詞　三國志蜀譙周傳：景耀六年（二六三）冬，魏大將鄧艾克江由，長驅而前。當時蜀臣有奔吳、奔南（南中七郡）之議，惟譙周主降，謂「若陛下降魏，魏不裂土以封陛下者，周請身詣京都，以古義爭之」。

〔七四〕聞姜維兩句　三國志蜀姜維傳：「姜維字伯約，天水冀人也。」爲蜀輔漢將軍，封平襄侯。後主劉禪降魏後，姜維結交魏叛將鍾會，欲利用會軍恢復。裴注引華陽國志曰：「維教會誅北來諸將，既死，徐欲殺會，盡統魏兵，還復蜀祚，密書與後主曰：『願陛下忍數日之辱，臣欲使社稷危而復安，日月幽而復明。』」後失敗，爲魏將士所殺。　憙，説文：「悦也。」

〔七五〕惜其句　三國志魏鍾會傳：魏元帝景元五年（二六四）正月十六日，鍾會與姜維請牙門騎督以上及蜀故官議事，欲矯詔起兵討司馬懿，因使聽内一親兵出取飲食，以致走漏消息。「或謂會：『可盡殺牙門騎督以上。』會猶豫未决」。遂發生兵變，姜維、鍾會皆爲亂兵所殺。

〔七六〕豈伊兩句　謂蜀敗亡蓋非天時而由人事。史記項羽本紀：羽「自矜功伐……五年卒亡其國，身死東城，尚不覺寤而不自責，過矣。乃引『天亡我，非用兵之罪也』，豈不謬哉！」

〔七七〕乃知兩句　棧道，傍山架木而成之道，古蜀地多有之。戰國策秦三：「棧道千里於蜀漢。」三國志魏曹真傳：明帝太和四年（二三〇）秋，曹真伐蜀，「諸軍或從斜谷道，或從武威入，會大霖雨三十餘日，或棧道斷絶。」靈關，關名，見綿州官池贈別同賦灣字詩注〔三〕。此泛指蜀地山關。文選張載劍閣銘：「興實在德，險亦難恃。」李善注引史記：「魏武侯浮西河而下，中流，顧而謂吴起笑曰：『美哉乎！河山之固，此魏國之寶也！』吴起對曰：『在德不在險。……若君不修德，舟中之人，盡爲敵國。』」

〔七八〕魏武四句　三國志魏武帝紀裴注引魏書：「太祖自統御海内，芟夷羣醜，其行軍用師，大較依孫（武）、吴（起），而因事設奇，譎敵制勝，變化如神。自作兵書十餘萬言，諸將征伐，皆以新書從事，臨事又手爲節度，從令者克捷，違教者負敗……故每戰必克，軍無幸勝。」又諸葛亮後出師表：「曹操智計殊絶於人，其用兵也，髣髴孫、吴。」

〔七九〕東擒句　狡布，指吕布。三國志魏武帝紀：建安三年（一九八）九月，「公東征（吕）布。冬十月，屠彭城……月餘，布將宋憲、魏續等執陳宫，舉城（下邳）降。生禽布、宫，皆殺之」。擒，原作「摛」，當是「擒」（通「禽」）之形訛。全唐文作「擒」，是，據改。

〔八〇〕强袁,指袁熙、袁尚。　三國志魏二袁傳:「袁紹死後,其子譚、熙、尚互爲攻扞。建安十年(二〇五)正月,曹操斬袁譚。「熙、尚爲其將焦觸、張南所攻,奔遼西烏丸。……十二年(二〇七),太祖至遼西擊烏丸。尚、熙與烏丸逆軍戰,敗走,奔遼東,公孫康誘斬之,送其首。」袁,原作「表」。全唐文作「袁」,是,「表」乃形訛,據改。

〔八一〕破黄巾句　三國志魏武帝紀:初平三年(一九六)「(鮑)信乃與州吏萬潛等至東郡迎太祖領兖州牧,遂進兵擊黄巾於壽張東。」　壽張,縣名,今屬山東。元和郡縣志卷一〇河南道鄆州壽張縣:「本漢壽良縣也,屬東郡。後漢光武以叔父名良,改曰壽張,屬東平國」。

〔八二〕斬眭固句　三國志魏武帝紀:建安四年(一九九)春二月,「公還至昌邑。張楊將楊醜殺楊,眭固又殺醜,以其衆屬袁紹,屯射犬。夏四月,(曹操)進軍臨河,使史涣、曹仁渡河擊之。……(眭固)與涣、仁相遇犬城。交戰,大破之,斬固」。射犬,後漢書光武帝紀上李賢注引續漢志:「野王縣有射犬聚,故城在今懷州武德縣北也。」按地在今河南沁陽縣東北。

〔八三〕援戈兩句　三國志魏武帝紀:「遼西單于蹋頓尤强,爲(袁)紹所厚,故(袁)尚兄弟歸之,數入塞爲害。」建安十二年(二〇七),曹操北征三郡烏丸。八月,「登白狼山,卒與虜遇……乃縱兵擊之,使張遼爲先鋒,虜衆大崩,斬蹋頓及名王以下,胡、漢降者二十餘萬口」。

〔八四〕擁旆兩句　三國志魏武帝紀:建安十三年(二〇八)秋七月,「公南征劉表。八月,表卒,其子琮代。……九月,公到新野,琮遂降」。

〔八五〕清中夏　平定中原。晉書王珣傳：「時（桓）温經略中夏，竟無寧歲。」

〔八六〕挾天子句　三國志蜀諸葛亮傳：諸葛亮説劉備曰：「今（曹）操已擁百萬之衆，挾天子（指獻帝）而令諸侯，此誠不可與爭鋒。」按此語源出戰國策秦策一：「據九鼎，按圖籍，挾天子以令天下，天下莫敢不聽。」

〔八七〕信超然句　三國志魏武帝紀：「太祖運籌演謀，鞭撻宇内……抑可謂非常之人，超世之傑矣。」

〔八八〕而弊於兩句　三國志魏武帝紀裴注引曹瞞傳：曹操「執法峻刻，諸將有計畫勝出己者，隨以法誅之，及故人舊怨，亦皆無餘」。又謂其「酷虐變詐」。

〔八九〕孔融兩句　後漢書孔融傳：「時年饑兵興，操表制酒禁，融頻書爭之，多侮慢之辭。既見操雄詐漸著，數不能堪，故發辭偏宕，多致乖忤。」「曹操既積嫌忌，而郗慮復構成其罪……下獄棄世。」三國志魏荀彧傳：「荀彧字文若，潁川潁陰人也。」封萬歲亭侯。荀彧因不贊成董昭等「太祖宜進爵國公，九錫備物」之議，終「以憂薨」。

〔九〇〕孝先兩句　三國志魏崔琰傳：「崔琰字季珪，清河東武城人也。」遷中尉。曹操爲魏王，崔琰所薦楊訓發表稱贊功伐，崔琰與訓書有「會當有變時」語，曹操以爲「意指不遜」，遂賜琰死。又毛玠傳：毛玠字孝先，陳留平丘人也。「崔琰既死，玠内不悦。後有白玠者：『出見黥面反者，其妻子没爲官奴婢』。玠言曰：『使天不雨者蓋此也。』太祖大怒，收玠付獄……時桓階、和洽進言救玠。玠遂免黜，卒於家」。

〔九一〕懷柔　詩經周頌時邁：「懷柔百神。」毛傳：「懷，來；柔，安。」餘見下注。

〔九二〕東南　指吴。三國志魏武帝紀：建安十九年（二一四）秋七月，「公征孫權」。裴注引九州春秋：「參軍傅幹諫曰：『……吴有長江之險，蜀有崇山之阻，難以威服，易以德懷。愚以爲可且按甲寢兵，息軍養士……公神武震於四海，若脩文以濟之，則普天之下，無思不服矣。……』公不從，軍遂無功」。

〔九三〕文帝句　三國志魏文帝紀：「文皇帝諱丕，字子桓。」生於漢靈帝中平四年（一八七），建安二十五年（即延康元年，二二〇）代漢，時年三十四。

〔九四〕光膺句　三國志魏文帝紀：「漢帝以衆望在魏，乃召羣公卿士，告祠高廟。使兼御史大夫張音持節奉璽綬禪帝位……改延康爲黄初。」

〔九五〕墳籍　左傳昭十二年：「是能讀三墳五典八索九丘。」杜預注：「皆古書名。」此泛指圖書。三國志魏文帝紀：「帝好文學，以著述爲務，自所勒成垂百篇。」

〔九六〕文質兩句　論語雍也：「文質彬彬，然後君子。」何晏集解引包咸曰：「彬彬，文質相半之貌。」

〔九七〕利建　即利建侯。易屯卦：「利建侯。」王弼注：「得王則定。」此指立國。　七百，周成王卜得享國之年，見鄭太子碑銘注〔七〕。此謂享國長久。

〔九八〕骨肉句　三國志魏陳思王傳：「時法制，待藩國既自峻迫，寮屬皆賈豎下才，兵人給其殘老，大數不過二百人。又植以前過，事事復減半，十一年中而三徙都，常汲汲無歡。」又世説新語尤悔載文帝毒殺任城王彰，復欲害東阿（植）；同書文學載文帝迫曹植「七步中作詩，不成者行大法」，皆其不容骨肉之事。

〔九九〕衡樞　即衡宰、機樞，謂重要職位。　他姓，外姓人，此當指司馬氏。司馬宣王（懿）於文帝時官至撫軍大將軍。

〔一〇〇〕珠翠　珠璣、翡翠。三國志吳吳主傳：吳嘉禾四年（二三五），「魏使以馬求易珠璣、翡翠、瑇瑁，權曰：『此皆孤所不用，而可得馬，何苦而不聽其交易？』」按吳嘉禾四年爲魏明帝曹叡青龍三年，非文帝時事。文帝求珠翠事未詳，或爲作者誤用。

〔一〇一〕諒闇　皇帝居喪。禮記喪服四制：「高宗諒闇，三年不言。」　廢禮，指文帝居喪出獵。三國志魏鮑勛傳：「文帝受禪……將出游獵，勛停車上疏曰：『……如何在諒闇之中，修馳騁之事乎！』」

〔一〇二〕近抱兩句　三國志魏辛毗傳裴注引世語：毗女憲英，適太常泰山羊耽，外孫夏侯湛爲其傳曰：「憲英聰明有才鑒。初，文帝與陳思王爭爲太子，既而文帝得立，抱毗頸而喜曰：『辛君知我喜不？』毗以告憲英，憲英嘆曰：『太子，代君主宗廟社稷者也。代君不可以不戚，主國不可以不懼。宜戚而喜，何以能久？魏其不昌乎！』」

〔一〇三〕明帝句　三國志魏明帝紀:「明皇帝諱叡,字元仲,文帝太子也。」黄初七年(二二六)五月嗣位。

〔一〇四〕繼以三句　三國志魏明帝紀裴注引魏略:明帝大治宫室,耽於游宴,太子舍人張茂上書諫曰:「自衰亂以來,四五十載,馬不捨鞍,士不釋甲,每一交戰,血流丹野,創痍號痛之聲,於今未已。……陛下不兢兢業業,念崇節約,思所以安天下者,而乃奢靡是務……臣竊爲陛下不取也。」

〔一〇五〕高貴鄉公　三國志魏三少帝紀:「高貴鄉公諱髦,字彦士,文帝孫,東海定王霖子也。正始五年(二四四),封郯縣高貴鄉公。……齊王(芳)廢,公卿議迎立公。」遂即帝位。

〔一〇六〕明決句　三國志魏三少帝紀裴注引漢晉春秋:司馬氏專權,高貴鄉公「不勝其忿……謂曰:『司馬昭之心,路人所知也。吾不能坐受廢辱,今日當與卿等自出討之。』」遂帥僮僕數百,鼓譟而出,爲太子舍人成濟所殺。

〔一〇七〕山陽公　即漢獻帝。三國志魏文帝紀:延康元年(二二〇),漢獻帝禪位於魏文帝曹丕。黄初元年(二二〇)十一月,「以河内之山陽邑萬户奉漢帝爲山陽公,行漢正朔。」又明帝紀:青龍二年(二三四)三月庚寅,山陽公薨。

〔一〇八〕陳留王句　謂曹奂又禪位於晉。三國志魏三少帝紀:高貴鄉公卒,迎立陳留王曹奂。咸熙二年(二六五)十二月,曹奂「使使者奉皇帝璽綬册,禪位於晉嗣王(司馬炎),如漢魏故事……遂改次（陳留王）於金墉城，而終館於鄴，時年二十」。陳留王「作賓於晉，比之山陽（漢獻帝），班寵有加焉」。

〔附〕酬楊比部員外暮宿琴堂朝躋書閣率爾見贈之作

閑拂簷塵看，鳴琴候月彈。桃園迷漢姓，松樹有秦官。空谷歸人少，青山背日寒。羨君棲隱處，遥望在雲端。

按：此詩見唐五十家詩集本盧照鄰集卷下「五言律詩」中。全唐詩卷四二收爲盧照鄰詩，注：「一作王維詩。」同書卷一二六又收爲王維詩，注：「一作盧照鄰詩。」清趙殿成王右丞集箋注據宋劉須溪（辰翁）評點本等，編此詩於卷七，首句作「舊簡拂塵看」。四部叢刊影印元本王右丞集，此詩在卷二。文苑英華卷三一四作王維詩，第二句「候」作「俟」，原校：「集作候。」則英華校勘者所見王集，正有此詩。又唐五十家詩集本王摩詰集卷四亦載此詩。以上各集及文苑英華，皆無一作盧詩之説。考王右丞集箋注卷六有同比部楊員外十五夜游有懷静者季，兩詩之比部楊員外當即一人，則此詩應屬王維。是詩誤入二卷本盧集，張燮未輯入七卷本幽憂子集，今附録之以資參考。

附録一　傳記資料

舊唐書盧照鄰傳

（後晉）劉　昫

盧照鄰字昇之，幽州范陽人也。年十餘歲，就曹憲、王義方授蒼、雅及經史，博學善屬文。初授鄧王府典籤，王甚愛重之，曾謂羣官曰：「此即寡人相如也。」後拜新都尉，因染風疾去官，處太白山中，以服餌爲事。後疾轉篤，徙居陽翟之具茨山，著釋疾文、五悲等誦，頗有騷人之風，甚爲文士所重。照鄰既沉痼攣廢，不堪其苦，嘗與親屬執别，遂自投潁水而死，時年四十。文集二十卷。兄光乘，亦知名，長壽中爲隴州刺史。（卷一九〇上文苑傳上）

新唐書盧照鄰傳

（宋）歐陽修

照鄰字昇之，范陽人。十歲從曹憲、王義方授蒼、雅。調鄧王府典籤，王愛重，謂人曰：「此吾之相如。」調新都尉，病去官。居太白山，得方士玄明膏餌之，會父喪，號嘔，丹輒出，由是疾益甚。客東龍門山，布衣藜羹，裴瑾之、韋方質、范履冰等時時供衣藥。疾甚，足攣，一手又廢，乃去具茨山下，買園數十畝，疏潁水周舍，復豫爲墓，偃卧其中。照鄰自以當高宗時尚吏，己獨儒；武后尚法，己獨黄老；后封嵩山，屢聘賢士，己已廢，著五悲文以自明。病既久，與親屬訣，自沈潁水。（卷二〇一文藝傳上）

新唐書孫思邈傳（節録）

（宋）歐陽修

思邈於陰陽、推步、醫藥無不善，孟詵、盧照鄰等師事之。照鄰有惡疾，不可爲，感而問曰：「高醫愈疾，奈何？」答曰：「天有四時五行，寒暑迭居，和爲雨，怒爲風，凝爲雪霜，張爲虹蜺，天常數也。人之四支五藏，一覺一寐，吐納往來，流爲榮衛，章爲氣色，發爲音聲，人常數也。陽用其形，陰用其精，天人所同也。失則蒸生熱，否生寒，結爲瘤贅，陷爲癰疽，奔則喘乏，竭則燋槁，發乎面，動乎形。天地亦然：五緯縮贏，孛彗飛流，其危診也；寒暑不時，其蒸否也；石立土踊，是其瘤贅；山崩土陷，是其癰疽；奔風暴雨其喘乏，川瀆竭涸其燋槁。高醫道以藥石，救以砭劑；聖人和以至德，輔以人事。故體有可愈之疾，天有可振之災。」照鄰曰：「人事奈何？」曰：「心爲之君，君尚恭，故欲小。詩曰：『如臨深淵，如履薄冰。』小之謂也。膽爲之將，以果決爲務，故欲大。詩曰：『赳赳武夫，公侯干城。』大之謂也。仁者静，地之象，故欲方。傳曰：『不爲利回，不爲義疚。』方之謂也。智者動，天之象，故欲圓。易曰：『見幾而作，不俟終日。』圓之謂也。」復問養性之要，答曰：「天有盈虛，人有屯危，不自慎，不能濟也。故養性必先知自慎也。慎以畏爲本。太上畏道，其次畏天，其次畏物，其次畏人，其次畏身。憂於身者不拘於人，畏於己者不制於彼，慎於小者不懼於大，戒於近者不侮於遠。知此則人事畢矣。」（卷一九六隱逸傳）

按：此傳當本劉肅大唐新語卷一〇，文句稍有出入。

豔情代郭氏贈盧照鄰

（唐）駱賓王

迢迢芋路望芝田，眇眇函關限蜀川。歸雲已落涪江外，還鴈應過洛水壥。洛水傍連帝城側，帝宅層甍垂鳳翼。銅駝路上柳千條，金谷園中花幾色。柳葉園花處處新，洛陽桃李應芳春。妾向雙流窺石鏡，君住三川守玉人。此時離別那堪道，此日空床對芳沼。芳沼徒游比目魚，幽徑還生拔心草。流風回雪儻便娟，驥子魚文實可憐。擲果河陽君有分，貰酒成都妾亦然。莫言貧賤無人重，莫言富貴應須種。緑珠猶得石崇憐，飛燕曾經漢皇寵。良人何處醉縱橫，直如循默守空名。倒提新縑成慊慊，翻將故劍作平平。離前吉夢成蘭兆，別後啼痕上竹生。別日分明相約束，已取宜家成誡勗。當時擬弄掌中珠，豈謂先摧庭際玉。悲鳴五里無人問，腸斷三聲誰爲續？思君欲上望夫臺，端居懶聽將雛曲。沈沈落日向山低，簷前歸燕并頭棲。抱膝當牕瞻夕兔，側耳空房聽曉鷄。舞蝶臨階祇自舞，啼鳥逢人亦助啼。獨坐傷孤枕，春來悲更甚。峨眉山上月如眉，濯錦江中霞似錦。錦字回文欲贈君，劍壁層峯自糾紛。平江淼淼分青浦，長路悠悠閒白雲。也知京洛多佳麗，也知山岫遥虧蔽。無那短封即疏索，不在長情守期契。傳聞織女對牽牛，相對銀河隔淺流。誰分迢迢經兩歲，誰能脉脉待三秋？情知唾井終無理，情知覆水也難收。不復下山能借問，更向盧家字莫愁。（陳熙晉《駱臨海集箋注》卷四）

盧照己墓誌銘（節録）

（唐）佚　名

君諱照己，字炅之，范陽涿人。漢侍中府君植之十六代孫。炎皇啓其胤緒，聖德天齊；尚父大其門閭，深仁海浚。忠賢踵武，台鼎連蹤，昌之以漢侍中，承之以晉司空。世炳丕業，以至於公。故萬業歸其鼎緒，六籍詠其家風。曾祖旦，齊本州大中正，贈殷州刺史。祖子元，隨龍山、新寧二令。父仁勗，唐江都尉，臨潁丞。文學繼業，游夏揚名，才命不齊，郡縣偕詘。古不云乎：明德之後，必有達人。君之昆弟八人，咸能知名當代。有若照乘、照鄰、照容，洎君並弱冠秀出，皆擅詞宗。翰墨浹於寰瀛，文集藏於天閣。晉朝二陸，未方群秀；荀門八龍，多慚鴻筆。故天下休之，以爲榮觀。……

……（開元）七年遇疾，罷郡歸於洛京。病聞就閑，閉門謝世。時聖制平胡詩、偃松詩二章，詞臣畢和，君感音進和，上深嘆美，賜物四十段。他日又撰進亡兄照鄰、照容等文集，又降使慰賞，賜雜彩六十段。洎十有一年九月一日寢疾，終於康俗里第，春秋七十有三。

君冠族英華，翰林宗匠。文章秀發，受氣於東壁之星；楨榦森然，比勁於南山之竹。年始志學，博究群書，探六籍之菁華，漱百氏之芳潤。振麗藻而風烟動色，寫清辯而笙竽合響，則已名聞寰宇，價重朝廷。爲陸氏之龍鸞，連翔撫翼；充謝庭之蘭玉，齊芳吐秀。挹其門者，輿喻虎之談；昇其堂者，均附驥之遠。……其名也立，搦札飛文，擅一時之才子；其生也貴，腰金珮玉，繼百代之諸侯。有令德聞於宇縣，有高文懸於日月。何必乎台輔，然後爲貴哉！（原題唐故銀青光禄大夫金州刺史上柱國盧君墓誌銘並序，載文物二〇〇七年第六期）

朝野僉載

（唐）張　鷟

盧照鄰字昇之，范陽人。弱冠拜鄧王府典籤，王府書記一以委之。王有書十二車，照鄰總披覽，略能記憶。後爲益州新都縣尉，秩滿，婆娑於蜀中，放曠詩酒，故世稱「王、楊、盧、駱」。照鄰聞之，曰：「喜居王後，恥在駱前。」時楊之爲文，好以古人姓名連用，如「張平子之略談，陸士衡之所記」，「潘安仁宜其陋矣，仲長統何足知之」，號爲「點鬼簿」。駱賓王文好以數對，如「秦地重關一百二，漢家離宮三十六」，時人號爲「算博士」。如盧生之文，時人莫能評其得失矣。惜

哉！不幸有冉畊之疾，著幽憂子以釋憤焉。文集二十卷。（卷六）

唐詩紀事　盧照鄰

（宋）計有功

照鄰，字昇之，范陽人。調新都尉，病去官。足攣，一手又廢，乃居具茨山下。自以爲高宗尚吏，己獨儒；武后尚法，己獨黄老；后封嵩山，屢聘賢士，己獨廢，著五悲文以自明。病既久，與親屬訣，自沉潁水。（卷七）

唐才子傳

（元）辛文房

盧照鄰，字昇之，范陽人。調鄧王府典籤，王愛重，謂人曰：「此吾之相如也。」後遷新都尉，嬰疾去官，居太白山草閣，得方士玄明膏餌之。會父喪，號慟，因嘔丹輒出，疾愈甚。家貧苦，貴宦時時供衣藥。乃去具茨山下，買園數十畝，疏潁水周舍，復豫爲墓，偃卧其中。自以當高宗時尚吏，己獨儒；武后尚法，己獨黄老；后封嵩山，屢聘賢士，己已廢。著五悲文以自明。手足攣緩，不起行已十年。每春歸秋至，雲壑煙郊，輒輿出户庭，悠然一望，遂自傷，作釋疾文，有云：「覆燾雖廣，嗟不容乎此生；亭育雖繁，恩已絶乎斯代。」與親屬訣，自沈潁水。有詩文二十卷及幽憂子三卷行於世。舊唐書曰：「兄光乘，亦知名，長壽中爲隴州刺史。」（卷一）

附録二　著録題跋

舊唐書經籍志

（後晉）劉　昫

盧照鄰集二十卷。（卷四七）

新唐書藝文志

（宋）歐陽修

盧照鄰集二十卷，又幽憂子三卷。（卷六〇）

崇文總目

（宋）王堯臣

盧照鄰集十卷。幽憂子集三卷。（卷五）

通志藝文略

(宋)鄭樵

盧照鄰集二十卷、幽憂子集三卷。(卷七〇)

郡齋讀書志

(宋)晁公武

盧照鄰幽憂子集十卷。右唐盧照鄰昇之也。范陽(袁本作「洛陽」,誤)人。調新都尉,病去官。隱具茨山下,手足攣廢。疾久,訣親戚,自沈潁水。照鄰自以當高宗時尚吏,己獨儒;武后尚法,己獨黄老;后封嵩山,聘賢士,己病(袁本作「已」)廢。著五悲文,今在集中。嘗自號幽憂子。(衢本卷一七,袁本卷四上)

遂初堂書目

(宋)尤袤

盧照鄰集。

直齋書録解題

(宋)陳振孫

盧照鄰集十卷,唐新都尉范陽盧照鄰撰。以久病,自沈潁水。(卷一六)

文獻通考經籍考　（元）馬端臨

盧照鄰幽憂子集十卷（下引晁公武郡齋讀書志，略）。（卷二三一）

宋史藝文志　（元）脱脱等

盧照鄰集十卷。幽憂子集三卷。（卷二〇八）

百川書志　（明）高儒

盧照鄰詩一卷，新都尉范陽盧照鄰升之著。（卷一四）

世善堂藏書目録　（明）陳第

幽憂子十卷。（卷下）

幽憂子集題詞

（明）石户主人張燮

古今文士奇窮，未有如盧昇之之甚者。夫其仕宦不達，則亦已耳，沉痾永痼，無復聊賴，至自投魚腹中，古來膏肓，無此死法也。昇之方始寢瘵，自以偓方爲必可期，嘗遇異人授以大丹，會遭父喪，躃踴號慟，丹輒吐出，而疾轉增。倫常之際，天性之篤，有足憐者。母老身廢，仰給交知，如鄰舍隙光，詎易長燃。竊謂天地大矣，無所不有，或儷景爭暉，或埋烟剜骨；或百靈供其驅遣，或四大無以自容。脆漏偶遭，勢必任受，無處訴屈，安得以捷足笑跛，譏彼蹣跚，自貽坑塹哉！早歲秩滿，棲遲山水間；比疾篤，買園繞水舍下，又豫爲墓，依稀達人之風。若夫馴鳶、病梨之賦，五悲、釋疾之文，筆端尚存，曷禁輸寫。乃持議者訝其不能義命自安，亦太甚矣。因梓昇之集，而詳揭之。（四部叢刊初編本幽憂子集卷首）

四庫全書總目提要

（清）紀　昀

盧昇之集七卷，唐盧照鄰撰。唐書文苑傳稱照鄰初爲鄧王府典籤，調新都尉，以病去官。後手足攣廢，竟自沈潁水而死。考集中相里夫人檀龕序，稱「乾封紀歲」，當爲乾封元年丙寅；對蜀父老問稱「龍集荒落」，當爲總章二年己巳，皆在益州時所作。病梨樹賦序稱「癸酉之歲」，臥病長安，則其罷官當在咸亨四年以前。計其羈棲一尉，僅五六年。又窮魚賦序稱曾以横事被拘，將致之深議，則中間又遭非罪。其病廢以後，與洛陽名流朝士乞藥借（按：「借」當爲「值」之訛）書，至每人求乞錢二千，其貧亦可想見，蓋文士之極坎坷者。故平生所作，大抵歡寡愁殷，有騷人之遺響，亦遭遇使之然也。史又稱王楊盧駱，以文章齊名。楊炯嘗謂愧在盧前，恥居王後。張説則曰：「盈川文如懸河，酌之不竭，優於盧而不滅王，恥居後，信然；愧在前，謙也。」今觀照鄰之文，似不及王楊駱三家之宏放，疑説之論爲然。然所傳篇什獨少，未可以一斑概全豹。杜甫均以「江河萬古」許之，似難執殘編斷簡以强定低昂。況張鷟朝野僉載亦記是語，而作照鄰謂「喜居王後，恥在駱前」。文人品目，多一時興到之言，尤未可據爲定論也。其集，晁氏、陳氏書目俱作十卷，此本僅七卷，則其散佚者已多。又窮魚賦序稱嘗思報德，故冠之篇首，則照鄰自編之集，當以是賦爲第一，而此本列秋霖、馴鳶二賦後。其與在朝諸賢書，亦非完本。知由後人掇拾而成，非其舊帙矣。（卷一四九）

孫氏祠堂書目内編

（清）孫星衍

盧昇之集四卷，唐盧照鄰撰。

唐四傑詩四卷，不著編人姓氏，影宋寫本。

唐十二家詩八册，明張遜業刊本（今按：其中有盧照鄰）。（卷四）

平津館鑒藏記

（清）孫星衍

唐四傑詩集四卷，卷一卷前有景德四年汪楠序。每卷不標大題，惟題作人姓名。又王、楊、盧詩前無目，駱賓王詩前有之。此本從北宋本影摹。序文後有「琴泉生」三字、「世恩堂」三字、「汪良用印」四字影摹墨印。巾箱本，每葉廿六行，行十九字。每葉左方上有「錢遵王述古堂藏書」八字。收藏有「吴元潤印」白文方印，「澤均」朱文方印，「長洲吴謝堂氏香雨齋珍藏書畫印」朱文方印。（卷三）

皕宋樓藏書志

（清）陸心源

盧昇之集七卷，舊鈔本，唐范陽盧照鄰昇之撰。前有新、舊書列傳。（卷六八）

抱經樓藏書志

（清）沈德壽

盧昇之集七卷，乾隆刊本，唐范陽盧照鄰昇之撰。前有新、舊書列傳。（卷五一）

善本書室藏書志

（清）丁　丙

盧昇之集七卷，舊鈔本，唐盧照鄰撰。照鄰字昇之，范陽人。唐書文苑傳稱初爲鄧王府典籤，調新都尉，以病去官，隱具茨山下，手足攣廢，自沈潁水而死。有幽憂子集十卷，晁氏、陳氏書目并同。宋刻有二卷本，載賦、詩及五悲，惟無樂府九章與騷、序、對問、書、讚、碑十七篇。此七卷本，乃後人摭拾而成，然夙稱舊帙矣。（卷二四）

藝風藏書續記

繆荃孫

盧昇之集二卷，明刻本，唐盧照鄰撰。丁氏書目云宋刻有二卷本，載詩、賦及五悲，惟無樂府九章與騷、序、對問、書、讚、碑十七篇，知此本原出於宋。首葉有「釋實思」白文方印。（卷六）

盧照鄰集二卷跋

繆荃孫

舊刻本，每半葉十行，行十八字。按丁氏善本書室藏書志云：「宋刻有二卷本，載賦、詩及五悲，惟無樂府九章與騷、序、對問、書、讚、碑十七篇。」與此本恰合，惟紙墨仍是明人翻雕宋本耳。收藏，前有釋實道朱文方印。（藝風堂題跋，宣統三年國學叢刊第一册）

木犀軒藏書題記

李盛鐸

盧照鄰集二卷，唐盧照鄰撰，明刻本。此本與徐獻忠刻唐百家詩大致相同，即板心廣狹、字體大小亦復略似，惟徐刻至遊昌化山精舍一詩爲止，此則增收雜言騷體五篇爲小異耳。聞滬市有明活字本唐人詩四十家，中有初唐四傑各集，已爲方地山購去，它日當向地山一借勘之。椒微。（木犀軒藏書題記及書録第三三頁，北京大學出版社一九八五年版）

明刊幽憂子集跋

傅增湘

考舊唐書本傳，盧照鄰文集爲二十卷。晁氏郡齋讀書志、陳氏直齋書録解題載幽憂子集爲十卷。其本皆不傳。此七卷本乃後人所輯，明以來多傳於世。此本爲明季閩人張燮紹和所刻初唐四家集之一，特改題此名以復其舊耳。刊本半葉九行，行十八字。前有紹和題詞，參訂人名尚有徐興公、曹能始、黄石齋等十二人。其詩文與世行本初無所增，第附録列新、舊唐書本傳，末更加以遺事、集評耳。

紹和曾刻有漢魏六朝七十二家集，在張天如百三家集之前。其書傳世無多，余曾收得一部，其版式體例與此相同，蓋七十二家之後又繼刻初唐諸家，四傑之外尚有沈、宋，余皆得見之。昔年上海涵芬樓印四部叢刊，徵盧集善本，余出此本付之，遂爾傳於世。其實此本文字視他明刻未爲勝異，特以罕覯爲珍耳，讀者試細勘之。辛巳五月十三日，藏園記。（藏園羣書題記卷一一）

附録三　諸家評論

王勃集序（節録）

（唐）楊　炯

嘗以龍朔初載，文場變體，爭構纖微，競爲雕刻。糅之金玉龍鳳，亂之朱紫青黄，影帶以狥其功，假對以稱其美，骨氣都盡，剛健不聞。思革其弊，用光志業。薛令公朝右文宗，託末契而推一變；盧照鄰人間才傑，覽清規而輟九攻。知音與之矣，知己從之矣。於是鼓舞其心，發洩其用，八紘馳騁於思緒，萬代出没於毫端。……長風一振，衆萌自偃。遂使繁綜淺術，無藩籬之固；紛繪小才，失金湯之險。積年綺碎，一朝清廓，翰苑豁如，詞林增峻。（盈川集卷三）

祭杜學士審言文（節録）

（唐）宋之問

運鍾唐虞，崇文寵儒，國求至寶，家獻靈珠。後俊有王楊盧駱，繼之以子跡雲衢。王也才參卿於西陝，楊也終遠宰於東吴。盧則哀其栖山而卧疾，駱則不能保族而全軀。由運然也？莫以

福壽自衛；將神忌也？不得華實斯俱。惟靈昭昭，度越諸子。（文苑英華卷九七八）

戲爲六絶句之二、三

（唐）杜　甫

王楊盧駱當時體，輕薄爲文哂未休。爾曹身與名俱滅，不廢江河萬古流。

縱使盧王操翰墨，劣於漢魏近風騷。龍文虎脊皆君馭，歷塊過都見爾曹。

大唐新語

（唐）劉　肅

華陰楊炯與絳州王勃、范陽盧照鄰、東陽駱賓王，皆以文詞知名海内，稱爲「王楊盧駱」。炯與照鄰皆可全，而盈川之言爲不信矣。張説謂人曰：「楊盈川之文，如懸河注水，酌之不竭，既優於盧，亦不減王。恥居王後則信然，愧在盧前則爲誤矣。」（卷八。按：此文字疑有訛脱，參讀後舊唐書楊炯傳引崔融語）

舊唐書楊炯傳（節録）

（後晉）劉　昫

炯與王勃、盧照鄰、駱賓王以文詞齊名，海内稱爲「王楊盧駱」，亦號爲「四傑」。炯聞之，謂人曰：「吾愧在盧前，恥居王後。」當時議者，亦以爲然。其後崔融、李嶠、張説俱重四傑之文。崔融曰：「王勃文章宏逸，有絶塵之迹，固非常流所及。炯與照鄰可以企及，盈川之言信矣。」説曰：「楊盈川文思如懸河注水，酌之不竭，既優於盧，亦不減王。『恥居王後』，信然；『愧在盧前』，謙也。」

韻語陽秋

（宋）葛立方

杜（甫）獨取垂拱四傑，何邪？南皮之韻，固不足取；而王、楊、盧、駱亦詩人之小巧者爾，至有「不廢江河萬古流」之句，褒之豈不太甚乎？（卷三）

容齋隨筆

（宋）洪　邁

王勃等四子之文，皆精切有本原。其用駢驪作記、序、碑、碣，蓋一時體格如此，而後來頗議之。杜詩云：「王楊盧駱當時體，輕薄爲文哂未休。爾曹身與名俱滅，不廢江河萬古流。」正謂此耳。身名俱滅，以責輕薄子；「江河萬古流」，指四子也。（容齋四筆卷五）

艇齋詩話

（宋）曾季貍

古人於前輩未嘗敢忽，雖不逮於己者，亦不敢少忽也。以韓退之之於文，杜子美之於詩，視王、楊、盧、駱之文不啻如俳優，而王績之文於退之，猶土苴爾。然退之於王勃滕王閣記、王績醉鄉記，方且有歆豔不及之語；子美於王、楊、盧、駱之文，又以爲時體而不敢輕議。古人用心忠厚如此，異乎今人露才揚己，未有寸長者，已譏議前輩，此皇甫持正所以有衙官老兵之論。

藝苑卮言

（明）王世貞

盧、駱、王、楊，號稱四傑，詞旨華靡，固沿陳隋之遺，翩翩意象老境，超然勝之，五言遂爲律家正始。内子安稍近樂府，楊、盧尚宗漢魏。賓王長歌雖極浮靡，亦有微瑕，而綴錦貫珠，滔滔洪遠，故是千秋絶藝。

盧照鄰語如「衰鬢似秋天」，駱賓王語如「候月恒持滿，尋源屢鑿空」，絶似老杜。（卷四）

詩藪

（明）胡應麟

照鄰古意，賓王帝京，詩藻富者故當易至，然須尋其本色乃佳。

歌行兆自大風、垓下，四愁、燕歌而後，六代寥寥。至唐大暢，王、楊四子，婉轉流麗；李、杜二家，逸宕縱橫。獻吉專攻子美，仲默兼取王、盧，并自有旨。

唐七言歌行，垂拱四子，詞極藻豔，然未脱梁、陳也。張、李、沈、宋，稍汰浮華，漸趨平實，唐體肇矣，然而未暢也。高、岑、王、李，音節鮮明，情致委折，濃纖修短，得衷合度，暢乎，然而未大也。太白、少陵，大而化之，能事畢矣。（以上内編卷三）

唐音癸籤

（明）胡震亨

王子安（勃）雖不廢藻飾，如璞含珠媚，自然發其彩光。盈川（楊炯）視王微加澄汰，清骨明姿，居然大雅。范陽（盧照鄰）較楊微豐，喜其領韻疏拔，時有一往任筆、不拘整對之意。義烏（駱賓王）富有才情，兼深組織，正以太整且豐之故，得擅長什之譽，將無風骨有可窺乎！當年四子先後品序，就文筆通論，要亦其詩之定評也歟。（卷五）

載酒園詩話又編

（清）賀裳

盧之音節頗類于楊，長安古意一篇，則楊所無。寫豪獰之態，如「意氣由來排灌夫」，尚不足奇；「專權判不容蕭相」，雖蕭無此事，儼然如見霍氏凌蔑車千秋，趙廣漢突入丞相府召其夫人跪庭下。（黄白山評：「此蕭相非指蕭何，似言蕭望之爲前將軍輔政，其本傳自云：『吾嘗備位將相。』傳又云有司奏望之欲『排退許、史，專權擅朝』。當時專權擅朝者，實許、史輩，而諷有司奏望之云云，蓋排陷望之，所謂『不容蕭相』者，正指此事。『專權』自指許、史，與上句『意氣』指田蚡一例。今乃以專權屬蕭相，而誤以爲蕭何，又謂其『無此事』，如此解詩，不顧識者噴飯耶！」）至摹寫游冶，「北堂夜夜人如月，南陌朝朝騎似雲」，亦爲酷肖。自寄託曰：「寂寂寥寥楊子居，年年歲歲一床書。獨有南山桂花發，飛來飛去襲人裾。」不惟視帝京篇結語藴藉，即高達夫「有才不肯學干謁」，亦遜其温柔敦厚也。但行路難塵言滚滚，何以至是！少陵曰：「王楊盧駱當時體，輕薄爲文哂未休。」若如此篇，亦不得專咎人輕薄。

唐詩別裁集

（清）沈德潛

長安古意　長安大道，豪貴驕奢，狹邪艷冶，無所不有。自嬖寵而俠客、而金吾、而權臣，皆向娼家遊宿，自謂可永保富貴矣。然轉瞬滄桑，徒存墟墓，不如讀書自守者之爲得也。借言子雲，聊以自況云爾。（卷五）

春晚山莊率題　清穩。詩自開後人風氣。（卷九）

西使兼送孟學士南遊　前人但賞其起語雄渾，須看一氣承接，不平實，不板滯。後太白每

有此種格法。（卷一七）

曲池荷　言外有抱才不遇、早年零落之感。（卷一九）

藝概

（清）劉熙載

唐初四子源出子山。觀少陵戲爲六絶句專論四子，而第一首起句便云「庾信文章老更成」，有意無意之間，驪珠已得。

唐初四子沿陳、隋之舊，故雖才力迥絶，不免致人異議。陳射洪、張曲江獨能超出一格，爲李、杜開先。人文所肇，豈天運使然耶？（卷二）

附録四　盧照鄰年譜

盧照鄰，字昇之，染疾後自號幽憂子。

釋疾文粵若曰：「皇考慶余以弄璋兮，肇賜予以嘉詞：名余以照鄰，字余以昇之。」唐張鷟朝野僉載卷六：「盧照鄰字昇之。」兩唐書本傳同。又與洛陽名流朝士乞藥直書：「幽憂子學道于東龍門山精舍。」與在朝諸賢書：「幽憂子白。」宋趙明誠金石録卷二四跋尾曰：「唐黎尊師碑（按即益州至真觀主黎君碑）題曰盧子昇字照鄰。按唐史盧照鄰字昇之，與此碑不合。蓋唐初人多以字爲名爾。至以子昇爲昇之，則疑史之誤。」高步瀛唐宋文舉要乙編卷一盧照鄰小傳曰：「盧照鄰，字昇之，或曰：子昇，字照鄰。」此乃折衷兩説。按金石録謂「疑史之誤」，「史」指兩唐書本傳；而兩傳所據，當皆爲盧照鄰自述，實不誤。釋疾文命曰：「伯陽欣然見余曰：昇之來何遲。」又五悲悲才難：「余之昆兮曰杲之，余之季兮曰昂之。」皆可證其字爲「昇之」，而非「子昇」。金石録所云非是。疑趙氏所見碑文乃傳録本，將作者名、字倒誤，又訛「昇之」爲「子昇」。

幽州范陽人。

贈益府羣官：「一鳥自北燕，飛來向西蜀。」送幽州陳參軍赴任寄呈鄉曲父老：「薊北三千里，關西二十年。」又五悲悲窮通：「子非有唐之文士與？燕地之高門與？」皆言其故里在幽州（唐初幽州治所在薊，「北燕」亦即幽州，古代幽燕并稱）。近年洛陽出土的唐故銀青光禄大夫金州刺史上柱國盧君（照己）墓誌銘（文物二〇〇七年第六期，以下簡稱盧照己墓誌銘）曰：「君諱照己，字炅之，范陽涿人。」其人爲盧照鄰之弟。朝野僉載卷六：「盧照鄰，字昇之，范陽人。」兩唐書本傳同。按舊唐書地理志二：幽州大都督府范陽，「漢涿郡之涿縣也，郡所治。曹魏文帝改爲范陽郡，晉爲范陽國，後魏爲范陽郡，隋爲涿縣。武德七年（六二四），改爲范陽縣」。地即河北涿縣，今改爲涿州市。盧照鄰少年離鄉，在范陽生活時間不長。五悲悲昔遊曰：「自言少年遊宦，來從北燕。……暫辭薊北千萬里，少别昭丘三十年。」宋晁公武郡齋讀書志袁本卷四上别集類謂盧照鄰爲洛陽人，「洛」蓋「范」之誤（同書衢本作「范陽」）。

東漢盧植十六代孫，范陽盧氏「北祖」九代孫。

盧照己墓誌銘稱照己爲「漢侍中府君植之十六代孫」。盧照鄰釋疾文粤若自言其遠祖爲共工、四嶽、齊姜太公、秦博士盧敖（以上多爲傳説）、東漢末尚書盧植、西晉末從事中郎盧諶。又曰：「曁中朝之顛覆，家不墜乎良箕。……彌九葉而逮余兮，代增麗以光熙。」中朝顛覆，指晉室南渡；不墜良箕，指盧諶之子盧偃在范陽重振家業，號稱「北祖」。盧照鄰謂「彌九葉而逮余」，當從「北祖」盧偃算起。考元和姓纂及新唐書宰相世系表，自盧偃至唐高宗時宰相盧承慶爲九代，則盧照鄰當爲盧承慶族弟。盧照鄰爲初唐著名文士，元和姓纂、新唐書宰相世系表竟不列名，恐其已爲盧氏别房。又唐人喜攀附門第，故其自述亦不可盡信。

曾祖旦，祖子元。父仁勗，咸亨中卒於太白山下。

盧照己墓誌銘：「曾祖旦，齊（按：指北齊）本州大中正，贈殷州刺史。祖子元，隨（按：同「隋」）龍山、新寧二令。父仁勗，唐江都尉，臨潁丞。」三人别無事蹟可考。盧照鄰寄裴舍人諸公遺衣藥直書曰：「余家咸亨中良賤百口，自丁家難，私門弟妹凋喪，七八年間貨用都盡。余不幸遇斯疾，母兄哀憐，破産以供醫藥。」是時母尚在，知咸亨中「丁家難」爲喪父。又與洛陽名流朝士乞藥直書曰：「昔在關西太白山下，一隱士多玄明膏，中有丹砂八兩，予時居貧，不得上好砂，但取馬牙顔色微光潔者充用。自爾丁府君憂，每一號哭，涕泗中皆藥氣流出，三四年羸卧苦嗽，幾至於不免。」府君指其亡父。「自爾丁府君憂」，「爾」指居關西太白山下時。言「太白山下」，當是咸亨中其父母家於此。

兄弟八人。仕途坎坷，皆擅詞宗。有名光乘者曾爲隴州刺史。

五悲悲才難曰：「余之昆兮曰杲之，余之季兮曰昂之。……杲之爲人也風流儒雅，爲一代之和玉；昂之爲人也文章卓犖，爲四海之隨珠。」「昆兮何責？坐乾封兮老矣；季兮何負？横武陵而棄之。」又有詩題爲送二兄入蜀。其寄裴舍人諸公遺衣藥直書，言及「私門弟妹」，謂「兄弟薄遊近縣，創巨未平」。杲之、昂之皆其字，名未詳，「創巨」事亦不可考。舊唐書本傳曰：「兄光乘，亦知名，長壽中爲隴州刺史。」光乘不知是否即字杲之者。又盧照己墓誌銘：「君之昆弟八人，咸能知名當代，有若照乘、照鄰、照容洎君，並弱冠秀出，皆擅詞宗。」照乘、光乘是否一人，亦不可知。

唐太宗貞觀六年壬辰（公元六三二）

盧照鄰生於本年前後。

對蜀父老問曰：「龍集荒落，律紀蕤賓，余自酆鎬，歸於五津，從王事也。」又曰：「若余者，十五而志於學，四十而無聞焉。」「龍集荒落」爲己巳歲，即高宗總章二年（六六九）。「四十而無聞」雖係用論語典，然其時年蓋近四十，方有是語。又病梨樹賦序曰：「余年垂强仕，則有幽憂之疾。」此賦作於「癸酉之歲」，即高宗咸亨四年（六七三）。「强仕」亦指四十歲。由此知總章至咸亨間盧照鄰年值四十。據與洛陽名流朝士乞藥直書及寄裴舍人諸公遺衣藥直書，知盧照鄰於咸亨中居太白山下丁父憂時已患疾服藥（見前引）。咸亨共五年，若「咸亨中」爲咸亨二年（六七一），咸亨二年正月盧照鄰在蜀（見益州至真觀主黎君碑），則其丁憂染疾當在是年正月以後。若以咸亨二年盧照鄰染疾、年將四十計，則其約生於貞觀六年，確年不可考。聞一多先生唐詩大系訂盧照鄰生卒年爲「六三七——六八九（？）」，似無確證。

貞觀十五年辛丑（六四一）

十月，尚書左僕射高士廉與魏徵、楊師道、許敬宗、吕才、房玄齡、褚遂良、姚思廉等同撰文思博要成，凡一千二百卷，姚思廉作文思博要序。

盧照鄰約十歲。本年或此後數年内，隨父離范陽南下，遊學揚州等地。

舊唐書本傳：「年十餘歲，就曹憲、王義方授蒼、雅。」新唐書本傳：「十歲從曹憲、王義方授蒼、雅。」今姑繫於十歲時。按舊唐書儒學上曹憲傳：「曹憲，揚州江都人也。仕隋爲祕書學士。每聚徒教授，諸生數百人。」「憲又精諸家文字之書，自漢代杜林、衛宏之後，古文泯絶，由憲此學復興。……憲又訓注張揖所撰博雅，分爲十卷，煬帝令藏於祕閣。貞觀中，揚州長史李襲譽表薦之，太宗徵爲弘文館學士，以年老不仕，乃遣使就家拜朝散大夫，學者榮之。太宗又嘗讀書有難字，字書所闕者，録以問憲，憲皆爲之音訓及引證明白，太宗甚奇之。年一百五歲卒。所撰文選音義，甚爲當時所重。」據知曹憲於貞觀中因年高家居。據盧照己墓誌銘，照鄰之父仁勗曾任江都尉，而江都乃曹憲故鄉。盧照鄰從曹憲學，必在其父尉江都時。盧照鄰五悲悲昔遊有「忽憶揚州揚子津」、「茱萸灣兮楊柳春」等句，皆追憶揚州事。又舊唐書忠義上王義方傳：「王義方，泗州漣水人也。」總章二年（六六九）卒，年五十五，當生於隋煬帝大業十一年（六一五）。王義方初舉明經，俄授晋王府參軍，直弘文館，轉太子校書，貞觀二十年（六四六），坐與刑部尚書張亮交通，貶爲儋州吉安丞；二十三年（六四九），改授洹水丞，轉雲陽丞。顯慶元年（六五六），遷侍御史。是年因彈奏李義府而左遷萊州司户參軍，「秩滿，家於昌樂，聚徒教授」。由此可知，當盧照鄰十多歲時，王義方正遊宦長安及遭遠貶；雖義方曾在儋州「聚生徒，親爲講經」，但那是因「蠻俗荒梗」而爲，且路途遥遠，盧照鄰似不可能前往受業。所可能者，蓋在貞觀二十三年王義方改授洹水丞後，是時盧照鄰約十八歲；或在顯慶間義方家於昌樂（元和郡縣志卷一六，河北道魏州有昌樂縣）後，是時盧照鄰年近「而立」。兩唐書本傳既謂其從曹憲、王義方學俱在少年時，張鷟朝野僉載稱弱冠拜鄧王府典籤，則當以前者爲是。洹水縣在唐代屬相州，爲戰國時魏地。釋疾文粤若謂其少時「裹糧尋師」，在「刻鵠初成」前曾「入陳適衛」；此用孔子典，然亦可見其確曾往中州求學，蓋即指從王義方受業也。又，盧照鄰求學期間，除嘗到揚州、中州外，猶曾遊吴越及魯地。五悲悲昔遊：「月犯少微，弔吴中之隱士。」釋疾文粤若：「於是裹糧尋師，褰裳訪古，探舊篆於南越，得遺書於東魯（分别指會稽、曲阜）。」

唐高宗永徽元年庚辰（六五〇）

王勃生。楊炯生。

盧照鄰約十九歲。

永徽二年辛亥（六五一）

劉希夷生。

盧照鄰約二十歲，拜鄧王府典籤。

朝野僉載卷六：盧照鄰「弱寇，拜鄧王府典籤，王府書記，一以委之」。舊唐書本傳：「初授鄧王府典籤。」又新唐書本傳：「調鄧王府典籤。」兩傳皆未言何年拜典籤，今依僉載「弱冠」説，繫於本年。按釋疾文粤若曰：「既而屠龍適就，刻鵠初成。……及觀國之光，利用賓王，謁龍旂於虎帳，揮鳳藻於文昌。」所謂「謁龍旂於虎帳」，當即指拜鄧王府典籤，時在學成之後，乃其初仕，與僉載及本傳合。按舊唐書高祖二十二子傳：「鄧王元裕，高祖第十七子也。……歷鄧、梁、黄三州刺史。元裕好學，善談名理，與典籤盧照鄰爲布衣之交。……高宗時，又歷壽、襄二州刺史，兖州都督。麟德二年（六六五）薨。」據同書太宗紀下，貞觀十一年（六三七）春正月丁亥朔，「徙鄶王元裕爲鄧王」。鄧王何年牧壽不詳。考金石萃編卷五〇萬年宫銘碑陰題名，有「使持節壽州諸軍事、壽州刺史、上柱國、鄧王臣元裕」。該碑建於永徽五年（六五四）五月十五日，則其刺壽至遲當在是年,實際應更早。壽州治壽春(今安徽壽縣),其地漢爲淮南國,隋爲淮南郡。盧照鄰五悲悲昔遊述少年遊宦之地,有所謂「淮南芳桂之嶺」,當即指以王府典籤隨鄧王宦居壽春。

永徽四年癸丑(六五三)

三月,頒行孔穎達五經正義於天下。崔融生。

盧照鄰約二十二歲,在鄧王府。

顯慶元年丙辰(六五六)

五月,太尉長孫無忌進史官所撰梁、陳、周、齊、隋五代史志三十卷。弘文館學士許敬宗進所撰東殿新書二百卷,高宗製序。

盧照鄰約二十五歲,在鄧王府,居壽春。

顯慶三年戊午(六五八)

正月,鄧王元裕由壽州刺史轉襄州刺史。唐大詔令集卷三七册鄧王元裕襄州刺史文:「維顯慶三年歲次戊午正月甲申朔,二十八日辛亥,皇帝若曰:……壽州刺史、上柱國鄧王元裕,志業純深,基宇崇陝。標情文雅之地,植操忠賢之軌。壽州作牧,風教有成;襄陽按部,仁明允屬。是用命爾爲使持節襄州諸軍事、襄州刺史,王及勳官如故。」

盧照鄰約二十七歲,在鄧王府,隨居襄陽。與張柬之遊。

酬張少府柬之詩曰：「昔余與夫子，相遇漢川陰。珠浦龍猶卧，檀溪馬正沉。」據舊唐書張柬之傳，柬之爲襄陽人。詩謂「相遇漢川陰」，「漢川陰」正指襄陽。詩又謂「龍猶卧」，蓋柬之其時尚未入仕。

顯慶四年己未（六五九）

盧照鄰約二十八歲，在鄧王府，居襄陽。

顯慶五年庚申（六六〇）

楊炯舉神童後，於是年待制弘文館。駱賓王約於是年爲道王元慶府屬。駱之生年不可確考，約在貞觀前期，與盧照鄰大致相侔。

盧照鄰約二十九歲。是年前後出鄧王府，供職秘書省。

山莊休沐詩曰：「蘭署乘閒日，蓬扉狎遁棲。」唐人以「蘭署」代指秘書省。既稱「蘭署乘閒」，作者當曾供職秘書省。又雙槿樹賦序：「居周室而非史。」南陽公集序：「余早遊西鎬，及周史之闕文。」皆用老子爲周守藏室（即藏書室）史事，亦代指其嘗官秘書省。盧照鄰何時出鄧王府，何時入秘書省，今已難確考。按釋疾文粤若：「及觀國之光，利用賓王，謁龍旂於武帳，揮鳳藻於文昌。……文臣鼠竄，猛士鷹揚。故吾甘栖栖以赴蜀，分默默以從梁。」「謁龍旂」指拜鄧王府典籤，「揮鳳藻」當即言入秘書省事，「文昌」代指朝堂。若是，據所述次第，入秘書省當在出鄧王府後、赴蜀之前；而赴蜀約在龍朔元年左右（詳下文），則入秘書省疑在本年前後。盧照鄰在秘書省任何職,今無考。其自稱「非史」,蓋職位卑微;又稱「及周史之闕文」,疑爲校書之類。又,雙槿樹賦序稱「學涉蕪淺,文多瞽陋,宜其屏竄,用其静默」。似其在秘書省時間不長,且遭「屏竄」而去。

龍朔元年辛酉(六六一)

王勃十二歲,在長安從曹元受黄帝八十一難經。正月,李善注文選六十卷成,奏上。六月,許敬宗等撰累璧六百三十卷,上之。陳子昂生。劉知幾生。

盧照鄰約三十歲。因横事被拘獲救後入蜀及從梁,約在本年或本年前後。

盧照鄰曾多次入蜀。其入蜀確切次數不詳,今考之本集,約有三次:第一次即釋疾文粤若所謂「故吾甘栖栖以赴蜀,分默默以從梁」。第二次乃出使益州大都督府(奉使益州至長安發鍾陽驛)。第三次亦即最後一次,乃是爲新都尉,見於兩唐書本傳。按釋疾文粤若曰:「先朝好吏,予方學於孔墨;今上好法,予晚受乎老莊。彼圓鑿而方枘,吾知齟齬而無當。是時也,天子按劍,方有事於八荒。駕風輪而梁弱水,飛日馭而苑扶桑。戈船萬計兮連屬,鐵騎千羣兮啓行。文臣鼠竄,猛士鷹揚。故吾甘栖栖以赴蜀,分默默以從梁。其後雄圖甫畢,登封禮日,方欲訪高議於雲臺,考奇文於石室,銷兵車兮爲農器,休牛馬兮崇儒術。屢下蒲帛之詔,值余有幽憂之疾。」是段文字,盧照鄰概述其自入仕至染疾所不偶於世的經歷,其中言及入蜀,蓋以此次入蜀最不得意,故特舉之。文中既謂「雄圖甫畢,登封禮日」(指高宗乾封元年登封泰山)在「赴蜀」之「其後」,則此次赴蜀必然在乾封元年之前,斯無疑義。盧照鄰於乾封元年(六六六)前何時入蜀,雖仍難確考,但按其所述,似可推見大概。據前引,盧照鄰此行是在「天子按劍,方有事於八荒,駕風輪而梁弱水,飛日馭而苑扶桑。戈船萬計兮連屬,鐵騎千羣兮啓行」之年。所謂「梁弱水」指用兵西北。唐高宗時西北戰事頻繁,可置而不論;而「飛日馭而苑扶桑,戈船萬計兮連屬」等句,則顯然指大規模進兵東征高麗。資治通鑑卷二百二:顯慶五年(六六〇),高宗派遣蘇定方等率兵十萬渡渤海,與新羅國合力攻破百濟國,置熊津等五都督府。龍朔元年(六六一)四月,以任雅相爲浿江道行軍總管,契必何力爲遼東道行軍總管,蘇定方爲平壤道行軍總管,與蕭嗣業及諸胡兵凡三十五軍,水陸分道并進以征高麗。高宗欲自將大軍繼之,爲武后抗表諫止。此正與「天子按劍」、「猛士鷹揚」、戈船齊發的東征形勢吻合。由此可知,盧照鄰乾封元年前入蜀,當在龍朔元年左右。又早度分水嶺詩曰:「丁年遊蜀道,斑鬢向長安。」所謂「丁年」,即丁壯之年。初唐以二十一成丁;禮記曲禮:「三十曰壯。」龍朔元年盧照鄰約三十歲,正可稱「丁年」。又,丁年,唐詩品彙卷一作「十年」。盧照鄰約咸亨二年(六七一)去新都尉返長安,其後再無蜀中之行。以咸亨二年上推十年(皆是約數),亦在龍朔元年左右。至於文苑英華作「千年」,義礙,「千」字蓋形訛,可不論。既然龍朔元年左右盧照鄰「栖栖赴蜀」,則當已在赴蜀前出秘書省。又,盧照鄰窮魚賦序自稱「曾有横事被拘」,後以「友人救護得免」。

「被拘」時間及事件始末不詳，考其在蜀所作贈李榮道士詩，有「獨有南冠客，耿耿泣離羣」句。「南冠」代指遠使或罪囚，據下句詩意，似與「栖栖赴蜀」相符；疑此次赴蜀在被拘獲免後不久，故自稱「南冠客」。

據上引釋疾文粤若，盧照鄰在「栖栖以赴蜀」之後，又曾「默默以從梁」。「梁」當指汴州，漢代爲梁王都，稱大梁，即今河南開封。作者「從梁」當緊接入蜀之後，事因不詳。

龍朔二年壬戌（六六二）

二月，改京諸司及百官名。十月，西臺侍郎上官儀同東西臺三品。上官儀工五言詩，好以綺錯婉媚爲本，時人號爲「上官體」。

盧照鄰約三十一歲。其於龍朔元年左右入蜀後，何時離蜀北歸不詳。

麟德元年甲子（六六四）

年初，司刑太常伯劉祥道巡行關内，王勃上書自陳，祥道表於朝。駱賓王亦作上司列太常伯啓，以求表薦。八月，兼司列太常伯、檢校沛王府長史、城陽縣侯（舊唐書本傳作「陽城縣侯」，此據該書高宗紀）。劉祥道兼右相。十二月，上官儀因得罪武后被殺，劉祥道坐罷右相，爲司禮太常伯。

盧照鄰約三十三歲。

麟德二年乙丑（六六五）

三月，洛陽造乾元殿成，王勃作乾元殿頌。七月，鄧王元裕卒。十月，高宗將封泰山，發自東都。十二月，高宗至齊州，時駱賓王在焉，作爲齊州父老請陪封禪表。

盧照鄰約三十四歲。作詩傷鄧王之薨。

據前引舊唐書高祖二十二子傳，李元裕薨於是年。册府元龜卷二九二：「唐鄧王元裕，高祖子。元裕好學，善談明理，與典籤盧照鄰爲布衣之交。及薨，照鄰爲千字詩以傷之。」詩已久佚。

乾封元年丙寅（六六六）

正月戊辰朔，高宗車駕至泰山頓。己巳，升山行封禪之禮。壬申，改麟德三年爲乾封元年。王勃上宸游東嶽頌，於本年幽素科及第，授朝散郎，沛王李賢召署府修撰。

盧照鄰約三十五歲。作登封大酺歌四首。

歌曰：「明君封禪日重光，天子垂衣曆數長。」又曰：「借問乾封何所樂，人皆壽命得千秋。」當作於本年正月。

七月，在蜀，爲益州大都督府長史胡樹禮作讚二篇。

相樂夫人檀龕讚曰：「粤以乾封紀歲，流火司晨，敬造靈龕，奉圖真相。」「流火」指七月，相樂夫人爲益州長史胡樹禮繼母。同時又作益州長史胡樹禮爲亡女造畫讚。知盧照鄰是年七月已在蜀。何時、何故入蜀不詳。今按：盧照鄰既爲益州大都督府長史胡樹禮作讚，此行蓋即奉使益州至長安發鍾陽驛詩所云奉命出使益州大都督府。該詩稱「誰念復芻狗，山河獨偏喪」，後句用詩經鴻鴈事，疑此行與安集蜀人有關，當爲朝廷所委派。據現存史料，此行約爲盧照鄰第二次入蜀。奉使益州詩作於離蜀返長安途中（鍾陽驛在今四川綿陽西南三十里處），其何時離蜀不詳，但至遲不得晚於總章元年五月前後，是時作鄭太子碑銘，當已北歸（詳後）。又，盧照鄰嘗出使西北，西使兼送孟學士南遊詩稱所使在「天山弱水東」，且集中有隴頭水等邊塞之作。西使年代、事因俱闕如，姑附識於此。

乾封二年丁卯（六六七）

蘇味道舉進士。張說生。

盧照鄰約三十六歲。

總章元年戊辰（六六八）

三月，改元總章。九月，李勣俘高麗王高藏。王勃年十九，在沛王府，獻九成宮頌、拜南郊頌。

盧照鄰約三十七歲。五月前後，作鄭太子碑銘。

鄭太子碑銘曰：「於是大唐總章元年歲次戊辰五月甲申之一日也。」按碑載玉京觀道士鄭大量家長鄭君改葬鄭太子壽於新田（山西新絳）事，未詳盧照鄰本年是否遊晉。

總章二年己巳（六六九）

王勃年二十。約在本年春，王勃於諸王鬭鷄時戲檄英王（當爲周王，即李顯）鷄，被高宗斥出沛王府，五月離長安赴蜀。裴行儉爲司列少常伯，掌典選。王義方卒。

盧照鄰約三十八歲。五月，離長安入蜀任新都尉，七月初抵成都。

對蜀父老問：「龍集荒落，律紀蕤賓，余自鄷鎬，歸於五津，從王事也。丁丑，届於昇僊橋，止送客亭。」依歲星紀年，「大荒落」爲「巳」，此指己巳，即本年。「蕤賓」爲五月。「五津」指蜀。「丁丑」，經推算爲七月初一。唐詩紀事卷八謂王勃、盧照鄰、邵大震在蜀中玄武山唱和，時「照鄰爲新都尉」，必有所據。由此知盧照鄰此次入蜀所從「王事」，乃是爲尉新都。元和郡縣志卷三一成都府新都縣：「南至府四十八里。」今爲成都市新都區。晚渡渭橋寄示京邑遊好、至望喜矚目言懷貽劍外知己等詩，多衰暮不遇之嘆，當爲此次入蜀途中所作。入蜀後不久，作中和樂九章。

對蜀父老問曰：「今將授子以中和之樂，申子以封禪之篇。」又中和樂總歌曰：「若有人兮天一方，忠爲衣兮信爲裳。飡白玉兮飲瓊芳，心思荃兮路阻長。」謂「天一方」、「路阻長」，皆指蜀中。

咸亨元年庚午（六七〇）

三月改元咸亨。王勃在蜀。駱賓王約於本年或前數年間因事謫戍西邊。四月，薛仁貴兵敗大非川。杜審言登進士第，後爲隰城尉。蘇頲生。十二月（資治通鑑作十月，此從兩唐書高宗紀）庚寅，諸司及百官各復舊名。

盧照鄰約三十九歲。在新都尉任。三月，與王勃等修曲水禊，有詩唱和。

本集三月曲水宴得樽字詩，後附王勃同題之作（亦見王子安集卷三），玩兩詩所述景物，當在蜀。兩人修禊在本年抑或明年三月三日，未能考定。

秋初綿州之遊，或在本年。

作有七日綿州泛舟詩序、綿州官池贈別同賦灣字等詩。綿州，即今四川綿陽市。其遊綿州確年無考，是年尉新都，出遊之可能性較大。

九月九日，與王勃等登玄武山，有詩酬唱。

唐詩紀事卷八邵大震條云：「玄武山在今東蜀。高宗時，王勃以檄鷄文，斥出沛王府。既廢，客劍南，有遊玄武山賦詩。照鄰爲新都尉，大震其同時人也。」三人所賦詩今俱存。

盧照鄰又作宿玄武二首。按玄武山在今四川中江縣，登玄武山事在去年秋或本年秋，難以考定，前人多繫於本年，今姑從之。

登玄武山後，當又偕遊梓州。

宴梓州南亭詩序曰：「下客悽惶，暫停歸轡。」宴梓州南亭得池字詩，當即所序詩之一，與序應作於同時。又作送梓州高參軍還京。其遊梓州在遊玄武山之後，或先遊梓州，返成都途中再遊玄武山，今不詳，姑繫於登玄武之後。

咸亨二年辛未（六七一）

王勃年二十二，春，與彭州九隴縣令柳太易遊，作春思賦；六月遊梓橦縣，與縣令韋君等泛舟南江。此後王勃在蜀中行踪無考，當已赴長安參選。去歲薛仁貴兵敗後，駱賓王或在本年前後自塞外還，入蜀。冬十月，朝廷搜揚明達禮樂之士。

盧照鄰約四十歲。春，仍尉新都。正月或稍後，作益州至真觀主黎君碑。

碑曰：黎法師「咸亨二年正月十八日寢疾之際，聞空中有聲曰：『天上今欲相煩爲玉京觀主。』法師辭以至真功德未就，因請不行。少選之間，所疾便愈」。此雖神異其辭，然無疑黎法師不久即去世，故下文稱「浩氣中升，養天倪於紫室」。碑又曰：「下官迷方看博，邀赤斧於禺山；失路乘槎，問君平於蜀郡。……是用搜奇井絡，題片石於靈丘。」按趙明誠金石録卷一目録曰：「第七百十六，唐黎尊師碑，盧子昇字照鄰撰，王大義行書，儀鳳二年正月。」卷二四跋尾亦言及此碑，且疑史傳誤，已見前引。趙氏疑唐史誤非是，前已辨。題「儀鳳二年正月」，其時盧照鄰已離蜀數年，蓋此時方以碑文勒石。

遊九隴等縣，作馴鳶賦，或在本年春。

馴鳶賦曰：「經過巫山之下，惆悵彭門之東。」彭門山在今四川彭州西北。按王勃本集載同題之作，有句曰「青城兮絳宫」。「青城」當指青城山，在九隴縣西。據王勃春思賦序，知王勃本年春遊九隴縣（今彭州北九隴鎮），疑兩賦爲同遊之作，「彭門之東」即指九隴。又盧集中猶有九隴津集、遊昌化山精舍（昌化山在今彭州慶興鎮）二詩，蓋亦作於此行。

春，作詩寄九隴縣令柳太易，有歸田之思。

于時春也慨然有江湖之思寄此贈柳九隴詩曰：「關山悲蜀道，花鳥憶秦川。」又曰：「自哀還自樂，歸藪復歸田。」是詩未詳作於去春或本年春，因盧照鄰本年離蜀，姑繫於此。

約在春末夏初返長安。

盧照鄰北歸時間未詳，按之本集，是年春後在蜀行蹤無考，本年已居太白山下（見後），春末夏初或已離蜀。兩唐書本傳謂盧照鄰因風疾去新都尉，然現存詩文未言在蜀染疾，且咸亨中（當即本年）又嘗參加典選，似離蜀時尚未患病。蓋以新都尉秩未滿而離任，此後不久即染疾，故誤以爲因病去官。又朝野僉載卷六稱盧照鄰「後爲益州新都尉，秩滿，婆娑於蜀中，放曠詩酒」，似亦失實。盧照鄰前後旅蜀，曾作有大量詩文，今集中所存，除部分可考知作年或大致作年外，餘皆不詳爲何次入蜀所作。又，巫山高謂「霑裳即此地」，江中望月稱「江水向涔陽」，似曾經三峽出蜀。

在蜀時，嘗爲雲頂山仙居觀作碑。雲笈七籤卷二八：「雲頂山鐵像天尊，高三四尺，亦是則天朝濛陽匠人廖元立所鑄。其山本是仙居觀，有兩處洞門及盧照鄰碑。」雲頂山在今成都市金堂縣境内。該碑文久佚，作於何年不詳。

在蜀時，曾與郭氏女結婚，并生有子息。

駱賓王豔情代郭氏贈盧照鄰詩曰：「良人何處醉縱横，直如循默守空名。」知與郭氏爲夫妻關係。詩又稱「離前吉夢成蘭兆」，「端坐懶聽將雛曲」。「夢蘭」事見左傳宣公三年：鄭文公妾燕姞夢天使與己蘭，後果生穆公，名之曰蘭。揣詩意，郭氏當爲妾，其生子在盧照鄰離蜀之後，而照鄰另有妻室（其妻疑爲裴氏，説詳後），故詩云「妾向雙流窺石鏡，君住三川守玉人」。

在長安與王勃等同參典選。

楊炯王勃集序：「咸亨之初，乃參時選。」張説贈太尉裴公（行儉）神道碑：「官復舊號（按復舊號在咸亨元年十二月），爲吏部侍郎，加銀青光禄大夫。自居銓管，大設綱綜，辨職羌才，審官序爵法。……在官曹，見駱賓王、盧照鄰、王勃、楊炯，評曰：『炯雖有才名，不過令長，其餘華而不實，鮮克令終。』」（張説之文集卷一四）按此事又見唐會要卷七五藻鑑及兩唐書王勃傳。裴行儉譏評四傑，事之有無，前人今人皆有懷疑；然四傑在咸亨初同時參選，則應有之。王勃咸亨二年六月尚在蜀，所謂「咸亨之初」，當在此後不久。據舊唐書高宗紀，本年十月曾「搜揚明達禮樂之士」，未知典選是否即此。雙槿樹賦（同崔少監作）當作於參選期間，時崔行功爲秘書少監。賦以東方朔自喻，且希望「有感於平津」，其時尚有仕進之心。

居太白山下，染疾，丁父憂。

與洛陽名流朝士乞藥直書曰：「昔在關西太白山下，一隱士多玄明膏，中有丹砂八兩。予時居貧，不得好上砂，但取馬牙顏色微光淨者充用。自爾丁府君憂，每一號哭，涕泗中皆藥氣流出，三四年羸卧苦嗽，幾至於不免。」又寄裴舍人諸公遺衣藥直書曰：「余家咸亨中良賤百口，自丁家難，私門弟妹凋喪，七八年間貨用都盡。」據知盧照鄰染疾求藥，丁父憂，時俱在「咸亨中」，地在「太白山下」。按咸亨共五年（咸亨五年八月改爲上元元年），咸亨四年癸酉（六七三）夏，盧照鄰已居長安官舍（病梨樹賦序），當已除服；則所謂「咸亨中」，只能在咸亨二年（唐制：三年之喪，二十五月而畢，見唐會要卷三七、三八）。樂府雜詩序曰：「時褫巾三蜀，歸卧一丘……遂復驅偪幽憂之疾，經緯朝廷之言。」「褫巾三蜀」指去新都尉，亦見其染疾與去蜀相接，當均在咸亨二年。蓋盧照鄰在參選後即歸其父母居地太白山下，適逢染疾及喪父。又按：舊唐書本傳謂盧照鄰「因染風疾去官，處太白山中」，新唐書本傳謂「病去官，居太白山」，當皆據乞藥直書之「昔在關西太白山下」句。太白山下，當指郿縣。元和郡縣志卷二鳳翔府郿縣：「太白山，在縣東南五十里。」宴鳳泉石翁神祠詩序云「歸骸空谷」，鳳泉亦在郿縣。兩史本傳曰「處太白山中」，曰「居太白山」，似不確。

咸亨三年壬申(六七二)

王勃參選後補虢州參軍。駱賓王在蜀,後又赴姚州(今雲南大姚縣)從軍。

盧照鄰約四十一歲,居喪太白山下。

咸亨四年癸酉(六七三)

盧照鄰約四十二歲,居喪。除服後移居長安,卧疾光德坊,從孫思邈問醫,作病梨樹賦等。

病梨樹賦序曰:「癸酉之歲,余卧病於長安光德坊之官舍,父老云是鄱陽公主之邑司。昔公主未嫁而卒,故其邑廢。時有居士孫君思邈居之。……于時天子避暑甘泉,邈亦徵詣行在,余獨卧病兹邑,闃寂無人,伏枕十旬,閉門三月。」據舊唐書高宗紀,咸亨四年四月高宗幸九成宮,至十月乙巳還長安。所謂「天子避暑甘泉」即指此。舊唐書孫思邈傳:「上元元年(六七四),辭疾請歸,特賜良馬及鄱陽公主邑司以居焉。當時知名之士宋令文、孟詵、盧照鄰等,執師贄之禮以事焉。思邈嘗從幸九成宮,照鄰留在其宅,庭前有病梨樹,照鄰爲之賦。」(新唐書孫思邈傳略同)。此謂賜鄱陽公主邑司在上元元年,蓋孫思邈先居而後賜焉。唐會要卷八二謂孫思邈居鄱陽公主邑司及盧照鄰等向其問醫在顯慶三年,誤。盧照鄰向孫思邈問醫及孫之答詞,見劉肅大唐新語卷一〇、新唐書孫思邈傳。又,贈許左丞從駕萬年宫詩,當亦作於本年,時許圉師爲尚書左丞。隨後移居洛陽。

駱賓王豔情代郭氏贈盧照鄰曰：「誰分迢迢經兩歲，誰能脉脉待三秋。」述盧照鄰居地有「洛水」、「銅駝」、「金谷園」等，知其離蜀兩年多後曾居洛陽。

上元元年甲戌（六七四）

八月壬辰，皇帝稱天皇，皇后稱天后，改咸亨五年爲上元元年，大赦。王勃在虢州參軍任，因匿殺官奴曹達，事發當誅，會赦，除名。駱賓王約在本年前後自蜀返長安。

盧照鄰約四十三歲，卧疾。

上元二年乙亥（六七五）

四月，武后酖殺太子弘。六月，立雍王賢爲皇太子，大赦。楊炯在蜀，作大唐益州大都督府新都縣學先聖廟堂碑文等。沈佺期、宋之問、劉希夷登進士第。

盧照鄰約四十四歲，卧疾。

儀鳳元年丙子（六七六）

十一月改上元三年爲儀鳳元年。十二月，皇太子賢上所注後漢書。王勃父王福時，前以王勃匿殺曹達案受累貶交趾（今越南河内）；本年王勃赴交趾省父，渡海溺水死。楊炯應制舉，補校書郎。陳子昂在故鄉射洪，始發奮讀書。

盧照鄰約四十五歲，卧疾。

儀鳳二年丁丑（六七七）

盧照鄰約四十六歲，臥疾。

儀鳳三年戊寅（六七八）

盧照鄰約四十七歲，在本年或本年前已移居東龍門山，向洛陽友人呈詩求藥直合丹。

與洛陽名流朝士乞藥直書曰：「幽憂子學道於東龍門山精舍，布衣藜羹，堅臥於一巖之曲。」「意者欲以開歲五月穀子黄時，試合此藥……今力疾賦詩一篇，遍呈當代博雅君子。」此後不久，又作寄裴舍人諸公遺衣藥直書曰：「余家咸亨中良賤百口，自丁家難，私門弟妹凋喪，七八年間貨用都盡。」盧照鄰約咸亨二年（六七一）染疾，其云「七八年」，至本年或爲八年。又書中所列遺衣藥直者人名中，有「左史范履冰」；據資治通鑑，高宗上元二年（六七五）左史范履冰預武后「北門學士」選，則上元、儀鳳間范氏正爲左史，與書所述合。盧照鄰何時移至東龍門山，不詳。初學記地部上引雜道書：嵩山「岳王廟東北二十里至一山，名曰東龍門」。

作五悲以哀其不幸。

五悲悲昔遊曰：「一朝憔悴無氣力，曝骸委骨龍門側。」「龍門」即指東龍門山。盧照鄰此時病已甚，自謂「形枯槁以崎嶬，足聯蹉以緇鼇」（悲窮通）、「形半生而半死，氣一絶而一連」（悲昔遊）。

呈詩乞藥直被人指責，作書自明。

與在朝諸賢書曰：「下官抱疹東山，不干時事，借人唱和，何損於朋黨！」又曰：「捐金抵於山谷者，非太平之美事乎！」與洛陽名流朝士乞藥直書謂「學道於東龍門山精舍」，作於此後不久的寄裴舍人諸公遺衣藥直書謂裴瑾之等致束帛之禮，「以供東山衣藥之費」。知盧照鄰又稱東龍門山爲「東山」。

卧病東龍門山時，合藥鍊丹，營建佛寺，以療疾祈福。

合藥事已見前。又寄裴舍人諸公遺衣藥直書曰：「晚更篤信佛法，於山下間營建，所費尤廣。」前述所謂「東龍山精舍」，蓋即指所建佛寺。

永淳二年癸未（六八三）

高宗於儀鳳四年（六七九）六月改元調露。調露二年（六八〇）八月改元永隆。永隆二年（六八一）十月改元開耀。開耀二年（六八二）二月改元永淳。永淳二年（六八三）十二月改元弘道，高宗崩於東都。太子李顯立，是爲中宗。中宗尊天后武氏爲皇太后。皇太后臨朝稱制，改元嗣聖。

盧照鄰約五十二歲。

則天后光宅元年（六八四）

嗣聖元年（六八四）二月，武后廢中宗，立豫王旦爲帝，是爲睿宗，改元文明。九月，改元光宅。改東都爲神都，改官稱，立武氏七廟。徐敬業等在揚州起兵反武氏，駱賓王作代李敬業傳檄天下文，有「掩袖工讒，狐媚偏能惑主」、「一抔之土未乾，六尺之孤安在」之句。十一月，徐敬業敗死，駱賓王亦被殺（或云逃隱杭州靈隱寺）。

盧照鄰約五十三歲。

武周 天授元年庚寅（六九〇）

武后立睿宗後，仍臨朝稱制，歷垂拱（六八五—六八八）、永昌（六八九）、載初（六九〇）。載初元年九月，武后革唐爲周，稱帝，改元天授。

盧照鄰約五十九歲。

宋葛立方韻語陽秋卷七：「武后時，傅游藝用事，故盧照鄰詩云：『昔有平陵男，姓朱名阿游。願得斬馬劍，先斷佞臣頭。』（詠史四首之四）言當時立朝之士，不能如（朱）雲以二人之惡而告於上也。」按兩唐書本傳，傅游藝用事（爲相），在武后稱帝之初，則詩當作於是年。然不詳葛立方所言有據否，姑録之以備一說。

武周 天册萬歲元年乙未（六九五）

天授三年（六九二）四月，改元如意；九月，又改元長壽。長壽三年（六九四）五月改元延載，次年又改元證聖。證聖元年（六九五）九月，武氏加號「天册金輪聖神皇帝」，改元天册萬歲，楊炯作老人星賦。次年臘月，又改爲萬歲登封元年，楊炯授盈川令，卒於官。

盧照鄰約六十四歲。翼令張懷器去思碑約作於是年。

去思碑稱「長壽年中，合縣父老等詣闕舉薦」，則文當作於長壽之後，疑在是年。碑文現傳幽憂子集無，今見嘉靖翼城縣志卷三。學者或以碑中「詹聞詩奉訓，雄筆見期」兩句，認定該文作者名「詹」，失其姓。然細繹文脉，「見期」當與上文「共推」、「咸許」爲一層意思，「王粲公孫」以下，方述自己作文之由來。則「詹」字可釋爲「至」，而非人名。况明、清兩代山西通志、翼城縣志及大清一統志多次述及該碑文，皆署盧照鄰作，似難輕易否定。按盧照鄰嘗於總章初爲翼城縣作鄭太子碑銘，兹又作去思碑，其與翼城縣之關係似非一般。今按哭明堂裴簿詩曰：「締歡三十載，通家數百年。」潘楊稱代穆，秦晉忝姻連。」去思碑謂「衛范狐裘，往賢之桑梓」，則明堂裴簿，殆即翼城人。蓋盧照鄰妻或即裴氏，故有「締歡」、「秦、晉」之語。

作去思碑後，盧照鄰行蹤不詳。疑作釋疾文、自沈潁水卒，即在此年或此後數年間。

按去思碑未言作於何地，亦未言其卧疾事。舊唐書本傳：「後疾轉篤，徙居陽翟之具茨山。著釋疾文、五悲等誦，頗有騷人之風，甚爲文士所重。照鄰既沈痼攣廢，不堪其苦，嘗與親屬執別，遂自投潁水而死，時年四十。」新唐書本傳：「病既久，與親屬訣，自沈潁水。」兩傳皆謂自沈潁水，是；舊傳稱死「時年四十」，誤，據其自述，四十左右方染疾。又新傳曰：在具茨山時，「照鄰自以當高宗時尚吏，己獨儒；武后尚法，己獨黄老；后封嵩山，屢聘賢士，已已廢，著五悲文以自明」。數語乃隱括釋疾文粵若「先朝好吏，予方學於孔墨；今上好法，予晚受乎老莊」而成。新、舊兩傳皆以五悲作於具茨山，誤，五悲實作於卧疾東龍門山時，已詳前，具茨所作爲釋疾文（詳後）。新傳以「先朝」指高宗，「今上」指武后，當代學者多以爲誤，并考定盧照鄰約卒於高宗後期，「先朝」應指太宗，「今上」指高宗。然據文意及新輯佚文去思碑，新傳當有失有得。細玩釋疾文文意，「今上好法」云云，實爲駢文對偶句法映帶而及，其後並未實寫。故「是時也」以下，包括「登封禮日」，皆述高宗時事，與武后無涉，新傳以其指「后封嵩山」，確爲失誤。然若謂「先朝」指太宗，則於義難通，因太宗時盧照鄰年輕未仕，不應有圓鑿方枘之嘆。故新傳以「今上」指武后，參以去思碑，其實爲得。

又按：釋疾文命曰稱「茨山有薇兮，潁水有漪」，則知釋疾文作於卧病具茨山時。新唐書地理志二河南道許州潁川郡：「陽翟，本畿，初隸嵩州，貞觀元年（六二七）來屬，龍朔二年（六六二）隸洛州，會昌三年（八四三）復來屬。有具茨山。」山在今河南新密、禹州、新鄭交界處。舊傳謂其疾轉篤，「徙居陽翟之具茨山」。新傳曰：「疾甚，足攣，一手又廢，乃去具茨山下，買園數十畝，疏潁水周舍，復豫爲墓，偃卧其中。」盧照鄰何時離東龍門山，何時徙具茨，以及作去思碑時是否已在具茨，今皆不詳。所謂「豫爲墓」云云，疑是史官（新傳作者）據營新龕窟戲學王梵志詩敷衍而成，其實盧照鄰是時已病入膏肓，完全無買園、疏潁水之力。釋疾文序曰：「余羸卧不起，行已十年。」釋疾文悲夫曰：「明鏡羞窺兮向十年。」未發現去思碑之前，研究者多從約咸亨二年（六七一）染疾起下推十年，即爲釋疾文作年。今據去思碑，如此計算恐誤。釋疾文命曰末稱：「茨山有薇兮，潁水有漪。儒爲栢兮秋有實，叔爲柳兮春雨飛。倏爾而笑，泛滄浪兮不歸。」知其投潁之意已決，所謂「釋疾」即欲以一死了之，故是文爲盧照鄰絶筆，迄無異説。既如此，是文必作於去思碑之後，其距咸亨應已二十多年。因知所謂「十年」，乃就「羸卧不起」而言，并非從染疾計起。新、舊兩傳謂其「疾轉篤」、「疾甚」後乃徙具茨，或其居具茨長達十年。要之，據現有材料，盧照鄰卒年尚難推定，蓋約活到七世紀末，六十餘歲，在四傑中或享壽最高。宋朱翌猗覺寮雜記卷下謂盧照鄰嘗「自作墓誌」，或在二十卷本文集中，惜已久佚，以致其生平雖多蛛絲馬跡，但可考定者甚少。

盧照鄰墓，雍正河南通志卷四九禹州謂「在州北具茨山之下」。清初學者魏裔介兼濟堂文集卷一五貢院夜談記，稱盧照鄰墓「在寶坻盧家壔，其墳上常有霧氣之所結，形如林木」。寶坻今屬天津市。魏氏所記恐係訛傳。今河南禹州市無梁鎮龍門村河溪西岸有盧照鄰墓，當即上引通志所載，但真贋仍待考。

有文集二十卷、幽憂子三卷。

文集乃其弟盧照已編次並上進。盧照已墓誌銘：玄宗開元七年（七一九）遇疾，「罷郡歸於洛京。……他日又撰進亡兄照鄰、照容等文集」。朝野僉載卷六、舊唐書本傳及經籍志、新唐書藝文志皆謂盧照鄰文集二十卷；僉載又稱「著幽憂子以釋憤焉」，新唐書藝文志著録幽憂子三卷。

二〇〇九年再版後記

盧照鄰集箋注，是我二十多年前的一部舊著。箋注稿於一九八五年國慶節後交上海古籍出版社，但出版却很不順利，主要原因，蓋當時正處在中國社會急遽變革和思想文化大轉型之中，面對洶湧而來的商潮，此類傳統學術真有些「生不逢時」，只好在難産中「休克」。一九九二年，我在嘉靖翼城縣志中發現了盧氏的一篇佚文翼令張懷器去思碑，經出版社鑒定後同意補入，遂索回原稿，根據文中提供的材料，對有關繫年作了相應的調整。直到一九九四年底，是書方作爲國務院古籍整理領導小組「八五規劃」的重點出版項目之一正式出版。到現在又過去了十五個年頭，本人也由青壯進入老境，并早由川大古籍所專職研究人員轉入中文系當教師了。現上海古籍出版社決定再版，由原來的鉛字本改爲電腦排版，并允許修訂，我真爲有這樣的機會而高興。

據我的感受，箋注盧集至少有兩大難點。一是作者受齊梁文風影響甚深，詩文密於用典，欲一一查清事典殊非易事，而用事過多，幾成隱語，要讀懂原文，往往形同猜謎。二是史傳對盧照鄰的生平事迹記載過簡，加之原集久佚，現存乃後人輯本，作品散亡嚴重，故致作者生平迷離樸朔，行事影影綽綽，欲準確解讀作品、釐清作者行年很難——當然，這些「難」還與箋注者水平不高有關。此次修訂的主要内容，也集中在上述兩點上，即對徵典考事和詩文文意詮解進行補正。

是書出版後，我便對陸續發現的疏誤作了記録。此次修訂，特請同鄉學友、四川師範大學常思春教授幫我打磨一過。他是六朝和唐代文學研究的專家，特别稔熟文選，故糾正了初版中的不少失誤，提出了許多中肯的意見，在此致以誠摯的謝意。修訂中最讓人費思量的，仍是那篇佚文翼令張懷器去思碑，友人復旦大學陳尚君教授早在該文補入但書尚未正式出版之前，就曾與我在信函中再三商討，他的大著全唐文補編據文中「詹聞詩奉訓」句，將該文作者署爲「□詹」，即失其姓而名「詹」。感謝陳先生的提示，使我對該文作了深度思考。經反復推敲，愚以爲「詹聞詩奉訓，雄筆見期」兩句應與上文「仰詢詞伯」以下數句屬一層意思，「詹」可解爲「至」。加之宋人多以盧照鄰活到武周時代，而明、清人所編山西通志、翼城縣志及大清一統志中，曾多次述及該文，并題爲盧照鄰作，而現傳明刻本幽憂子集，較該文的最早出處嘉靖翼城縣志晚了近百年，今若否定該文爲盧作，理由似嫌不足，故修訂本仍將其入編。當然，該文也確存疑點，最主要的是，若據文中明確的年代記載，則盧照鄰壽至六十餘歲，從而顛覆了不少學者的研究結論。這裏，去思碑的真僞仍是關鍵，它關係到「顛覆」的科學性也就是能否成立。筆者決不固執己見，在有充分根據證明該文非盧作後，願意再作修正。

本次修訂，在編次上作了一點調整，即原本卷七篇幅過大，使全書卷次分割顯得不够協調，故決定將鄭太子碑銘、翼令張懷器去思碑及三國論三文析出，另編爲第八卷。三文皆集外佚文，故不影響原前言所規定的「仍依底本編次」的基本體例（此本前言已作了相應修改）。

自本書脱稿後，由於工作需要，我的研究方向由唐代轉入宋代，這一轉就是二十多年，不意爲修訂本書又「轉」了回來，頗有些滄桑感，也有些陌生感。感謝上海古籍出版社及責編杜東嫣女士給了我這次修訂的機會，雖修訂量不是太大，但相信修訂本的質量較初版本有較大提高，但不敢説就再没有疏誤缺憾了，仍祈專家、讀者不吝賜教，待將來有機會時再作修改。

祝尚書　二〇〇九年十二月二十五日寫於成都江安河畔

二〇二二年再版後記

前年春暖花開之際，筆者不幸染疾送醫，隨後閉户養疴。既老且病，人生從此跌入低谷。百無聊奈，想起盧照鄰五悲、釋疾文，遂取出拙箋注本誦之再三。生老病死，古今同悲，不覺撫卷長嘆。然人之所以爲人，蓋在有所追求，倘或造化老兒稍駐桑榆，未填溝壑，殆難以全然撒手世事。記得八年前出增訂本時，因信息不暢，未利用時已出土之盧照己墓誌銘，一直引以爲憾。後又陸續發現多條事典失注或注之欠安，兩首殘詩及斷句未補，常似骨鯁在喉。待元氣稍有恢復，遂細讀並專心修訂，以俟再版時補正，也算了卻一樁心事。頭暈目眩，捉筆手顫，書字幾不成形，時斷時續，凡四閲月而粗畢。今再版在即，整理一過，感謝上古及責編彭華女史辛勤編校。是爲記。

祝尚書

二〇一九年九月二十五日寫。二〇二一年十二月二十日改定。

樊榭山房集	[清]厲鶚著　[清]董兆熊注　陳九思標校
劉大櫆集	[清]劉大櫆著　吴孟復標點
儒林外史彙校彙評(增訂版)	[清]吴敬梓著　李漢秋輯校
小倉山房詩文集	[清]袁枚著　周本淳標校
忠雅堂集校箋	[清]蔣士銓著　邵海清校　李夢生箋
甌北集	[清]趙翼著　李學穎、曹光甫校點
惜抱軒詩文集	[清]姚鼐著　劉季高標校
兩當軒集	[清]黄景仁著　李國章校點
惲敬集	[清]惲敬著　萬陸、謝珊珊、林振岳標校　林振岳集評
茗柯文編	[清]張惠言著　黄立新校點
瓶水齋詩集	[清]舒位著　曹光甫點校
龔自珍全集	[清]龔自珍著　王佩諍校點
龔自珍詩集編年校注	[清]龔自珍著　劉逸生、周錫韍校注
水雲樓詩詞箋注	[清]蔣春霖著　劉勇剛箋注
人境廬詩草箋注	[清]黄遵憲著　錢仲聯箋注
嶺雲海日樓詩鈔	[清]丘逢甲著　丘鑄昌標點

夏完淳集箋校(修訂本)	[明]夏完淳著　白堅箋校
牧齋初學集	[清]錢謙益著　[清]錢曾箋注 錢仲聯標校
牧齋有學集	[清]錢謙益著　[清]錢曾箋注 錢仲聯標校
牧齋雜著	[清]錢謙益著　[清]錢曾箋注 錢仲聯標校
牧齋初學集詩注彙校	[清]錢謙益著　[清]錢曾箋注 卿朝暉輯校
李玉戲曲集	[清]李玉著 陳古虞、陳多、馬聖貴點校
吴梅村全集	[清]吴偉業著　李學穎集評標校
歸莊集	[清]歸莊著
顧亭林詩集彙注	[清]顧炎武著　王蘧常輯注 吴丕績標校
安雅堂全集	[清]宋琬著　馬祖熙標校
吴嘉紀詩箋校	[清]吴嘉紀著　楊積慶箋校
陳維崧集	[清]陳維崧著　陳振鵬標點 李學穎校補
屈大均詩詞編年校箋	[清]屈大均著　陳永正等校箋
秋笳集	[清]吴兆騫撰　麻守中校點
漁洋精華録集釋	[清]王士禛著 李毓芙、牟通、李茂肅整理
聊齋志異會校會注會評本	[清]蒲松齡著　張友鶴輯校
敬業堂詩集	[清]查慎行著　周劭標點
納蘭詞箋注	[清]納蘭性德著　張草紉箋注
方苞集	[清]方苞著　劉季高校點

辛棄疾詞校箋	[宋]辛棄疾著　吴企明校箋
姜白石詞編年箋校	[宋]姜夔著　夏承燾箋校
後村詞箋注	[宋]劉克莊著　錢仲聯箋注
瀛奎律髓彙評	[元]方回選評　李慶甲集評校點
雁門集	[元]薩都拉著 殷孟倫、朱廣祁校點
揭傒斯全集	[元]揭傒斯著　李夢生標校
高青丘集	[明]高啓著　[清]金檀注 徐澄宇、沈北宗校點
唐寅集	[明]唐寅著　周道振、張月尊輯校
文徵明集(增訂本)	[明]文徵明著　周道振輯校
震川先生集	[明]歸有光著　周本淳校點
海浮山堂詞稿	[明]馮惟敏著 凌景埏、謝伯陽標校
滄溟先生集	[明]李攀龍著　包敬第標校
梁辰魚集	[明]梁辰魚著　吴書蔭編集校點
沈璟集	[明]沈璟著　徐朔方輯校
湯顯祖詩文集	[明]湯顯祖著　徐朔方箋校
湯顯祖戲曲集	[明]湯顯祖著　錢南揚校點
白蘇齋類集	[明]袁宗道著　錢伯城校點
袁宏道集箋校	[明]袁宏道著　錢伯城箋校
珂雪齋集	[明]袁中道著　錢伯城點校
隱秀軒集	[明]鍾惺著　李先耕、崔重慶標校
譚元春集	[明]譚元春著　陳杏珍標校
張岱詩文集(增訂本)	[明]張岱著　夏咸淳輯校
陳子龍詩集	[明]陳子龍著 施蟄存、馬祖熙標校

王令集	[宋]王令著　沈文倬校點
蘇軾詩集合注	[宋]蘇軾著　[清]馮應榴注 黄任軻、朱懷春校點
東坡樂府箋	[宋]蘇軾著　[清]朱孝臧編年 龍榆生校箋
東坡詞傅幹注校證	[宋]蘇軾著　[宋]傅幹注 劉尚榮校證
欒城集	[宋]蘇轍著　曾棗莊、馬德富校點
山谷詩集注	[宋]黄庭堅著　[宋]任淵、史容、 史季温注　黄寶華點校
山谷詩注續補	[宋]黄庭堅著　陳永正、何澤棠注
山谷詞校注	[宋]黄庭堅著　馬興榮、祝振玉校注
淮海集箋注	[宋]秦觀撰　徐培均箋注
淮海居士長短句箋注	[宋]秦觀著　徐培均箋注
清真集箋注	[宋]周邦彦著　羅忼烈箋注
石門文字禪校注	[宋]釋惠洪撰　周裕鍇校注
石林詞箋注	[宋]葉夢得著　蔣哲倫箋注
樵歌校注	[宋]朱敦儒著　鄧子勉校注
李清照集箋注(修訂本)	[宋]李清照著　徐培均箋注
吕本中詩集箋注	[宋]吕本中著　祝尚書箋注
陳與義集校箋	[宋]陳與義著　白敦仁校箋
蘆川詞箋注	[宋]張元幹著　曹濟平箋注
劍南詩稿校注	[宋]陸游著　錢仲聯校注
放翁詞編年箋注(增訂本)	[宋]陸游著　夏承燾、吴熊和箋注 陶然訂補
范石湖集	[宋]范成大撰　富壽蓀標校
于湖居士文集	[宋]張孝祥著　徐鵬校點
稼軒詞編年箋注(定本)	[宋]辛棄疾撰　鄧廣銘箋注

柳河東集	[唐]柳宗元著　[宋]廖瑩中輯注
元稹集校注	[唐]元稹著　周相録校注
長江集新校	[唐]賈島著　李嘉言新校
張祜詩集校注	[唐]張祜著　尹占華校注
三家評注李長吉歌詩	[唐]李賀著　[清]王琦等評注 蔣凡校點
樊川文集	[唐]杜牧著　陳允吉校點
樊川詩集注	[唐]杜牧著　[清]馮集梧注
温飛卿詩集箋注	[唐]温庭筠著　[清]曾益等箋注
玉谿生詩集箋注	[唐]李商隱著　[清]馮浩箋注 蔣凡校點
樊南文集	[唐]李商隱著　[清]馮浩詳注 錢振倫、錢振常箋注
皮子文藪	[唐]皮日休著　蕭滌非、鄭慶篤整理
鄭谷詩集箋注	[唐]鄭谷著 嚴壽澂、黄明、趙昌平箋注
韋莊集箋注	[五代]韋莊著　聶安福箋注
李璟李煜詞校注	[南唐]李璟、李煜著　詹安泰校注
張先集編年校注	[宋]張先著　吴熊和、沈松勤校注
二晏詞箋注	[宋]晏殊、晏幾道著　張草紉箋注
乐章集校箋	[宋]柳永著　陶然、姚逸超校箋
梅堯臣集編年校注	[宋]梅堯臣著　朱東潤編年校注
歐陽修詩文集校箋	[宋]歐陽修著　洪本健校箋
歐陽修詞校注	[宋]歐陽修著　胡可先、徐邁校注
蘇舜欽集	[宋]蘇舜欽著　沈文倬校點
嘉祐集箋注	[宋]蘇洵著　曾棗莊、金成禮箋注
王荆文公詩箋注(修訂版)	[宋]王安石著　[宋]李壁箋注 高克勤點校

玉臺新咏彙校	吴冠文、談蓓芳、章培恒彙校
王梵志詩校注（增訂本）	[唐]王梵志著　項楚校注
盧照鄰集箋注	[唐]盧照鄰著　祝尚書箋注
駱臨海集箋注	[唐]駱賓王著　[清]陳熙晉箋注
王子安集注	[唐]王勃著　[清]蔣清翊注
陳子昂集（修訂本）	[唐]陳子昂撰　徐鵬校點
孟浩然詩集箋注（增訂本）	[唐]孟浩然著　佟培基箋注
王右丞集箋注	[唐]王維著　[清]趙殿成箋注
李白集校注	[唐]李白著　瞿蜕園、朱金城校注
高適集校注（修訂本）	[唐]高適著　孫欽善校注
杜詩趙次公先後解輯校	[唐]杜甫著　[宋]趙次公注 林繼中輯校
新定杜工部草堂詩箋斠證	[唐]杜甫著　[宋]魯訔編 [宋]蔡夢弼會箋　曾祥波新定斠證
杜詩鏡銓	[唐]杜甫著　[清]楊倫箋注
錢注杜詩	[唐]杜甫著　[清]錢謙益箋注
杜甫集校注	[唐]杜甫著　謝思煒校注
岑參集校注	[唐]岑參著　陳鐵民、侯忠義校注
戴叔倫詩集校注	[唐]戴叔倫著　蔣寅校注
韋應物集校注（增訂本）	[唐]韋應物著　陶敏、王友勝校注
權德輿詩文集	[唐]權德輿撰　郭廣偉校點
王建詩集校注	[唐]王建著　尹占華校注
韓昌黎詩繫年集釋	[唐]韓愈著　錢仲聯集釋
韓昌黎文集校注	[唐]韓愈著　馬其昶校注 馬茂元整理
劉禹錫集箋證	[唐]劉禹錫著　瞿蜕園箋證
白居易集箋校	[唐]白居易著　朱金城箋校
柳宗元詩箋釋	[唐]柳宗元著　王國安箋釋

《中國古典文學叢書》已出書目

詩經今注	高亨注
楚辭今注	湯炳正、李大明、李誠、熊良智注
司馬相如集校注	[漢]司馬相如著　金國永校注
揚雄集校注	[漢]揚雄著　張震澤校注
張衡詩文集校注	[漢]張衡著　張震澤校注
阮籍集	[魏]阮籍著　李志鈞等校點
陸機集校箋	[晉]陸機著　楊明校箋
陶淵明集校箋(修訂本)	[晉]陶潛著　龔斌校箋
世説新語箋疏(修訂本)	[南朝宋]劉義慶撰　余嘉錫箋疏　周祖謨等整理
世説新語校釋(增訂本)	[南朝宋]劉義慶撰　[南朝梁]劉孝標注　龔斌校釋
鮑參軍集注	[南朝宋]鮑照著　錢仲聯增補集説校
謝宣城集校注	[南朝齊]謝朓著　曹融南校注集説
江文通集校注	[南朝梁]江淹著　丁福林、楊勝朋校注
文心雕龍義證	[南朝梁]劉勰著　詹鍈義證
詩品集注(增訂本)	[梁]鍾嶸著　曹旭集注
文選	[梁]蕭統編　[唐]李善注
蕭繹集校注	[南朝梁]蕭繹著　陳志平、熊清元校注